Der kleine Flüchtling

Jutta Mehler, Jahrgang 1949, lebt und arbeitet in Niederbayern. Sie schreibt Romane und Erzählungen, die vorwiegend auf authentischen Lebensgeschichten basieren, und Kriminalromane um die Ermittlerin Fanni Rot. Im Emons Verlag erschienen ihre Romane »Moldaukind«, »Am seidenen Faden« und »Schadenfeuer« sowie die Niederbayern Krimis »Saure Milch«, »Honigmilch«, »Milchschaum«, »Magermilch«, »Milchrahmstrudel« und »Eselsmilch«.

Jutta Mehler
Der kleine Flüchtling

Roman

emons:

Bibliografische Information der Deutschen Bibliothek
Die Deutsche Bibliothek verzeichnet diese Publikation
in der Deutschen Nationalbibliografie; detaillierte bibliografische
Daten sind im Internet über http://dnb.d-nb.de abrufbar.

MIX
Papier aus verantwortungsvollen Quellen
FSC® C083411
FSC
www.fsc.org

Umschlagfoto: Walter Nies, aus dem Archiv des LV Westfalen-Lippe
Umschlaggestaltung: Tobias Doetsch
Satz: César Satz und Grafik GmbH, Köln
Druck und Bindung: CPI – Clausen & Bosse, Leck
Printed in Germany 2013
ISBN 978-3-95451-090-0
Originalausgabe

»Die Heimat ist, wo man dich gerne erscheinen, ungern wandern sieht.«

Emil Ritterhaus

Teil I

1

An einem stark bewölkten Septembertag des Kriegsjahres 1944 erschien – schwarz umrahmt – im niederschlesischen »Tagblatt« die Nachricht, dass Gott wieder einmal das große Amen gesprochen habe. Diesmal jedoch nicht an der Front im Osten oder Westen, sondern in der Gemeinde Habendorf, im ersten Stock bei Weber Wänig.

»Gott sprach das große Amen! Er rief unsere gute Mutter zu sich und führte sie heim in sein Reich!«

Ulrich stellte sich auf die Zehenspitzen und betrachtete beifällig besagte Todesanzeige, die, ordentlich aus der Zeitung herausgeschnitten, zwischen Rahmen und Glas im Fenster des Küchenbüfetts steckte.

Sooft Gevatter Tod einem der Habendorfer Häuschen einen Besuch abstattete, brachte er Arbeit und meist auch hinreichenden Lohn für Ulrichs Vater, Schreiner Scheller, mit.

»Des einen Leid, des andern Freud«, pflegte die Mutter zu sagen, und Ulrich hatte längst begriffen, was sie damit meinte. Während bei den Wänigs Tränen flossen, konnten die Scheller-Buben insgeheim Freudentänze aufführen, denn bald würde Vater Scheller eine Handvoll Münzen in die Kassette auf der Anrichte legen – für Leberwurst, für Pflaumenmus, für Zuckerrübensirup.

Die alte Mutter Wänig würde dieser Tage vorschriftsmäßig unter die Erde gebracht werden müssen, und dafür benötigten die Wänigs einen Sarg. Selbst die billigste Ausführung (aus dünnwandigem Fichtenholz, ohne Zierrat, ohne Polster) versprach Lohn und Brot und Leberwurst für die Schellers.

Ulrich kam ein Ausspruch seines Bruders Anton in den Sinn: Jeder Pfennig, den das Sargmachen einbringt, erspart uns eine Mahlzeit aus Kartoffeln in Mehlpampe.

Ja, so war das. Und solche Mahlzeiten hatten die Schellers oft genug auf dem Tisch. Denn anders als an der Front, wo das große Amen wie ein Echo von allen Seiten hallte, brachte es in Habendorf im statistischen Jahresdurchschnitt nur zwei Komma drei Menschen pro Monat zur Strecke. Die Schellers lebten karg von diesem Umstand, der andererseits den bedauernswerten Hinterbliebenen schmerzliche Löcher ins Ersparte riss, Löcher, welche die meisten Hinterbliebenen wiederum möglichst klein zu halten bestrebt waren.

»Mecht der Wänig dä Rußbeez anstatt dä gute schwarze Glanzlack!« Vater Scheller schüttelte ungläubig den Kopf über seinem noch leeren Teller. »Hätt ich nich gedenkt von dä Wänig, dass dä aso knausert.«

Ulrich warf seinem Bruder einen enttäuschten Blick zu. Die Kundschaft geizte, auch das schlug sich umgehend in den Mahlzeiten nieder. Für das heutige Abendbrot bedeutete es vermutlich Graupen oder Grünkohl, eines so entmutigend wie das andere, mit einem so gut wie nichts an Schweinefleisch.

Ulrich linste in den Topf und entdeckte etliche Brocken von rosa-weiß gestreiftem Bauchfleisch im Kraut. Erleichtert setzte er sich auf seinen Platz am Tisch. Seine Mutter begann, die Teller zu füllen.

Während Ulrich auf seine Portion wartete, war ihm, als würde irgendetwas nicht richtig zusammenpassen. Schemenhaft fühlte er so etwas wie einen Widerspruch, eine gewisse Unvereinbarkeit, und spürte dem nach. Höchst scharfsinnig für seine knapp sieben Jahre kam er schon nach einer kleinen Weile dahinter, was es war. Beim Sarg hatte Wänig rigoros gegeizt, aber ins »Reichenbacher Tagblatt« hatte er für gutes Geld eine riesengroße Todesanzeige setzen lassen, samt Bibelspruch und Lobgesang. Warum?

Ulrich kaute den zähen Speck und dachte gründlich über dieses »Warum« nach. Noch bevor die bekömmlich eingespeichelte Masse schluckfertig war, fiel ihm die Antwort darauf ein:

Der Wänig hat sich wohl gedenkt, so mecht es gescheiter sein, weil der Sarg gleich unter die Erd kommt, wo ihn keiner mehr sieht. Die Todesanzeig dagegen, die wird ausgeschnitten und aufgehoben.

Der Nachruf auf Mutter Wänig steckte noch immer am Küchenbüfett. Ulrich musterte das schlanke schwarze Kreuz samt Flor und Zweig, das den Text linksseitig begrenzte, und murmelte vor sich hin: »Ich habe den guten Kampf gekämpft, den Lauf vollendet, die Treue gehalten.«

Während er mit seiner Gabel noch mal durchs Kraut fuhr, um die letzten Fleischfasern herauszuseihen, sagte er diesen Bibelvers – den er sich gemerkt hatte, weil es gar nicht so einfach gewesen war, ihn zu entziffern – ein weiteres Mal auf.

Als das Krauthäufchen auf seinem Teller endgültig nichts Nahrhaftes mehr hergab, wandte Ulrich seine Aufmerksamkeit wieder der Todesanzeige von Mutter Wänig zu.

Drei Zeilenabstände unter Kreuz und Vers stand ein Text, den er jetzt erneut scharf ins Auge fasste:

»Gott sprach das große Amen! Er rief unsere gute Mutter zu sich und führte sie heim in sein Reich!

In Liebe und Dankbarkeit nehmen wir Abschied von unserer lieben Mutter, Großmutter und Urgroßmutter, Trägerin des Mutterkreuzes und der goldenen Ehrennadel unseres Vereins Deutscher Hände Werk.«

Dahinter waren sie dann aufgelistet, die Wänigs – alle.

Und das sind nicht wänig, dachte Ulrich, ohne den Kalauer darin zu erkennen, denn das Phänomen Umlaut würde erst zum Ende der zweiten Volksschulklasse behandelt werden.

Ulrich las die verzeichneten Namen, und einzelne Gesichter tauchten vor ihm auf: Großvater Wänig – die Züge so hölzern wie seine Gesinnung. Marie Wänig – die Augen so traurig wie ihr Geschick. Und Wolli Wänig – das Mausgesicht.

Ulrich schreckte auf, als er die Küchentür zuschlagen hörte. »Anton? Anton!« Er sprang von seinem Platz am Tisch weg, sprintete aus dem Haus und raste hinter dem Bruder her die Dorfstraße hinunter.

Winzige Steinchen spritzten unter Ulrichs Füßen davon,

die in dem Bestreben, Anton einzuholen, Stakkatos auf den Boden trommelten.

Antons blauer Strickpullover schoss an Bäcker Gabriels Ladentür vorbei. Ulrich rannte ihm nach, er rannte, was das Zeug hielt, dennoch vergrößerte sich der Abstand zu seinem Bruder merklich. Falls Anton sein Tempo nicht bald drosselte, würde er am Bäckereck außer Sicht gelangen.

Macht mir nix aus, dachte Ulrich, denn es war ohnedies klar, wo Anton hinwollte.

Das schwache Hundert Habendorfer Häuser zog sich gute viereinhalb Kilometer weit am brüchigen Rand einer Schotterstraße entlang – ärmliche Katen mit handtuchgroßen Feldern, darunter der Bäcker, der Schuster, der Wirt.

Auf Höhe der Behausung von Schuhmacher Höhn bremste Anton und ließ Ulrich aufholen. Langsam trabten sie nebeneinander weiter.

Habendorf, sinnierte Ulrich, ein Dorf haben. Warum nur heißt unsere Ortschaft so? Die von Langenbielau haben ja auch ein Dorf.

Während seine Beine stetig ausgriffen, dachte Ulrich über dieses Warum nach, kam aber auf keine passable Lösung.

Um die zu finden, hätte er wissen müssen, dass zu Zeiten der Habsburger Monarchie die an der Landstraße nach Langenbielau aufgereihten Katen unter dem Namen »Hubendorf« im Katasterblatt verzeichnet gewesen waren und dass etliche Jahrhunderte früher, unter den Karolingern, der Ort »Hufendorf« geheißen hatte. Dieser ursprüngliche Name ließ die Fachwelt eine recht simple Schlussfolgerung treffen: Die ersten Ansiedler hatten der Einfachheit halber die damalige Maßeinheit bäuerlichen Grundbesitzes – eine ganze, ungeteilte Hufe – als Dorfnamen gewählt. Heutzutage mag das so phantasielos scheinen, als hätten sie ihre Kinder Zellhaufen, Broteinheitenverband oder Molekülbatzen getauft. Aber warum sollten sich die seinerzeitigen Bauersleute Mühe geben, einen poetischen Ortsnamen für ihr armseliges Terrain zu finden?

Sie kannten weiß Gott andere Sorgen, und Zukunftsaussichten hatten sie sowieso nicht. Wer hätte denn gedacht, dass sich dieses Hufendorf (der Name verschlampte im Laufe der Zeit via Hubendorf zu Habendorf) über Kaiser und Könige hinweg so zäh halten würde?

Im September 1944 starrten die Hofstellen von Habendorf – irgendwann einmal weiß gekalkt, später rußig grau verdreckt – aus gevierteilten Fensteraugen apathisch in den Rinnstein. An ihre Flanken klammerte sich der gesamte restliche Besitz des jeweiligen Eigentümers.

Die Wänig-Kate, aus deren Haustür die Scheller-Jungen zuvor gestürmt waren, hockte – von Langenbielau aus gesehen – am Ortsanfang vor einem schmalen Haferfeld, das in einen spitz zulaufenden Rübenacker überging. Der Acker ernährte das Wänig-Schwein. Das Haferfeld hätte die Wänig-Sippe darben lassen, wäre da nicht noch die Leinenweberei gewesen. Doch auch das unablässige Wuchten des Webstuhls konnte eine ganze Familie kaum satt machen. Und das war schon immer so gewesen.

Lange bevor Gerhard Hauptmann zum ersten Mal einen Weber zu Wort kommen ließ, webten die Wänigs bereits in Langenbielau für nichts als Not und Hunger. Ururgroßvater Wänig hatte sich im Jahre 1844 beim Weberaufstand starkgemacht, aber das hatte ihn umgehend das Leben gekostet. Daraufhin hatte es sein Sohn nicht mehr gewagt, das Weberlied auch nur zu summen, während er die Kettfäden spannte.

Fünfzig Jahre später, als dieses Kampflied bei der Uraufführung von Gerhard Hauptmanns Theaterstück volltönend von der Bühne schallte, hätte dieser Sohn – inzwischen Urgroßvater – es wagen können, endlich laut zu singen: »Hier wird der Mensch langsam gequält / hier ist die Folterkammer / hier werden Seufzer viel gezählt / als Zeugen von dem Jammer.«

Doch zu diesem Zeitpunkt hatte er Langenbielau samt seiner Sippe längst verlassen und in dem öden Nest Habendorf die beiden handtuchgroßen Äcker samt Kate erworben, die ihm und den Seinen künftig den Hunger auf Armeslänge fernhalten sollten. Einige Habendorfer munkelten, er habe sich den Besitz ergaunert, denn die Wänigs seien Schlawiner, denen man auf die Finger sehen müsse. Doch das wollte nichts heißen, weil die Habendorfer dasselbe von jedem behaupteten, der hier zuzog. Viele waren das freilich nicht.

Die Wänigs erwiesen sich dann doch als rechtschaffen, und schon bald ließ man nichts mehr auf sie kommen. Sie bestellten ihre beiden Äckerchen, webten ihr Leinen, produzierten Kinder und hielten sich recht und schlecht über Wasser.

Zwei Generationen nach dem Umzug wimmelte es in Habendorf dermaßen von Wänigs, dass sich die Jüngeren wieder in Langenbielau nach Arbeit umsehen mussten, wenn sie nicht die ganze Habendorfer Straße entlang Webstühle aufstellen wollten. Aber diesmal konnten die Wänigs von Glück sagen. In Langenbielau wuchsen gerade Großwebereien, die automatische Webstühle eingeführt hatten und lernwillige junge Weber suchten. Ein Wurf Wänigs fand seinen Platz unter selbsttätigen Schussspulen.

So ergab es sich, dass Tag für Tag eine mehr oder minder große Gruppe von Wänigs im Morgengrauen die drei Kilometer nach Langenbielau radelte – im Sommer. Im Winter, wenn der Schnee hoch lag, konnten die Habendorfer Kinder auf ihrem Schulweg in Wänig-Fußstapfen treten.

Großvater Wänig, der Enkel des Aufständischen, boykottierte die Industrialisierung und blieb am ererbten Handwebstuhl kleben. Summarisch brachte seiner Hände Arbeit wenig ein, aber sie erlaubte ihm, Langenbielau zu meiden. Tagtäglich vor dem ersten Hahnenschrei marschierte er in die hintere Stube, und dann hörten die Schellers unten in ihrer Wohnung im Tiefparterre bis zum Gebetläuten den Webstuhl wuchten.

Die Behausung der Schellers in der Wänig-Kate bestand aus zwei Zimmern – Küche und Schlafkammer, beide einen halben Meter unter Straßenniveau gelegen. Diese Bleibe hatten sie Grete und Jule Wänig zu verdanken, die der Reichserlass vom August 1941 nach Chemnitz dienstverpflichtet hatte, wo sie tagsüber an Greiferwebstühlen Drillich für Kampfanzüge herstellen und nachts auf ihren Lagern im städtischen Schulhaus gegen die Wanzen ins Feld ziehen mussten.

Im Gegensatz zu den Wänigs waren die Schellers Hiesige, jedenfalls galten sie dafür, weil Mutter Scheller aus einer Sippe stammte, die schon länger in Habendorf ansässig war als die Familien des Bäckers und des Schusters zusammengenommen.

Ulrich und Anton kamen gleichzeitig an dem Bretterverschlag, der Vater Scheller als Tischlerei diente, zum Stehen. Mutter Wänigs Sarg – schwarz gebeizt – ragte ein Stückchen aus dem Eingang heraus. Das konnte nur eines bedeuten: Ein weiterer Sarg war in Auftrag gegeben worden, und er war bereits in Arbeit.

Heute in aller Früh schon bestellt? Für wen denn bloß?, fragte sich Ulrich.

Er ließ die Habendorfer Revue passieren, setzte diesen Großvater und jene Großmutter auf die Liste der möglichen Anwärter für den neuen Sarg und zählte innerhalb weniger Sekunden fünf grauhaarige Köpfe, die in Frage kamen. Morgen würde der Name im »Tagblatt« stehen. Der Vater würde natürlich bereits wissen, von wem und für wen der Sarg bestellt worden war. Aber neugierige Fragen mochte er nicht.

Ulrich umrundete den Tischlerschuppen, und wie er es sich gedacht hatte, ragten auch aus dem Hintereingang die Seitenteile eines Sarges. Vater Scheller hatte beide Türen seiner Werkstatt aushängen müssen, um für zwei Särge Platz zu schaffen.

Um Ulrichs Mund zuckte ein Lächeln. Ein Doppelauftrag, den hatte Habendorf nur selten zu bieten. Womöglich stand den Schellers ja ein profitabler September ins Haus. Womöglich kündigten sich einträgliche Wochen an, wie sie Anfang der Dreißiger gang und gäbe gewesen waren, als Ulrichs Vater noch richtige Möbel getischlert hatte – solche, wie sie in Wänigs guter Stube standen.

Ulrich selbst fehlte begreiflicherweise die Erinnerung an jene ertragreichen Jahre. Aber Mutter Scheller hatte hin und wieder davon erzählt, wie ihr Mann einen Kleiderkasten (eintürig mit Schublade unten) geschreinert hatte und dazu passend zwei Bettgestelle und zwei Nachtschränkchen, als sie mit Anton schwanger gewesen war.

Im Sommer 1934 schien allerdings eine recht ansehnliche Herrenkommode für den Habendorfer Wirt den Schlussstrich unter die positive Seite der Bilanz gezogen zu haben. Fast über Nacht blieben danach die lukrativen Aufträge aus, weil die Habendorfer offenbar wieder einmal an Komfort sparen mussten.

In den folgenden mageren Zeiten konnte Vater Scheller seine kleine Familie recht und schlecht mit dem Anfertigen von Melkschemeln, Stiegengeländern und den unvermeidlichen Särgen über Wasser halten.

Dann kam das Jahr '39. Das aus den Bezirken Nieder- und Oberschlesien neu geformte Schlesien wurde mit etlichen Woiwodschaften aus polnischem Staatseigentum ausgepolstert und sollte mit Volldampf für die Reichsrüstungsindustrie produzieren. Die Auftragslisten quollen über. Abertausende von Metallgegenständen – vom Zahnrad bis zum Hochdruckkessel – wurden von der Reichsrüstungskammer in Schlesien bestellt.

Ulrich war gerade ein Jahr alt, da gelangten mit Ruß und Schwefel und sonstigen Giftgasen aus den Fabriken auch etliche abgegriffene Reichsmarkstücke bis nach Habendorf. Einige davon durfte Scheller in Schubladenschränke, Tische, Stühle und Tellerborde verwandeln. Aber die gute Auftragslage hielt nicht lange an, und wären die Särge nicht gewesen, hätte Mutter Scheller ihren Buben im neuen Jahrzehnt Rübenkraut vorsetzen müssen.

Eben diese Särge hätten Scheller – ab 1942 ungefähr – reich wie Krösus werden lassen können, wäre ihm bei jeder Anzeige im lokalen »Tagblatt« unter der Rubrik »Ein Herz steht still, wenn Gott es will« der Auftrag für den zugehörigen Sarg vergönnt gewesen. Ein Henry Ford der Särge wäre Scheller geworden, hätte man die Verblichenen nicht sarglos weit im Westen oder noch weiter im Osten in feindlicher Erde verscharrt. Doch weil dies so war, steuerte die Schreinerei Scheller wieder in eine Flaute. Bald kam verschärfend hinzu, dass der flotte Marsch deutscher Soldaten vom Dritten stracks ins Himmlische Reich den Nährwert der deutschen Reichsmark so drastisch dezimierte, dass Scheller froh sein konnte, wenn die Früchte seiner deutschen Schreinerarbeit mit ein paar lausigen Kartoffeln oder einem schwartigen Schweinefuß honoriert wurden.

Ulrich kehrte zur Straßenseite des Tischlerschuppens zurück, und dort fand er Wolli-Wänig-Mausgesicht im Disput mit Anton.

Hat Wolli also schon mitbekommen, dass ein frischer Sarg ansteht, interpretierte Ulrich das Auftauchen des illegitimen Wänig-Sprosses exakt richtig.

»Mecht mer besser warten, bis dä andere da ausm Weg is«, erklärte Anton dem Mausgesicht soeben.

Ulrich nickte zustimmend. Hirnverbrannt, jetzt zwischen den Särgen herumkrabbeln zu wollen, um ein paar Hände voll Sägespäne aufzulesen. Klüger, sich zu gedulden, bis Großmutter Wänigs Sarg auf dem Handkarren die Dorfstraße entlang zur Wänig-Kate rollte – unbestritten klüger.

Wolli-Mausgesicht schien enttäuscht. Er linste in die Werkstatt und trat von einem Fuß auf den anderen: »Jemersch, jemersch.«

Ulrich schaute ihn examinierend an. Mausgesicht war also schon wieder auf eines der Modelle scharf, die die Scheller-Jungen aus Holzabfällen bastelten.

Er war ihnen nachgelaufen, um – ja hauptsächlich wohl, um ihnen auf die Finger zu sehen. Für Späne-in-Säcke-Füllen durften sich die Scheller-Jungen nämlich kleine Holzstücke nehmen, die Mausgesicht deshalb so interessierten, weil sich diese Brettchen und Leistchen unter ihren Händen in die aufregendsten Dinge verwandelten. Dinge, die zu erwerben Wolli-Mausgesicht alles, schlichtweg alles dransetzte.

Der Zeppelin, den Anton und Ulrich vor drei Monaten gebaut hatten, hatte Mausgesicht vier Butter-Honig-Stullen gekostet, die bestimmt nicht leicht zu organisieren gewesen waren. Aber für Wolli schien sich der Handel gelohnt zu haben, denn bereits vier Wochen später hatte er den beiden ein Angebot für die »Bismarck« gemacht, das sie nicht ablehnen konnten: ein Solinger Messer. Ulrich hätte schwören mögen, dass Wolli das Messer aus der Joppentasche eines Wänig-Schwagers aus Schweidnitz geklaut hatte, der zu Erntedank nach Habendorf gekommen war. Aber was ging ihn das an? Die »Bismarck«, von den Scheller-Jungen vorbildgetreu ausgeführt bis hin zum Tarnanstrich (hergestellt aus mit Kreide vermischter Rußbeize), war diesen Preis bedenklicher Herkunft allemal wert. Und sie war existent, während ihre Vorlage samt all ihren Geschützen längst auf dem Meeresgrund moderte.

Die Original-»Bismarck« war am 21. Mai 1941 mit Pauken und Trompeten in See gestochen und hatte in der Dänemarkstraße, einem zweihundertfünfzig Kilometer breiten Gewässer zwischen Island und Grönland, souverän den legendären englischen Schlachtkreuzer »Hood« versenkt.

»Hurra!«, hatte der Reichsführer gebrüllt und kurzerhand entschieden, die »Bismarck« sei unschlagbar, unsinkbar und überhaupt. Beschirmt von diesen Attributen sollte sie den Atlantik kreuz und quer abgrasen und von jedwedem schwimmenden Feindesgesindel säubern. Aber die »Bismarck« widersetzte sich Hitlers Befehl: Am 26. Mai 1941 fiel sie dem Torpedo eines betagten englischen Doppeldeckers zum Opfer, der punktgenau ihr Ruder traf.

Die Modell-»Bismarck« aus Holzabfällen und Blechdraht sollte sich länger halten. Ihre Aufbauten aus leimverstärkter Wellpappe, ihre schlanken Geschützrohre aus Schilfstängeln und Lametta aus glänzenderen Zeiten, ihre glasglatten Bugwände waren offenbar dazu angetan, Wolli-Mausgesicht tief in die Tasche greifen zu lassen.

Ulrich beobachtete, wie Wolli den Sarg seiner Großmutter beäugte, wie er die Schnute schürzte, weil ihm wohl dämmerte, dass es mit dem Sägespäne-in-Säcke-Füllen für heute nichts mehr werden würde, da der Sarg noch einen zweiten Anstrich mit Rußbeize nötig hatte.

Wolli scharrte ungeduldig mit den Füßen.

Ulrich ahnte, was das Mausgesicht umtrieb.

Vor zwei Wochen hatte Wolli den Scheller-Jungen das aus Tannenholz gefertigte Modell des Düsenfliegers Me 262 abgeschwatzt. Ulrich und Anton hatten zwei Rollen Drops und ein Viererpäckchen Butterkeks dafür bekommen. Es war klar, dass das Naschwerk über den Ladentisch von Bäcker Gabriel gegangen war, allerdings stand zu bezweifeln, ob rechtmäßig. Und vor einigen Tagen hatte Wolli ein Angebot für die neueste Kreation der Scheller-Jungen gemacht – für die Ju 88. Mausgesicht wollte das Ju-88-Modell gegen einige Streifen Leder und zwei kleine Kupferbleche eintauschen. Ein sehr lukratives Geschäft, das jedoch noch nicht zustande gekommen war. Die Ju 88 war noch nicht ganz fertiggestellt, weil Anton die letzte Woche mit Bauchschmerzen im Bett gelegen hatte. Aber ohne den Bruder wollte Ulrich sich nicht an die Vervollständigung der Ju 88 wagen, deshalb hatte er ein eigenes Projekt begonnen: ein Musikinstrument. Es besaß einen Klangkörper, über den drei Saiten aus Schafdarm gespannt waren, und würde sich hervorragend zur Begleitung eines Blasinstruments eignen, fand Ulrich. Bei Gelegenheit wollte er einmal darüber nachdenken, wie ein solches herzustellen sei. Bis dahin würde er noch weitere Zupfinstrumente herstellen, sodass er sich von diesem hier getrost trennen konnte. Wolli hatte beim Anblick von Ulrichs Zupfgeige bloß die Nase gerümpft.

»Domin!«, schrie Anton plötzlich, stieß sich am Eckpfosten des Tischlerschuppens ab und rannte Sekunden später staubaufwirbelnd an dem vorspringenden Mauereck des letzten Gebäudes der Habendorfer Häuserzeile entlang. Ulrich tat es ihm nach, mühte sich selbstmörderisch ab, ihm auf den Fersen zu bleiben.

Die beiden liefen auf die ausgedehnte Wegschleife zu, die zum Dominium führte.

Ulrich brauchte nicht zurückzuschauen, um zu wissen, dass ihnen Wolli einen Moment lang nachgesehen und sich dann in die andere Richtung getrollt hatte. Notgedrungen, denn Mausgesicht durfte keinen Fuß mehr auf das Gebiet des Dominiums setzen.

Ulrich schwante, wie Wolli die Zeit ohne sie nutzen würde.

War das heute nicht ein hervorragender Tag, um auf leisen Sohlen in unverschlossene Stuben zu schleichen, deren Bewohner mit feuchten Augen und ebensolcher Kehle Großmutter Wänigs Heimgang betrauerten? Für jedes dahingeseufzte »Dass se hat missen zum Herrgott heim, so frieh« würde Großvater Wänig ein Gläschen Selbstgebrannten einschenken, das sollte die meisten Habendorfer an Ort und Stelle bannen.

Ulrich hatte Schuhmacher Höhn samt Ehefrau und Tochter auf dem Weg zum Kondolenzbesuch bei den Wänigs gesehen. Und der Schuster würde so lange nicht aus der Wänig-Stube weichen, bis die Schnapsflasche leer war. Jeder Habendorfer, ob jung oder alt, wusste das.

Dieser kollektiv ausgelebte Kummer um die alte Mutter Wänig würde Mausgesicht massenhaft Zeit verschaffen, in der Höhn'schen Kate herumzustöbern, die Schusterwerkstatt zu durchkämmen, dies und das einzustecken. Garnknäuel beispielsweise, Nägel, vielleicht Schnürsenkel und eben Lederreste.

Ulrich mutmaßte, dass Wolli schlau genug war, in den Häusern seines Heimatortes nichts zu entwenden, das nicht auch verloren gehen oder sonst irgendwie abhanden hätte kommen können. Mausgesicht würde weder bunte Tücher noch hübsches Geschirr stehlen, denn derartiges Diebesgut wäre leicht zu identifizieren. Alles in allem würde Wolli sowieso höllisch aufpassen, um nicht noch mal bei einer Dieberei ertappt zu werden. Von vier Gläsern eingeweckter Blutwurst würde er nur eines entwenden, denn der rechtmäßige Besitzer konnte sich geirrt, verzählt, verrechnet haben. Wer würde schon annehmen, dass ein Dieb ein Glas gestohlen und drei stehen gelassen hatte?

Ulrich glaubte geradezu zu spüren, wie es Wolli-Mausgesicht wurmte, dass er sich vor einigen Wochen im Dominium dabei hatte erwischen lassen, wie er ein dickes Stück von der geräucherten Schweineschulter heruntersäbelte. Diese Unbesonnenheit hatte ihm die Tür zum Schlaraffenland von einer Sekunde auf die andere für immer verriegelt. Nie wieder würde Wolli im Windschatten der Scheller-Jungen die Dorfstraße hinunter zum Gutshof des Barons rennen, wo auf einen wie ihn, der es mit »mein« und »dein« nicht so genau nahm, ein unbegrenztes Angebot wartete.

2

Ulrich lag im Kampf mit sich, wem prinzipiell mehr Verehrung gebühre: dem Dominium an sich – Garten Eden und Spender der edelsten Früchte und Viktualien – oder dem Verwalter des Dominiums, Großvater Scheller, Schöpfer von Strohpresse und Kranrad samt Balken, Herr und Gebieter über einen phantastischen Deutz-Gasöl-Motor. Manchmal geschah es, dass Ulrich vor lauter Ehrfurcht zu atmen vergaß, wenn der Großvater mit einer Lötlampe den sensiblen Glühkopf des Einzylinders vorglühte, das Flämmchen geduldig einwirken ließ, bis sich der Dieselverschnitt entzündete. Und stets hielt Ulrich die Luft an, wenn der Apparat zu rattern und zu fauchen begann, worauf sich, wie mit Geisterhand angetrieben, die Dreschmaschine oder eine der Pressen in Bewegung setzte.

Für Ulrich war Großvater Scheller der König des Dominiums – unbestritten –, auch nachdem ihn Anton belehrt hatte, dass der »Baron« Eigentümer dieser Wunderwelt sei.

Welcher Baron? Hatte schon einmal jemand ein Spänchen von diesem Baron gesehen? Eben.

»Der Baron lässt sich nicht zu uns Habendorfern herab«, hatte ihm Anton daraufhin erklärt.

Ach so, hatte Ulrich gedacht, er sitzt zur Rechten Gottes oder eventuell zu seiner Linken. Jedenfalls musste er ganz nah bei Gott sein, denn wie der HERR, so konnte auch der Baron zu sich rufen, wen er wollte. Im 14/18er-Krieg hatte er fortwährend Gefolgsmänner zu sich gerufen. Er rief mit kolossaler Strenge, und viele machten sich auf den Weg. Keiner kehrte je zurück.

»Kein Lebendiger hat dem Baron je ins Antlitz geschaut, auch der Großvater nicht«, behauptete Anton.

Soweit es den Großvater betraf, hatte Anton sicherlich recht. Großvater Scheller war dem Baron nie persönlich begegnet.

Bis zu dem Tag im schwarzen Jahr '29, an dem ein Advokat des Barons vor Schellers Tür stand und Einlass verlangte, hatte

Großvater Scheller mit Fleiß und Geschick die alte Mühle am Waldbach betrieben. Längst hatte sich herumgesprochen, über welch herausragendes handwerkliches Können er verfügte. Scheller setzte jedes Bauernfuhrwerk instand, so marode es auch sein mochte. Der Scheller, erzählten sich die Leute die Straße zwischen Breslau und Waldenburg hinauf und hinunter, der Scheller ist ein gelernter Stellmacher. Er versteht sich aufs Schmieden wie kein anderer, und er ist ehrlicher und vertrauenswürdiger als der Bischof von Krakau.

Das schien irgendwann dem Baron zu Ohren gekommen zu sein, denn der schickte seinen Advokaten zur Mühle und ließ ihn Großvater Scheller als Verwalter fürs Dominium verpflichten. Scheller übergab das eigene Unternehmen seinem ältesten Sohn und machte sich daran, das Landgut des Barons samt Stall- und Weidevieh, samt Gerät- und Liegenschaften, samt Knechten und Mägden durch die Wirtschaftskrise zu steuern. Das gelang ihm derart gut, dass der Baron zehn Jahre lang kein einziges Mal rufen musste.

Um die Mühle am Waldbach brauchte sich Großvater Scheller nicht zu sorgen; unter der Leitung seines Ältesten florierte sie prächtig. Der hatte zwar geheiratet und gleich darauf seine jüngeren Brüder ausquartiert, aber so war halt der Lauf der Dinge. Was die Mühle abwarf, würde nur für eine Familie reichen. Zwei der jüngeren Scheller-Söhne waren in den Kreis Breslau abgewandert, um sich dort in einer der Fabriken Arbeit zu suchen. Nur Michael war geblieben, weil er sich in ein Habendorfer Mädchen verguckt hatte.

Im September '39 fing der Baron mit dem Rufen wieder an. Seitdem rief er unermüdlich ins Polnische hinüber, und Scharen von Arbeitssuchenden strömten in seine Gruben, Hütten und Eisenwalzwerke.

Mit jedem zweiten Kolbenhub ließ der Deutz die Dreschtrommel schlingern. Anton zog Sack für Sack – einer so gut gefüllt wie der andere – über den Kranbalken auf den Getreidespeicher.

Sein Großvater überließ ihn und den Dieselmotor ihren jeweiligen Obliegenheiten, winkte Ulrich zu sich und hielt auf die Scheune zu. Ulrich rannte ihm entzückt hinterher. Auch das, was jetzt anstand, war ganz nach seinem Geschmack. Großvater würde langsam und gleichmäßig an einer Kurbel drehen und damit die Walze in Gang setzen, die die Haferkörner platt quetschte. Ulrich würde mit seinen rundlichen Fingern die luftigen Flocken in braune Fünfpfundtüten kehren. Haferflocken, er konnte sie auf der Zunge schmecken: in Milch gekocht, mit etwas Sirup gesüßt.

Ulrich schloss die Augen und träumte davon, für immer auf dem Dominium bleiben zu dürfen. Schluss damit, den Teller nur dann gut gefüllt zu haben, wenn einer der Nachbarn seinen Löffel endgültig ablegte, Schluss mit wummerndem Webstuhl und trampelnden Wänig-Füßen über dem Kopf. Schluss mit den verhassten Schultagen unter der Fuchtel von Lehrer Führertreu.

Führertreu! Ulrich hatte keine Ahnung, wie sein Lehrer wirklich hieß. Alle Habendorfer nannten ihn so, womöglich wusste keiner mehr seinen richtigen Namen.

Offiziell musste Führertreu seit dem 20. April 1937 als Gauleiter betitelt werden. An diesem Tag hatte er sich erstmals mit wie festgefroren ausgestrecktem Arm im offenen DKW die Dorfstraße auf- und abchauffieren lassen. Damals hatten die Habendorfer »Schaugefreiter« gefeixt. Weil der Gauleiter das gleiche Schauspiel jedes Jahr zu Führers Geburtstag wiederholte, hatten sie ihn später »Führertreu« getauft.

Von seinen Schülern erwartete Führertreu am Tag seines jährlichen Defilees ein zackig grüßendes Spalier entlang der Abwassergräben.

Soweit jedoch Ulrich aus den Gesprächen der Erwachsenen geschlossen hatte, würde es im kommenden Frühjahr keinen Aufmarsch samt Beflaggung zum Führer-Geburtstag mehr geben.

»Es geht zu Ende mit der braunen Herrschaft«, hatte Schuster Höhn gesagt.

»Die Heerestruppe Mitte ist bereits ausradiert«, hatte Bäcker Gabriel erwidert, und ein Fremder hatte hinzugefügt: »Die Alliierten blasen zum Halali. Der Amerikaner manövriert am Rhein, der Russe marodiert an der Weichsel.«

Was immer dieser Fremde damit gemeint hatte, Ulrich hatte seinen Worten entnommen, dass jenes Ereignis nun dramatisch näher rückte, von dem schon länger die Rede war. Die Erwachsenen nannten es »Flucht«. Man würde Habendorf den Rücken kehren und mit Sack und Pack in Richtung Westen reisen. Ulrich nannte das Abenteuer.

Er hatte aus all dem Gerede durchweg die richtigen Schlüsse gezogen. Bald schon würden Habendorfs Katen verlassen sein, ihre Bewohner auf abenteuerlichen Pfaden umherirren.

Das Husten der Flakgeschütze hallte bereits bis Langenbielau. Im ganzen Land zerbröselten Häuser, Kirchen und Bahnhöfe unter den Bomben verschiedenster Nationalitäten. In Habendorf, dem HERRN sei Dank, war bisher kein einziges Steinchen vom andern gefallen, denn niemand auf Gottes weitem Kriegsschauplatz ahnte, dass es dahinten in Niederschlesien unter dem Bauch des Eulengebirges überhaupt ein Habendorf gab. Auf ihrem Vormarsch würde die Rote Armee eines Tages jedoch auch über Habendorf stolpern. Und der Gestellungsbefehl, der Führertreu ab dem 15. Oktober 1944 zur Heeresgruppe Nord, Kommandostandort Krakau beorderte, würde ihn zwar das Leben kosten, aber keinen einzigen Rotarmisten aufhalten.

Die Walze stand still. Ulrich fegte die restlichen Haferflocken zu einem Häufchen zusammen und wischte es in die Tüte. Anton wartete bereits an der Scheunentür auf ihn. Zeit, nach Hause zu gehen.

Heimwärts rannten sie nicht. Sie trödelten. Mit dem Abendbrot würde es ohnehin spät werden, weil der Vater sicher noch mit den Särgen beschäftigt war; und Hunger hatten die beiden ausnahmsweise einmal nicht. Vom Großvater hatten sie

Schmalzbrote bekommen, Haferkekse mit Rübensirup und Buttermilch. So eine Mahlzeit hielt vor.

Unterwegs kaute Ulrich wieder einmal auf dem Wort »Flucht« herum, das ihm neuerdings so oft in den Sinn kam, weil es in Habendorf herumschwirrte wie im Sommer die Mücken.

Aus Habendorf flüchten bedeutete wohl, die Dorfstraße hinaufzurennen bis zur großen Kreuzung, wo man sich entscheiden musste. Geradeaus weiter führte der Weg nach Reichenbach. Wer rechts abbog, kam nach Langenbielau und weiter nach Wer-weiß-wo, links ging es nach Breslau.

Jedes dieser Ziele schien Ulrich reizvoll, verlockend, vielversprechend.

Und was bliebe zurück? Ein verschlossenes Schultor in Langenbielau (weil Führertreu sowieso abmarschieren würde), das selbst weit geöffnet nie zum Eintreten ermuntert hatte. Ein seit Monaten verwaister Reichskindergarten, denn das Fräulein, das Ulrich in den Jahren vor seinem Schuleintritt himbeersirupsüß mit der falschen Versprechung köderte: »Wenn du deinen Grießbrei aufisst, brauchst du keinen Mittagsschlaf zu halten«, war im Kielwasser der Reichsimftruppe davongesegelt, vermutlich als Lügnerin vom Dienst: »Der kleine Pieks wird ganz bestimmt überhaupt nicht wehtun.« Weder dem Kindergarten noch dem verlogenen Fräulein hatte Ulrich eine Träne nachgeweint.

Anton blieb ein paar Minuten stehen, als müsse er verschnaufen, weil auf Höhe der Bäckerei Gabriel die Dorfstraße in Richtung Wänig-Kate anzusteigen begann. Zwischen dem Haus des Schuhmachers und dem des Bäckers brachte es die Fahrbahn auf ein Gefälle von gut fünf Prozent.

Die Habendorfer Rodelbahn. Ulrich dachte, dass es schade wäre, im Winter, wenn Schnee und Regen und Frost aus der Straße eine Eisbahn gemacht hatten, nicht mehr vom Ober- ins Niederdorf sausen zu können.

Aber sonst? Nein, sonst hatte Habendorf wirklich nichts zu bieten.

Habendorf nicht und Langenbielau auch nicht.

Das Hinterland von Habendorf allerdings schon. Denn dort lag das Dominium, und das hatte eine ganze Menge aufzuweisen. Auf dem Dominium gab es vieles, was Ulrich schmerzlich vermissen würde: die Drehbank mit Fußantrieb, auf der der Großvater für seine Enkel im Laufe der Zeit mannigfaltige Kreisel hergestellt und auf der Anton die Schiffsschraube für das Schlachtschiff »Bismarck« angefertigt hatte. Vom Dominium zu scheiden bedeutete, den Deutz-Zweitakter zurückzulassen, die Walzen, Pressen, die Ställe ...

Ulrich ließ den Kopf hängen und fiel – weil plötzlich schlapp und müde – ein gutes Stück hinter Anton zurück, der den Anstieg inzwischen schon hinter sich hatte. Er schleppte sich gerade über die letzten Meter, als ihm ein berauschender Gedanke kam.

Alles, was das Dominium zu bieten hatte, musste es ja auch anderswo geben. Und mehr noch, viel mehr. Hatte der Großvater nicht von riesigen Maschinen erzählt, die mit Dampf betrieben wurden, von Viertaktmotoren, von einem Düsenantrieb? Lag das eigentliche Land der Technik anderswo? Wenn ja, dann wollte Ulrich von ganzem Herzen dorthin. Und daraus folgte logisch, dass Flucht in jedem Fall zu befürworten war – unbestritten.

Mit frischem Schneid holte Ulrich zu Anton auf, und beide hielten jetzt stramm auf die Wänig-Kate zu.

Doch kurz vor dem Ziel kam Ulrich das ominöse Wort wieder in den Sinn, das Mutter Scheller nasse Augen machte und Großvater Wänig einen verkniffenen Mund. Ulrich drehte und wendete dieses Wort eine Weile, aber alles, was ihm dazu einfiel, war der Refrain eines Liedes, das die Kindergartentante immer nach dem pampigen Grießbrei, quasi als Countdown zum verhassten Mittagsschlaf, angestimmt hatte: *»... wo die Elbe so heimlich rinnt, wo der Rübezahl mit seinen Zwergen heut noch Sagen und Märchen spinnt, Riesengebirge, deutsches Gebirge, meine liebe Heimat du!«*

»Heim – at«. Ulrich hatte das fragwürdige Wort schon

mehrmals seziert und war stets zu demselben Ergebnis gelangt: »Heimat ist, wo wer sein Heim hat.«

Das Heim der Schellers bestand aus zwei Zimmern im Tiefparterre und einem Abort über der ersten Ackerfurche. Dagegen war nichts einzuwenden. Aber – gab es so ein Heim nicht auch anderswo?

Hatte nicht Großvater vor Zeiten sein eigenes Heim von der Mühle zum Dominium verlegt? Ja, das hatte er. Manchmal erzählte Großvater sogar davon. Doch nasse Augen oder einen harten Mund hatte Ulrich nie bei ihm gesehen.

Allerdings, fiel ihm ein, musste der Großvater oft seufzen und stöhnen, weil ihm die Knochen so wehtaten. Ulrich überlegte, ob ein neues Heim Schmerzen verursachen konnte, aber er fand keinen einzigen Grund, weshalb das so sein sollte. Er beschloss, Anton danach zu fragen, warum es der Großvater mit den Knochen hatte. Sein Bruder wusste immer Antworten.

Auch diesmal kam die Antwort prompt und greifbar: »Vom Bücken, vom Heben, vom Lastenschleppen.«

Natürlich, nicht dieses oder jenes Heim hatte Großvaters Knochen beschädigt, sondern die Zentnersäcke, die er Woche für Woche auf das Fuhrwerk laden musste, damit sie zum Baron gebracht werden konnten. Das Heim trug keine Schuld an Großvaters Schmerzen, denn ein Heim war einfach nur da, um bewohnt zu werden. Es konnte hier und dort sein oder eben anderswo.

Was also sprach dagegen, zu flüchten – fort von Habendorf und hin nach anderswo?

Somit hatte sich Ulrich also schon entschieden zu gehen, während die meisten anderen noch glaubten, sich niemals von ihrer Scholle trennen zu können. Doch was auf sie zukam, würde sie bald zum Umdenken zwingen. Nur bei Großvater Wänig sollte am Ende der Starrsinn siegen. Seit Jahrzehnten wuchtete sein Webstuhl Tag für Tag in der Wänig-Stube, und Großvater Wänig wollte ihn weiterwuchten lassen bis zum bitteren Ende.

»Der Weber mecht stur bleiben«, munkelten die Habendorfer.

Ja, so waren sie halt, die schlesischen Weber. Heinrich Heine hatte schon im Jahr 1844 über sie geschrieben: »Ein Fluch dem falschen Vaterlande, wo nur gedeihen Schmach und Schande, wo jede Blume früh geknickt, wo Fäulnis und Moder den Wurm erquickt – wir weben, wir weben.«

Viele Wochen vergingen, während derer Ulrich nur darauf wartete, endlich aufbrechen zu können, sinnlosen Wörtern wie »Niederschlesien«, »Hohe Eule«, »Zobtenberg« zu entkommen. Erst nach den Weihnachtstagen würde er davonfahren, und er würde nichts mitnehmen.

So gut wie nichts jedenfalls – ein paar Kleidungsstücke, das Solinger Messer (Wollis Bezahlung für die »Bismarck«), das Anton ihm großzügig überlassen hatte, ein Stückchen Draht, ein bisschen Schnur, ein paar schmale Brettchen, einen Bleistift – und natürlich die Junkers F 13, das neueste Werkstück der Scheller-Jungen. Alles andere würde er zurücklassen: die Schulfibel und die Schiefertafel, die Bettstatt und den Nachttopf davor, sogar die Zupfgeige, auf die er so stolz gewesen war. Vor allem aber würde er seine Heimat zurücklassen. Schlesien samt seinen berühmten Tälern und Höhen – samt seiner weit zurückreichenden Geschichte.

3

Weihnachten 1944 kündigte sich mit Sirenengeheul an. Aus der Waldenburger Senke stieg Rauch auf.

Wolli-Mausgesicht schlich die Treppe vom ersten Stock ins Tiefparterre hinunter, legte das Ohr an die Scheller'sche Wohnungstür und versuchte gleichzeitig, durchs Schlüsselloch zu schielen.

»Mecht Zeit wern«, sagte Vater Scheller gerade.

Wolli sah Ulrich vehement nicken. Arsch und Zwirn, die Schellers würden doch nicht von hier verschwinden, bevor er den Brüdern die Junkers F 13 abgeschwatzt hatte? Aber um die in die Finger zu bekommen, musste er noch einen Kaufpreis beschaffen, bei dem Ulrich und Anton nicht anders konnten, als ihn zu akzeptieren.

Warum war es auf einmal so still in der Wohnung? Wolli bewegte den Kopf hin und her, um verschiedene Blickwinkel durchs Schlüsselloch auszuprobieren. Nach wenigen Sekunden geriet ihm Mutter Scheller ins Bild. Sie klammerte sich an die Kredenz, drückte Ulrichs fünf Monate alte Schwester Hilde an den Busen und schüttelte, ebenso vehement wie Ulrich genickt hatte, den Kopf.

Wolli grinste befriedigt. Ulrichs Mutter wollte nicht weg. Sie wollte bleiben, so wie Großvater Wänig blieb.

Unverzagt wuchtete der Webstuhl im ersten Stock. Womöglich bewirkte jenes vertraute Geräusch, dass Mutter Scheller dachte, nichts müsse sich ändern, und dass sie diesen Gedanken hartnäckig verteidigte, obwohl mittlerweile kaum jemand mehr in Habendorf hauste.

Bäcker Gabriel hatte seinen Handkarren bereits vor zwei Wochen über die Dorfstraße hinaufgezogen und war an der Kreuzung in westlicher Richtung abgebogen. Schuster Höhn hatte letzten Sonntag den Eingang zu seiner Werkstatt vernagelt und war ebenfalls auf dem Weg nach Westen. Ein paar Nachbarn saßen noch auf ihren Gepäckstücken herum. Aber nicht aus Wankelmut. Sie lauschten auf das Rumpeln des altertümlichen Militärlasters, der die Fluchtwilligen zum Bahnhof nach Glatz schaffen sollte.

Wolli beobachtete, wie Vater Scheller eindringlich auf seine Frau einredete. Doch schnell schien er einzusehen, dass es zwecklos war. Als ihn Wolli nach seiner Drillichjacke greifen sah, machte er sich eilig davon.

Kurz darauf sah er Scheller das Haus verlassen und den Weg zur Tischlerwerkstatt einschlagen. Wolli fragte sich, was Scheller da wohl wollte. Dieser Tage waren in Habendorf nicht einmal mehr Särge gefragt, weil die meisten Häuser leer standen. Aber genau das sollte es Wolli immens erleichtern, die Tauschware aufzutreiben, die ihm die Junkers F 13 einbringen würde. Allein schon was Bäcker Gabriel in seinem Haus zurückgelassen hatte, war wohl ein ganzes Geschwader von Miniaturflugzeugen wert.

Wolli-Mausgesicht rieb sich vorfreudig die Hände. Und während er zu der rückwärtigen Kellerluke schlich, durch die er das Haus des Bäckers betreten und verlassen konnte, gestattete er sich, die Entwicklung der Dinge als geradezu exzellent einzuschätzen.

Wie hätte Wolli ahnen können, dass sein eigener Erzeuger soeben dabei war, Vater Scheller eine Geschichte zu erzählen, die den Tischler davon überzeugte, dass er seine Frau mit Gewalt auf den Laster nach Glatz schaffen musste? Wollis Erzeuger – anders nannte ihn nie jemand in Habendorf – wirbelte seit einigen Minuten die Späne in Schellers Werkstatt auf, und synchron dazu beschrieb er Szenarien, die Schellers Entschluss erhärteten, das Heil in der Flucht zu suchen.

Wolli Wänigs Erzeuger war in diesem Sommer zweiundzwanzig Jahre alt geworden. Die ersten zwei Jahre seines Lebens hatte er in der Kammer einer Hausmagd auf dem Dominium zugebracht. Danach ließ er sich nicht mehr wegsperren. Er rannte, wohin er wollte.

Wollis Erzeuger war sieben, als der damalige Gutsverwalter vom Dominium der Hausmagd den Laufpass gab.

»Aber das Kind!«, schrie sie.

»Geht mich nichts an, die abscheuliche Brut!«, brüllte er zurück. »Pack deinen Krempel, ich nehm euch bis Reichenbach auf dem Fuhrwerk mit.« Doch bevor er die beiden wegschaffen konnte, rief der Baron, dem inzwischen zu Ohren gekommen war, dass sein Habendorfer Dominium ein Kind zu viel, dafür aber etliche Klafter Holz zu wenig vorzuweisen hatte, nach seinem Verwalter. Der kehrte daraufhin – wie zu erwarten war – nicht mehr aufs Gut zurück. Wenig später beauftragte man den Stellmacher Scheller, das Gleichgewicht auf dem Dominium wiederherzustellen. Scheller vermehrte die Holzstapel, beließ aber das Kind. Es würde sich, so glaubte er, schon in den Wirtschaftsplan einfügen. Es würde mit seinen kleinen Händchen zum Gesamtwerk beitragen, sodass fürs Dominium kein Schaden entstünde.

Das Kind aber fügte sich nirgendwo ein. Jeder seiner Arbeitsbeiträge artete in Verwüstung aus. Scheller versuchte es mit Härte, mit Vernunft, sogar mit Bestechung. Doch mit wachsendem Unbehagen musste er zusehen, wie sich das Kind mehr und mehr zu einem Flegel entwickelte.

Mit den Jahren fing der Flegel an, sich herumzutreiben. Bald erschien er auf dem Dominium nur noch zum Essen und Schlafen. Einerseits war Scheller erleichtert darüber, andererseits drückte ihn die Pflicht. Durfte er einen Parasiten im Dominium dulden? Gewiss nicht. Der Baron würde auf der Stelle rufen, wenn er davon erführe.

Der Flegel war noch keine sechzehn, als er sich selbst um sein Nest brachte. Eines Abends lungerte er unterhalb einer Böschung an der Straße nach Langenbielau herum. Er hatte Bäcker Gabriels Katze erwischt, hatte sie mit zusammengebundenen Hinterbeinen an einem Ast aufgehängt und dann zugesehen, wie sie versuchte, sich zu befreien, bis ihn die Sache zu langweilen begann. Träge spähte er jetzt die verlassene Straße hinauf und hinunter, wollte schon lustlos heim zum Dominium wandern, da entdeckte er Marie Wänig, die ihm mutterseelenallein von Langenbielau her entgegenradelte. Sie kehrte an jenem Tag später aus der Stadt zurück als der restliche Pulk der Wänig-Weber, weil sie zum Bund Deutscher Mädel rekrutiert worden war und mit ihren Genossinnen Fahrtenlieder hatte üben müssen.

Der Flegel grinste frech, trat auf die Straße und stellte sich Marie in den Weg. Möglicherweise wusste er selbst noch nicht, was er vorhatte, als er sie vom Rad zerrte. Marie schrie und strampelte. Der Flegel knuffte und boxte. Das Rad kippte um, und Marie blutete auf einmal aus einer Wunde am Kopf. Der Flegel ließ von ihr ab und sah zu, wie sie zuerst auf die Knie fiel, dann auf die Seite. Gleich darauf rutschte sie die Böschung hinunter und blieb auf einer Grasinsel liegen. Der Saum ihres Faltenrocks hatte sich wie eine Halskrause unter ihr Kinn geschoben. Als er sie so entblößt daliegen sah, muss ihm der schändliche Gedanke gekommen sein. Der Flegel schlitterte zu Marie hinunter, machte sich über sie her und zeugte Wolli Wänig.

Vielleicht hätte Marie aus lauter Scham und Schande niemals ein einziges Wort über das Unsagbare verloren, das ihr widerfahren war, wäre sie nicht verdreckt und zerschunden Bäcker Gabriels Frau (die gerade nach ihrer Katze Ausschau hielt) in die Arme gelaufen – und das just unter der Gaslaterne vor dem Dorfwirtshaus. Die Bäckerin machte bei Marie eine blutige Schläfe aus, eine zerfetzte Bluse, zerkratzte Arme. Das reichte ihr.

»Überfall!«, kreischte Hedwig Gabriel und: »Zu Hilf, dä Marieli bluut!« Weil sich daraufhin nichts rührte, brüllte sie noch: »Attacke!«

Weiß der Himmel, wie sie auf Attacke kam, es bewirkte aber, dass ein paar Gestalten aus der Gaststube heraustorkelten. Werner und Otto Wänig blinzelten ins Licht der Laterne, der Wirt erschien vor seiner Tür und mit ihm drei Habendorfer, die am Tresen gehangen hatten.

Es dauerte seine Zeit, bis Otto Wänig aus seiner Tochter herausgeholt hatte, was passiert war. Daraufhin dauerte es aber gar nicht lang, bis alle begriffen hatten, welche Untat hier geschehen war. Und es dauerte bloß eine Minute, bis sie sich einig waren, wie der Flegel dafür büßen sollte.

Wollis Erzeuger hatte inzwischen – von triebhafter Anspannung befreit – Muße genug gehabt, ein wenig nachzudenken. Dabei war ihm aufgegangen, dass der Bogen überspannt war. Otto Wänig, das war gewiss, würde noch heute zum Dominium stürmen, um ihn zur Strecke zu bringen, und Gutsverwalter Scheller würde sich ihm bestimmt nicht in den Weg stellen.

Das Bild eines blindwütigen Otto Wänig vor Augen, hielt es Wollis Erzeuger für ratsam, sich für eine Weile aus dem Staub zu machen. Er akquirierte Maries Rad, kehrte Habendorf den Rücken und trat in die Pedale.

Knapp fünfzehn Minuten später passierte er die ersten Häuser von Langenbielau. Rechter Hand in einer Senke kam der Turnplatz in Sicht. Dort marschierten soeben die vereinigten Riegen der männlichen Hitlerjugend auf. Wollis Erzeuger fuhr langsam heran, dann bremste er, stieg ab und lehnte das Rad an den Zaun aus Holzplanken. Ohne lang zu überlegen, schlüpfte er durch die Bretter und schlich zu den Tribünenplätzen. Wehende Fahnen, flatternde Wimpel, akkurat ausgerichtete Schuhspitzen, sämtliche Nasen in einer Linie – Wollis Erzeuger glotzte fasziniert. Gaffend lungerte er unter der Tribüne herum. Er wusste ja ohnehin nicht, wohin er wollte.

Dabei kam ihm gar nicht in den Sinn, dass er, wenn auch ein Stückchen abseits stehend, mit seinem dunkel umfransten Mausgesicht und der zerknautschten Joppe, mit seiner ganzen schlampigen Erscheinung auffallen musste wie ein verfaulter Zahn im Blend-a-med-Gebiss. Als ihm aber plötzlich zwei hakenbekreuzte Schulterklappen die Sicht blockierten, überrannte ihn die Einsicht, dass er schleunigst einen guten Text brauchte. Der tat sich auf, während sein Blick über die Schulterklappen hinweg in die Runde irrte.

Wollis Erzeuger entdeckte die notwendige Inspiration auf einer Reihe von Spruchbändern, die sich entlang der Begrenzungspfosten um den Turnplatz herumspannten: »Die Juden sind unser Unglück«, las er und: »Juda verrecke.« Weiter hinten am Waldrand hieß es: »Mädchen und Frauen, die Juden sind euer Verderben.«

Flugs tischte er eine passende Geschichte zu der einleuchtenden Propaganda auf. Er, behauptete Wollis Erzeuger, der herrenrassige Arier, habe als eiserner Wächter über deutsches Blutgut versucht, aus seiner Schulfreundin Marie Wänig die verfehlte Leidenschaft zu einem Reichenbacher Juden herauszuprügeln. Aber Maries uneinsichtige Verwandte, die nicht wahrhaben wollten, wie gefährlich das Judenpack sei, hätten nun ihn, *ihn*, der es nichts als gut gemeint hatte, aus dem Dorf gejagt und ihm Rache geschworen.

Peng, ins Schwarze!, jubilierte Wollis Erzeuger insgeheim, als er die Worte vernahm, die eine befehlshaberische Stimme schnarrte: »Mit Stumpf und Stiel rotten wir den Jud aus. Den Jud mitsamt seinem schlechten Atem, der unsere Jugend vergiftet.«

So sehr der Coup, der ihm gerade gelungen war, Wollis Erzeuger hoffen ließ, mit einem blauen Auge davonzukommen, so wenig hätte er zu träumen gewagt, dass er sich damit geradewegs in den SS-Himmel katapultiert hatte.

Die Schulterklappen gehörten nämlich dem Höheren SS- und Polizeiführer (abgekürzt HSSPF) Benz, der es als Kapitalverbrechen gewertet hätte, einen treudeutschen Knaben den wütenden Anverwandten einer Judenhure zum Fraß vorzuwerfen.

Als harmonierendes Glied im Polizeibataillon 101 war Wollis Erzeuger längst auf dem Weg nach Bayern, bevor Otto Wänig in der Reichenbacher Polizeidienststelle auch nur den Mund aufbrachte, um seine Anzeige zu Protokoll zu geben.

Wollis Erzeuger wähnte sich im Paradies. Er durfte in Dachau prügeln und treten. In Jozefow durfte er Juden wie Hasen jagen und so viele von ihnen abschießen, wie er nur konnte. In Majdanek durfte er morden und foltern. Und dafür hagelte es Lob, Schulterklopfen und eines Tages sogar das Kriegsverdienstkreuz zweiter Klasse. Vor dem Fronteinsatz bewahrte Wollis Erzeuger ein schlaffer linker Herzmuskel. Wie zweckmäßig, denn wo hätte Wollis Erzeuger dem Deutschen Reich effizienter dienen können als in einem Konzentrationslager?

Im Spätherbst '43 – nach wie vor unter den Fittichen des Bat. 101 – berauschte sich Wollis Erzeuger an den Orgien, die unter dem teuflischen Namen »Aktion Erntefest« den Genozid seinem Höhepunkt entgegentrieben. Er zeigte sich ein wenig verstimmt, als der Befehl zum Abzug kam.

Am 22. Juli 1944 fanden Truppen der Roten Armee das verwaiste Lager Majdanek. Wollis Erzeuger und Konsorten hatten die Gefangenen zum Todesmarsch formiert und prügelten sie im Zickzack nach Westen. Die Aufseher taten unterwegs ihr Möglichstes im Sinne der Judenvernichtung, sodass sich Wollis Erzeuger rühmen konnte, zwischen Majdanek und Grünberg drei Viertel seiner Schützlinge zur Strecke gebracht zu haben.

Aber irgendwie fühlte sich Wollis Erzeuger nicht mehr wohl in seiner Haut. Ein dumpfes Unbehagen saß ihm im Nacken. Es trug Namen wie »Panzerfahrzeug Stalin III«, »MG Maxim« und »Degtjoreff«, und es wummerte Tag und Nacht in seinen Ohren. In Grünberg quälte und marterte Wollis Erzeuger mit weit weniger Elan als zuvor. Oft starrte er heimlich die vorbeifließende Oder hinauf und rechnete im Stillen hin und her, hinter welcher der vielen Biegungen wohl Habendorf lag. Als es Ende '44 in Grünberg derart brenzlig wurde, dass neue Marschziele wie Bergen-Belsen oder Helmbrechts in der Luft hingen, zog es Wollis Erzeuger unwiderstehlich nach Hause.

Er erreichte seinen Heimatort spät am Vorabend des 24. Dezember 1944. Die Hauptstraße zeigte sich menschenleer, aus den Fenstern der Häuser drang kein einziger Lichtschein.

Mit einem deutlichen Gefühl der Beklemmung schlich Wollis Erzeuger die Dorfstraße hinunter. War es klug gewesen, hierherzukommen? Die Habendorfer würden nicht vergessen haben, was er Marie Wänig angetan hatte. Der Feind – auch von Habendorf nicht mehr weit entfernt – würde ihn nicht davonkommen lassen, und ein reichsdeutscher Offizier würde nicht lange fackeln, wenn er einen Deserteur entdeckte. Wollis Erzeuger fühlte sich auf einmal beängstigend eingekreist, obwohl gar niemand in der Nähe war. Bei der Tischlerwerkstatt blieb er zögernd stehen, denn zum Dominium wagte er sich plötzlich nicht mehr.

Erwartungsgemäß war die Tür zur Werkstatt geschlossen. Aber als er vorsichtig auf die Klinke drückte, stellte er fest, dass Tischler Scheller den Riegel nicht vorgeschoben hatte.

Wollis Erzeuger trat ein, bastelte sich eine Liegestatt aus den paar Spänen, die noch herumlagen, und einigen Lumpen, die Scheller zum Polieren der Särge benutzte, und igelte sich darin ein.

Bevor er einschlief, streifte ihn der Gedanke, dass das Jesuskind dereinst in der Krippe ebenso dagelegen haben mochte.

Wollis Erzeuger blinzelte verschlafen, als sich morgens die Tür zur Werkstatt öffnete. Er rieb sich die Augen, setzte sich auf und fand sich Vater Scheller gegenüber, in dessen Blick Erkennen aufblitzte.

Wollis Erzeuger musste kein Hellseher sein, um zu merken, wie es in den Fäusten und Füßen des Tischlers zu kribbeln begann. Er konnte Schellers Gedanken fast bis auf den Grund durchschauen, weil sie sich deutlich genug in dessen Gesicht widerspiegelten.

Dieser Lump da, stand in der Miene des Tischlers zu lesen, hat es verdient, dass ihm einer in die Fresse tritt, gleich jetzt und auf der Stelle – für Marie, für Otto Wänig und für Mutter-Wänig-Gott-selig.

Wollis Erzeuger sah Scheller bereits ausholen. Doch bevor der Tischler zutreten konnte, stoppte ihn ein sonderbarer Gedanke: Wieso kommt dieser Halunke zurück nach Habendorf, wo alle wissen, was er auf dem Kerbholz hat?

Scheller setzte den Stiefel wieder auf die Erde.

Dem ist gerade aufgegangen, sagte sich Wollis Erzeuger, dass es unklug wäre, ein Schwein zu schlachten, bevor es geferkelt hat.

Das war seine Chance. Er war weit herumgekommen, er konnte dem Tischler berichten, was am kollektiven Wissen der Habendorfer vorbeigeflossen war.

Und es fiel auf fruchtbaren Boden. Scheller war einen Schritt beiseitegetreten, hatte sich neben das schlafende Sägeblatt gehockt – und hörte schweigend zu.

Wollis Erzeuger entging keineswegs, dass Scheller die Worte, die aus ihm hervorsprudelten, zwar aufmerksam in sich aufnahm, seine Miene dabei jedoch nicht ein Fünkchen nachsichtiger wurde.

Hinhalten, dachte Wollis Erzeuger. Hinhalten den Kerl, und er hörte nicht auf zu reden.

Ebenso wenig wie einer von den anderen Habendorfern hatte Wollis Erzeuger jemals einen waffenstarrenden, siegestrunkenen, marodierenden Russen zu Gesicht bekommen. Aber er hatte Gefangene gesehen – nicht nur jüdische. Er wusste, wie es in deutschen Lagern zuging. Selbst wenn sich der siegreiche Russe auf ein »Wie du mir, so ich dir« beschränken sollte, dann trotzdem: Gute Nacht.

Während Wollis Erzeuger erzählte, konnte er beobachten, wie dem Tischler von Minute zu Minute deutlicher aufging, dass er keine Zeit mehr zu vertrödeln hatte.

Die Flucht ergreifen, Reißaus nehmen, aufbrechen, abmarschieren, pochte es sichtbar in Schellers Schädel.

Das Grauen, das Wollis Erzeuger in Scheller heraufbeschworen hatte, musste seine eigenen Verfehlungen auf ein kaum wahrnehmbares Maß zusammenschrumpfen lassen. Aber selbst wenn nicht, müsste Scheller vernünftigerweise annehmen, dass Wollis Erzeuger seine Rechnung schon präsentiert bekommen würde. Entweder von den Kumpanen unter dem Totenkopfbanner, die jedem Deserteur Gewehrsalven in die Brust jagten, oder vom russischen Erzfeind, der genau wusste, was sich hinter einer gewissen Tätowierung verbarg. So oder so war Wollis Erzeuger erledigt. Er würde sterben. Sogar wenn er versuchen sollte, seine Achselhöhle in Ätznatron zu baden, wenn es ihm gelänge, das eintätowierte »A« mit Schellers Hobelmesser wegzuschaben, wäre er mit einer Wunde an jener verdächtigen Stelle noch deutlich genug gezeichnet. Scheller konnte ihn also getrost der Vorsehung überlassen und eilig darangehen, sich um das Geschick seiner Familie zu kümmern.

Letzteres würde Scheller auch tun. Aber Wollis Erzeuger wurde langsam klar, dass er sich vorher noch die Zeit nehmen würde, ihn fertigzumachen, und keine Worte der Welt würden ihn vor Schellers Stiefeltritten retten. Wollis Erzeuger spannte die Muskeln an, und als sich der Tischler erhob, schnellte er hoch. Er kam auf die Füße, griff nach der Feile, die Scheller zum Schleifen des Sägeblattes benutzte, und stach zu. Wollis Erzeuger war bereits aus der Tür, als der Tischler auf dem Boden aufschlug.

4

Am Stephanstag traf Ulrich auf Höhe der Tischlerwerkstatt mit seinem Großvater zusammen, der ihm vom Dominium her entgegenkam. Er zog einen Handkarren, auf dem sich eine Zinkwanne voll rosiger Schweineteile befand. Ulrich betrachtete sie so verwundert, dass der Großvater zu der Erklärung ansetzte, er habe die fettere der zwei Säue abgestochen, die seit Langem schon in den Koben des Dominium grunzten.

Der Großvater berichtete weiter, dass er die Tat gesetzwidrig und in diebischer Absicht ausgeführt habe. »Mecht der Baron doch rufen, so viel er will, wenn er das überhaupt noch kann.«

Großvater Scheller, erfuhr Ulrich außerdem, hatte sich die Schweinestücke als Zahlungsmittel gedacht. »Een Stickel vom Schwein steht heutzutage höher im Kurs als wie Diamanten und Rubine.«

Ulrich nickte verständig und ließ sich die Sache durch den Kopf gehen. Dabei hätte er beinahe nicht mitbekommen, was der Großvater als Nächstes sagte.

»Die Junkers F 13!«, rief er, als es ihm bewusst geworden war. »Werd ich doch die Junkers mitnehmen wollen.« Er riss die Tür zur Tischlerwerkstatt auf, stürmte hinein und angelte das Flugzeugmodell (das Wolli Wänig den Scheller-Jungen noch nicht abspenstig hatte machen können) vom Wandbord.

Ulrich und sein Großvater kamen gerade rechtzeitig, um den Rest der Familie auf den Militärlaster klettern zu sehen, der die Flüchtlinge zum Bahnhof nach Glatz brachte. Mutter Scheller hockte bereits auf einem der Flechtkörbe, die ihr Mann auf die Ladefläche gehievt hatte. Sie sah ganz und gar nicht so aus, als hätte sie endlich begriffen, dass sich die Heimat geographisch nach Westen verschob.

»So viels missn wir zuricklassn«, jammerte sie unter Tränen und Seufzern.

»Mecht es keen Stuhl, keen Tisch, keen Bottich geben anderswo?«, fragte Ulrich.

»Mecht es keen Holzbrettchen geben, aus dem man een Fliegermodell basteln kann?«, sagte eine Stimme von hinten.

Ulrich fuhr herum und sah sich Wolli-Mausgesicht gegenüber. Schnell wandte er sich ab und machte Anstalten, auf den Lastwagen zu klettern. Aber Wolli erwischte ihn am Jackenärmel und hielt ihn fest.

»Mechst es dalassen, das gut Stück, ich pass drauf auf. Mecht sich keiner hinlangen traun auf den Flieger.«

Ulrich schüttelte Wollis Hand ab und kraxelte endgültig hinauf. Er war ohnehin der Letzte. Selbst der Vater stand schon oben. Ulrich musterte ihn besorgt. Die Wunde an der Schulter, wo ihn der Kerl, der in die Tischlerei eingebrochen war, mit der Feile getroffen hatte, hatte wieder zu bluten begonnen, und die Beule auf der Stirn musste sich auf Wanderschaft begeben haben, denn sie hatte aus dem linkem Augenlid ein Pölsterchen gemacht. Vater Scheller reichte soeben die kleine Hilde noch einmal hinunter, damit der Großvater ihr zum Abschied übers Köpfchen streicheln konnte.

Es würde kein Wiedersehen mit ihm geben. Der alte Scheller war fest entschlossen, auf dem Dominium auszuharren, weil er sich für das Gut verantwortlich fühlte wie ein Kapitän für sein Schiff. Er meinte, das verbliebene Schwein, das Hühnervolk, den Obstgarten ebenso wenig im Stich lassen zu können wie den Deutz-Gasölmotor und das Kranrad.

Nun ließe sich berechtigt fragen, ob diese überspitzte Pflichttreue nicht in krassem Widerspruch zu dem gemeuchelten und sodann veruntreuten Schwein stand; worauf die Antwort eindeutig »Ja« lauten müsste, solange man das Schwein nicht als Kriegsopfer einstufte, wie sie dieser Tage an jeder Ecke zu beklagen waren.

Klein-Hilde kehrte in die Arme ihrer Mutter zurück. Ulrich stellte seinen Rucksack auf der Ladefläche ab und verstaute die Junkers sorgsam darin. Dann sah er sich nach einem Plätzchen um, von dem aus er während der Fahrt den weitesten Rundblick haben würde. Der Aufbruch schien kurz bevorzustehen, denn das Gefährt begann bereits zu vibrieren.

Plötzlich machte es einen Satz. Mutter Scheller schrie auf, Klein-Hilde fing an zu weinen. Ulrich landete mit dem Hintern auf dem Rucksack. Da saß er noch, als der Lastwagen langsam an der Wänig-Kate vorbeiholperte. Aus dem Haus drang das Wuchten von Großvater Wänigs Webstuhl.

Die Wanne mit den Schweinestücken hüpfte auf und ab, Körbe und Taschen schwankten wie Schuhmacher Höhn nach dem Kondolenzbesuch bei Großvater Wänig. Ulrich klammerte sich an die Ladeklappe und zog sich daran hoch. Gespannt schaute er von Osten nach Westen. Was er sah, unterschied sich in nichts von dem, was er bereits kannte: Bäume, Büsche, Schotterstraße. Nun gut, Anderswo lag ja noch weit entfernt.

Der Glatzer Bahnhof zeigte sich trostlos wie ein abgemähtes Haferfeld.

»Notquartier im Schulhaus«, rief der Fahrer und ließ sein Vehikel wieder einen Satz machen, bevor es zum Stehen kam.

Ein ganzer Wald helfender Hände streckte sich den Schellers entgegen. Ulrich schulterte sein Rucksäckchen, das ihm auf einmal merkwürdig flach am Rücken hing, und sprang hinunter. Die Hände beachteten ihn nicht. Sie griffen nach den Körben, den Taschen, der Zinkwanne.

Mutter Scheller folgte mit Klein-Hilde auf dem Arm ihren Besitztümern in die Turnhalle. Drei Körbe und zwei Taschen warteten in einer Ecke auf sie. Suchend schaute sie sich nach den restlichen Gepäckstücken um. Wo war die Wanne mit den Schweineteilen?

Ein alter Mann mit weißer Rot-Kreuz-Armbinde schüttelte bedauernd den Kopf. »Nachforschen mecht keen Zweck ham.« Förmlich teilte er den Schellers vier Quarkstullen zu.

Ulrich trauerte den blutigen Schweinestücken nicht lange nach. Immerhin hatten sie ja ihren Zweck erfüllt und als Bezahlung für Essbares gedient. Er schnallte sein Rucksäckchen ab und wollte es sich eben mit einem Becher Wasser und der Stulle bequem machen, als ihm die veränderte Form seines Gepäckstücks auffiel. Ulrich zog die Verschnürung auf, und da lag sie, die Junkers F 13, flach wie die gequetschten Haferkörner, die auf dem Dominium unter der Presswalze hervorkrochen. Er schluckte aufsteigende Tränen hinunter und tadelte sich, das Modellflugzeug nicht Wolli überlassen zu haben. Wer nach Anderswo aufbrach, der sollte wirklich an nichts festhalten wollen.

»Dä Zuch, dä Zuch ...« Das Murmeln schwoll zu einem Brausen an.

Zwei Tage waren seit Ankunft der Schellers in der Turnhalle des Glatzer Schulgebäudes vergangen. Eilig rafften sie ihr verbliebenes Hab und Gut zusammen, und abermals kraxelte Ulrich auf eine Ladefläche. Diesmal gehörte sie zu einem Güterwaggon.

Schon bald schwankte die letzte Glatzer Häuserzeile außer Sicht. Und dann sah die Gegend wieder aus wie jene um Habendorf: Bäume, Büsche, Schotterstraße – nein, falsch, Schienenweg mit Schotter zwischen den Gleisen.

Ulrich verkeilte sich zwischen Koffern, Kisten und Körben, ließ kahle Bäume vorbeiziehen, marode Telegrafenmasten und ab und zu ein ödes Dorf – den ganzen Tag lang und die halbe Nacht.

»Endstation!«

»Sollte die Güterbahn nicht bis Pilsen fahren?«, erhoben sich empörte Stimmen. Das Dorf, in dem der Zug angehalten hatte, nannte sich Szachow.

»Es ist nicht mehr weit bis dorthin. Fünf, sechs Kilometer höchstens. Der Zug bleibt hier stehen. Alle müssen aussteigen«, kam von irgendwoher die Antwort.

Bei Tagesanbruch begannen die Flüchtlinge auszuschwärmen, und binnen Kurzem zog eine ganze Karawane auf der Straße nach Pilsen dahin. Nur die Schellers standen noch unschlüssig bei den Gleisen, ließen die Blicke über schneeverkrustete Wiesen schweifen, über Hügel, die die Straße nach Pilsen verschluckten, und über die armseligen Gerätschaften vor einem schindelgedeckten Bauernhaus, dessen Tür sich auf einmal öffnete.

Ein Mann stürzte heraus und sah sich um, als wüsste er nicht, wo er sich befand. Vater Scheller trat auf ihn zu, Ulrich folgte in bedachtem Abstand.

Er verstand kein Wort von dem, was sein Vater mit dem tschechischen Bauern radebrechte, aber bald nachdem der die ganze Familie ins Haus gewinkt hatte, ging Ulrich auf, dass die Schellers zur rechten Zeit am rechten Ort angekommen waren. Die Bäuerin schien soeben verstorben zu sein, und Tote benötigten einen Sarg. Das wiederum bedeutete Lohn und Brot für die Schellers.

Im Hinterzimmer lag die Bäuerin auf dem Totenbett.

Ein altes, verschrumpeltes Weiblein hockte daneben und murmelte Sätze, die eindeutig deutsch klangen. Als Ulrich schärfer hinhörte, verstand er Fragmente wie »Gottes Güte nehme ihre Seele … lohne reichlich ihre Mühen … gebe ihr die ewige Ruhe …«.

Die Schellers begannen, sich nützlich zu machen. Ulrich und Anton halfen ihrem Vater, im Schuppen trockene Bretter für den Sarg zusammenzusuchen. Mutter Scheller hatte Klein-Hilde in der Wohnstube auf ein Kissen gebettet und war bereits damit beschäftigt, Kartoffeln zu schälen.

»Hätt mer's en scheenes Stickl ibler treffen können«, sagte Mutter Scheller in den folgenden zwei Monaten ein ums andere Mal, und Ulrich musste ihr stets aus vollem Herzen zustimmen.

Der tschechische Bauer hatte Familie Scheller, die ihm am Todestag seiner Frau so tatkräftig beigestanden hatte, genügend Wohnraum in seinem Haus abgetreten und ließ Mutter Scheller schalten und walten. Sie fegte und wischte, rührte Butter, dämpfte Rüben, buk Weizenfladen und kochte große Kessel voll nahrhaften Eintopfs, in dem selten die Fleischstücke fehlten. Die Rüben und das Getreide stammten von den Äckern, von denen der Bauer mehr besaß, als sämtliche Habendorfer zusammen je besessen hatten. Die Milch stammte von den Kühen, die kerngesund im Stall standen, und das Fleisch, das stammte aus dem Wald, den der Bauer meist in der Dämmerung aufsuchte. Wenn er sich auf den Weg dorthin machte, ragte unter seiner Joppe der Lauf einer Flinte hervor. Vater Scheller tischlerte indessen im Schuppen dies und das für die Bauern aus der Gegend um Szachow, und Ulrich hatte eine Menge Botengänge zu erledigen. Einmal durfte er sogar in die gute Stube eines reichen Bauern in Bolevec treten, wo man ihm eine Waffel mit Schokoladenüberzug schenkte. Dort wäre er gern eine Weile geblieben, denn in der Ecke stand ein Klavier, und auf dem Tisch daneben lag eine Trompete. Aber niemand lud ihn dazu ein, eine Klaviertaste anzuschlagen oder in die Trompete zu blasen. Da trollte er sich wieder.

Es lebte sich wirklich nicht schlecht in diesem Anderswo, das Böhmen hieß. Und dabei war man bloß eine gute Tagesreise von Habendorf entfernt. Ulrich erwog ernsthaft, ob man eventuell für immer bleiben sollte.

Aber das nahende Unheil kündigte sich schier stündlich eindringlicher an. Wer noch unversehrte Beine hatte, kam aus östlicher Richtung angerannt und flüchtete, ohne in Szachow zu verschnaufen, schleunigst weiter auf die westliche Hemisphäre zu. Wer sich noch Zeit zum Reden nahm, berichtete von Gräueln, die ihm auf den Fersen folgten.

Als sich Anfang März 1945 das Bellen der Geschütze anhörte, als sei die Flak im Hinterzimmer stationiert, hieß Vater Scheller seine Söhne eines Morgens rupfene Säcke schultern und deutete dorthin, wo am Abend zuvor die Sonne untergegangen war. Mutter Scheller hatte sich Klein-Hilde auf den Rücken gebunden und trug einen Stoffbeutel in der Hand.

Über gefrorene Äcker stapften die Schellers nach Westen; »Bayern«, flüsterten Vater und Mutter.

Mecht es sich zeigen, dachte Ulrich, das nächste Anderswo, das sich Bayern nennt.

Teil II

1

Klein-Gerti schlief in ihrer geschnitzten Wiege mitten in der Wohnstube eines hübschen Hauses in Münzhausen, einem Nest im österreichischen Sauwald. Eigentlich gehörte Gerda Langmoser samt ihrer Wiege dort gar nicht hin. Sie war von auswärts gekommen – als Flüchtling.

An einem tristen Herbsttag 1944 hatte Anna mit der zu diesem Zeitpunkt noch ungeborenen Gerda den heimischen Hof nahe dem niederbayerischen Ufer der Donau verlassen müssen. Doch weder alliierte Feindseligkeiten (gegen die inzwischen nicht mehr so aufrechten Deutschen) noch Repressalien der Reichsregierung hatten sie aus ihrem Heim vertrieben, sondern einzig und allein Klein-Gertis stetiges Wachsen in ihrem bekömmlichen Fruchtwasserbad. Bevor jenes Wachstum ruchbar werden konnte, hatte Anna einen Koffer voll Wäsche gepackt und war zu ihrer Schwester Helga ins Österreichische gereist, wo ihr die Neuhausener nicht mehr auf den Bauch schauen konnten.

Die Münzhausener schauten ihr zwar auch auf den Bauch, aber denen konnte Anna etwas vormachen. Trotzdem wäre Gerda beinahe als Bankert auf die Welt gekommen (amtliche Stellen ließen sich nicht so leicht täuschen), gerade mal fünf kurze Wochen bewahrten sie davor.

Wie knapp auch immer, seit ihrer Geburt wurde Gerda im Familienregister als legitimes Kind geführt, und das war den beiden Urlaubstagen Anfang Januar '45 zu verdanken, die Gerdas Vater beim Oberkommando herausschlagen konnte, als Anna schon auf den neunten Schwangerschaftsmonat zuging.

Für die Hochzeitsfeier hatte Anna einiges darangesetzt, den eindeutigen Beweis für Klein-Gertis baldige Ankunft zu übertünchen. Über ihrem Bauch rüschte und bauschte sich ein reich geblümtes Kleid. Konspirativ zusammenarbeitend hatten Anna und ihre Schwester Helga den Stoff gefältelt, gerafft und mit ausreichend Zipfeln von einem Fuchspelz so verbrämt, dass die Wölbung, die Klein-Gerti verursachte, kaum jemandem ins Auge fiel.

Anna konnte es sogar wagen, ein Hochzeitsfoto nach Neuhausen zu schicken. Auf dem Bild verbarg ein riesiges Brautbukett die Sicht auf eventuell verräterisches Plissee über Annas Bauch. Das Arrangement, bestehend aus fünf rosa Nelken vom Treibhaus, die wie winzige Sterne aus einer Wolke von Asparagus hervorlugten, war gut und gern dazu geeignet, Drillinge zu verbergen.

Anna behauptete fortan, sie wäre bei der Hochzeit allerhöchstens – wenn überhaupt – im dritten Monat gewesen, ohne darauf Rücksicht zu nehmen, wann ihr Mann das letzte Mal Heimaturlaub hatte. Diese Beschönigung der Verhältnisse zwang sie, künftig auch im Freundes- und Verwandtenkreis fingierte Daten zur Verehelichung anzugeben. Die tatsächlichen waren zwar festgeschrieben, aber wer würde schon beim Standesamt nachfragen? Als fatal erwies sich nur, dass sich Anna nicht merken konnte, welches Hochzeitsdatum sie diesem oder jenem genannt hatte. Aber all das spielte keine wirklich wichtige Rolle. Entscheidend war, dass sich Anna rechtzeitig in die ehrbare Frau Langmoser verwandelt hatte, was Gerda zu einer rechtschaffenen Bäckerstochter machte. Den Beweis dafür lieferte der Standesbeamte mit Unterschrift und Siegel und mit den Unterschriften der Trauzeugen.

Annas Angetrauter Sepp eilte indessen an die Front zurück, an der es umso brenzliger wurde, je flinker sie sich auflöste. Vor der Abreise hatte er Anna sein Wort gegeben, bei der nächsten Heimkehr Gerdas Wiege dorthin zu schaffen, wo sie eigentlich stehen sollte, nämlich in den Flecken Neuhausen, der exakt in der Mitte zwischen Kloster Metten und Burg Offenberg und außerdem nicht weit vom Donauufer entfernt lag.

In den ersten Tagen nach der Hochzeit hatte Anna gehofft, es würde bald so weit sein, aber irgendwann hatte sie dann keine Eile mehr damit gehabt. Die Schwesternfusion zwischen ihr und Helga bewährte sich derart erfreulich, dass in Anna allmählich der Verdacht keimte, ein Bäckerladen in Neuhausen könne damit nicht konkurrieren.

Helga und ihr Mann hatten sich nach ihrer Hochzeit ein hübsches Häuschen auf das Grundstück gebaut, das Karl von seinen Großeltern geerbt hatte. Ein Häuschen, wie es auch Anna gern gehabt hätte.

Sosehr es in den Kriegsjahren auch an Männern fehlte, Nachwuchs gab es genug, deshalb bekam Gerdas Mutter (sie war ausgebildete Kindergärtnerin, sogar ein Prüfungszeugnis konnte sie vorweisen) eine Stelle im Münzhausener Gemeindehort.

Kaum hatte Anna den Dienst angetreten, durfte sie von sich behaupten, ihrem Volksempfänger stets einen Schritt voraus zu sein: Zusammen mit den Kindern, die sie betreute, purzelten Nachrichten über mehr Ereignisse in den Hort, als sich wirklich zugetragen haben konnten.

Den Lebensmittelrationen, die generell dem Bedarf hinterherhinkten, fand sich Anna ebenfalls einen Schritt voraus, denn Nahrhaftes vom Schwarzen Markt floss als zusätzliches Entgelt in ihre Hände. Zwei Eier für ein Stündchen länger mit Franz und Traudl, ein Weckerl fürs Heimbringen von Marie.

Annas Einkünfte an Essbarem machten sich allerdings dürftig aus im Vergleich zu dem, was Helga nach Hause brachte. Helga, gelernte Schneiderin, ging Tag für Tag auf die Stör. Mal eilte sie Linz zu, mal schlug sie den Weg nach Passau ein, mal wanderte sie im Kreis um Münzhausen herum. Sie suchte vorrangig die Bauersleute mit den größten Scheunen auf, änderte und flickte für sie, arbeitete aus alten Uniformjacken zünftige Kniebundhosen und aus verschlissenen Leintüchern reizvolle Nachthemden. Der Rucksack voll Naturalien, den sie nach drei Tagen solcherlei Tätigkeit heimschleppte, wog schwer.

Und Klein-Gerti? Begleitete mal Mama in den Hort, um dort auf einer Matratze zu strampeln, mal blieb sie zu Hause, wo Helgas Schwiegermutter ein wachsames Auge auf das Kind hatte, während sie den Haushalt machte und für Helgas Buben Eierkuchen oder Röstkartoffeln briet.

Die Schwesternwirtschaft gestaltete sich noch angenehmer, nachdem Helgas Mann Karl – monatelang gelbsüchtig in der Kammer röchelnd – sein Leben ausgehaucht hatte.

Da stand eines Junitages 1945 Gerdas Vater Sepp ganz unvermutet und ziemlich ramponiert vor der Haustür.

Damit war alles vorbei. Die endgültige Rückkehr ihres Gatten würde Anna dazu zwingen, von Münzhausen Abschied zu nehmen, denn Sepp Langmoser wollte so schnell als möglich zurück nach Neuhausen, um dort wieder in der Bäckerei Veit zu arbeiten wie vor dem Krieg. Daran ließ er keinen Zweifel. Und so war es ja auch ausgemacht.

Aber das bedeutete adieu, Kinderhort. Aus mit Blinde-Kuh-Spielen mitten am Vormittag, aus mit Schwarzer Peter und Es-tanzt-ein-Bi-Ba-Butzemann; aus mit Löwenzahnketten und Gänseblümchenkränzen, gewunden im Sonnenschein auf der Wiese vor dem Gemeindehaus.

Es bedeutete auch adieu, liebe Schwester. Aus mit den Leckerbissen, die Helga von der Stör oft mitbrachte, aus mit den Borten und Spitzenbesätzen, die sie den Bäuerinnen gern abschwatzte.

Adieu, hübsches Häuschen.

Als sich herausstellte, dass der Familie Langmoser nichts anderes übrig blieb, als in Neuhausen auf dem Himmelberghof unterzukriechen, hätte sich Anna beinahe gegen ihren Mann aufgelehnt. Brot und Semmeln konnte er doch ebenso gut für die Leute vom Sauwald backen.

»Vorübergehend müssen wir bei deinen Eltern wohnen«, sagte ihr Mann. »Nur vorübergehend.«

Anna knirschte mit den Zähnen. Auf dem Himmelberghof lebten ja nicht nur ihre Eltern. Das alte Bauernhaus beherbergte auch Willi, den armen Irren, Max, den Krüppel, und Liesl, die Schlampe, mitsamt ihrem Balg.

»Neuhausen, da gehören wir hin«, bestimmte Annas Mann.

Widerspruch würde nicht nur zwecklos sein, sondern auch Zwist und Streit heraufbeschwören.

Deshalb bezog Anna noch im gleichen Monat – mit Mann und Kind und Groll auf der Seele – ein Zimmer im Haus ihrer Eltern. Und täglich in aller Frühe machte sich Sepp auf den Weg zur Bäckerei Veit.

Anna blieb mit Klein-Gerti zurück, um ihrem Dasein zu zürnen.

In Neuhausen war es aus damit, sich erst um halb sieben aus den Federn zu schälen. Punkt drei Uhr früh hatte für Sepp eine Kanne Kaffee (mit Kaffee-Ersatz aufgebrüht, versteht sich), Brot und Zwetschgenmus auf dem Tisch zu stehen, denn bereits eine halbe Stunde später begann für ihn der Arbeitstag. Das Schlurfen und Rascheln weckte meist Klein-Gerti, die lautstark kundtat, dass es auch sie schon nach Frühstück verlangte.

Klein-Gerti schlief nach dem Fläschchen gewöhnlich wieder ein, Sepp verließ das Haus. Da sollte man doch meinen, für Anna wäre nun noch eine ordentliche Runde Morgenschlaf zu holen gewesen. Weit gefehlt. Anna fand kein bisschen Ruhe mehr, denn kaum graute der Tag, begann es am Himmelberghof an allen Ecken und Enden zu rumoren. Es flüsterte und polterte wie in der Sonntagsmesse beim Segen, wenn die Kirchgänger bereits anfingen, nach ihren Handschuhen, Schirmen und Hüten zu kramen.

Durch die rückwärtige Wand ihres Zimmers – vom eichernen Kopfteil des Ehebettes nur unzureichend gedämpft – konnte Anna ein fortwährendes »Verflucht-Himmel-Herrgott-verflucht« hören. Das kam von Max. Und Anna sah sich genötigt, das Stöhnen ihres älteren Bruders nachsichtig hinzunehmen. Er hatte ’43 seinen rechten Arm in der Normandie zurücklassen müssen, und just dieser fehlende Arm gönnte Max jetzt keinen Schlummer.

Von der ostseitigen Wand her, wo Annas Frisiertisch stand, dröhnte ein Klopfen und Pochen. Es kam von Annas jüngerem

Bruder Willi und ließ sich schon schwerer verzeihen. Schuld an Willis Unruhe trug nämlich weder der französische noch der russische Feind, sondern Willi ganz allein selbst. Im Herbst '39 war ihm das Kunststück gelungen, sich von der Heuwagendeichsel kopfüber auf eine Grenzsteinkante des väterlichen Anwesens zu katapultieren, was ihm – alle Neuhausener zeigten sich darin einig – einen satten Dachschaden einbrachte. Seither trieb es Willi ab Mitternacht um wie einen Poltergeist. Als Ausgleich dafür drohte er gewöhnlich am Mittagstisch in Tiefschlaf zu fallen. In schöner Regelmäßigkeit schepperte mittags sein Löffel auf den Fußboden, doch bevor sein Kinn auf die Brust sinken und seinem offenen Mund der erste Schnarcher entweichen konnte, wurde ihm der Löffel mit freundlich-diskretem Schulterklopfen wieder in die Hand gedrückt. Willi, ob an Insomnie leidend oder nicht, würde den Arbeitstag zum Wohle des Himmelberghofs und sämtlicher Nachbarn durchhalten müssen.

Die Bauern in der ganzen Gegend verließen sich auf sein Talent. Allein Willi ermöglichte es ihnen, in diesen kargen Zeiten das Heu einzufahren, den Mais zu ernten, den Weizen zu dreschen, die Gurken heimzukarren. Dank Willi rumpelten ihre Fuhrwerke unverzagt über Neuhausens Felder, denn Willi flickte Rad- und Achsenbrüche sowie jedwede andere Fraktur so erfinderisch, wie das nur einer mit Dachschaden hinbekommt.

Westseitig hinter der Kammerwand hörte Anna Langmoser allmorgendlich ihre Eltern herumwirtschaften: das Schlurfen zum vorderen Fenster, das Ratschen der Vorhänge, das Murmeln angesichts des jeweiligen Wetters: »Regen heute! Gut für Gerste, schlecht für Gurken.« Das Auftreten ihrer Eltern in der Geräuschkulisse brachte Annas Gewissen stets dazu, ungeduldig an ihr zu zerren: Zeit, höchste Zeit, dem nutzlosen, faulen Herumliegen ein Ende zu machen.

Was Anna jedoch täglich zur Weißglut trieb, war das vierfüßige Tapsen, das sie gegen fünf von oben hören – und sogar sehen konnte, weil es die Hängelampe über ihrem Bett zum Schwingen brachte.

Es kam von Liesl und ihrem Balg.

Schon als Kind hatte Anna gelernt, ihre Stiefschwester Liesl als Schmutzfleck auf dem weiß gekalkten Anwesen ihrer Eltern zu betrachten, denn die Neuhausener vergaßen nicht, die Sache immer wieder aufzuwärmen.

Etliche Jahre vor Annas Geburt hatte die Ankunft von Liesls Mutter auf dem Himmelberghof in Neuhausen die Wellen im Dorf hochschlagen lassen: »Wie kommt der Himmelberg-Bauer dazu, sich eine Auswärtige auf den Hof zu tun? Noch dazu eine mit einem ledigen Kind? Einem Bankert, der sich während der Trauung an den Rockzipfel der Mutter hängt? So was gehört sich nicht. Kreuzkruzitürken, ist dem Himmelberg-Bauer eine Neuhausenerin nicht gut genug?«

Annas Vater schien seine Wahl nicht zu reuen. Sogar die Dörfler registrierten nach einiger Zeit widerwillig, wie fleißig die zuerst geschmähte Fremde überall mit anfasste.

Jeder, der sein Weihwasser am Neuhausener Dorfkirchlein schöpfte, bemerkte bald beifällig: »Sie hat nicht einfach den Herrgott einen guten Mann sein lassen und sich ins gemachte Himmelberg-Nest hineingesetzt. Im Gegenteil, ganz im Gegenteil, sie kümmert sich ums Viehzeug, scheut sich nicht vorm Heuwenden und vorm Gurkenpflücken und zu all dem macht sie noch dreimal die Woche Spätschicht in Mainkhofen bei den Verrückten, weil sie eine ausgebildete Krankenschwester ist, jawohl.«

Die Neuhausener verziehen der Himmelberg-Bäuerin mit der Zeit, dass sie keine Hiesige war. Aber musste sie dieses Liesl-Balg am Hals haben?

Das Balg konnten sie ihr nicht nachsehen – nie, in zwei Jahrzehnten nicht. Liesl war von Anfang an gebrandmarkt und würde es bleiben.

Und seit zwei Jahren war Liesl nun doppelt befleckt. Sie

selbst hatte im Frühjahr '43 ein Balg geboren und wollte partout nicht damit herausrücken, von wem sie geschwängert worden war.

Zwischen Liesls dumpfen Schritten vernahm Anna die schnellen, leichten Tapser des Balgs. Wie Sechzehntelnoten schwirrten sie bei diesem Morgenkonzert durch die Komposition.

Anna klatschte die flache Hand auf das Gänsefederplumeau. Was für eine Schande! Hatte Liesl, weil selbst ein Bankert, es nicht nötig gehabt, die Form zu wahren und alles dranzusetzen, dass ihr Kind als legitim gelten konnte?

Die marode Neuhausener Kirchturmglocke schlug fünfmal. Mit dem letzten Schlag hallte auch das Scheppern der blechernen Milchkannen zum Fenster herein. Dieser Ton läutete das Melken ein wie der Pfarrer die Wandlung beim sonntäglichen Hochamt.

Beim Gedanken an den Krug voll rahmiger Milch, den Willi in wenigen Minuten in die Küche bringen würde, hob sich Annas Laune. Sie würde jetzt aufstehen, sich eine Tasse voll Zichorienkaffee eingießen und ihn mit der frischen Milch nussbraun färben. Dann würde sie einen großzügigen Guss Milch über den Haferschrot schütten, damit er dick und schwer und weich wurde.

Anna schob das Plumeau weg.

Bevor sie die Füße auf den Boden stellte, machte sie wie jeden Morgen das Kreuzzeichen, und an diesem Morgen sagte sie sich dabei, dass sie trotz allem guten Grund hatte, dankbar zu sein. Denn schließlich hockte sie hier im sicheren Nest ihrer Altvorderen, wo sich jeden Tag ein neuer Klumpen Butter, ein neues Dutzend Eier und neue Berge von Salatköpfen, Gurken und Rüben erwirtschaften ließen. Im österreichischen Münzhausen dagegen schien sich die Lage inzwischen drastisch verschlechtert zu haben.

Helga schrieb, dass sich ihre Kunden offenbar mit einem Loch in der Joppe leichter anfreunden konnten als mit einer leeren Vorratskammer, und bat um ein Hilfspaket vom Himmelberghof, damit ihre Buben bei Sauerampfersuppe und Löwenzahngemüse nicht vom Fleisch fielen.

Der Himmelberg-Bauer beschloss daraufhin, eine anständige Versorgung für Tochter und Enkelkinder einzurichten, wenn er sie schon nicht herholen konnte, weil auf dem Himmelberghof nicht noch Platz für drei weitere Personen war. Und außerdem, was sollte dann aus Helgas Schwiegermutter werden? Gleich morgen und von da ab jeden zweiten Sonntag sollte Willi das Fuhrwerk mit Produkten des Hofes beladen, den Gaul einschirren und das Gespann zum Sauwald lenken.

»Und Max muss mitfahren«, bestimmte der Bauer, »und den Willi aufwecken, wenn der einschläft.«

So kam es, dass die Brüder – der eine einarmig, der andere nur bedingt zurechnungsfähig – am Sonntag in aller Früh auf den Bock kletterten und in südlicher Richtung davonfuhren.

Anna winkte ihnen nach. Als die beiden außer Sicht waren, sprach sie ein Dankgebet für den Erdflecken, auf dem sie stand und den sie bisher nicht für der Rede wert gehalten hatte.

2

Anna schlang die Bänder eines gerüschten Häubchens unter Gerdas Kinn zu einer Schleife, wickelte das Kind in eine bestickte Decke, nahm es auf den Arm und ging auf die Gred hinaus. Sollten die Leute aus dem Dorf, die ihre Milch vom Himmelberghof holten, nur sehen, was sie für eine hübsche Tochter hatte. Sollten sie doch mal Gerdas klare Augen, ihr edles Näschen, ihr Schmollmündchen mit der derben Visage von Liesls Bankert Renate vergleichen, dann würden sie selbst erkennen, dass sich Gerda zwangsläufig zu einer Schönheit entwickeln musste.

Anna Langmoser hatte entschieden, ihre Tochter zu einer Prinzessin zu machen, der – sobald die Zeit dafür reif wäre – niemand anders als ein Prinz zu Füßen liegen würde. Bis dahin sollte es Gerda an nichts fehlen. Nicht an In-Butter-gebräuntem-Grießbrei, nicht an Sahnepudding, nicht an gedämpften und fein zerdrückten Karotten, die Klein-Gerti zu einer schimmernden Bräune verhalfen, nicht an Rüschchen und Spitzenbesätzen, an gar nichts. Dafür wollte Anna kämpfen. Mit Zähnen und Klauen wollte sie verteidigen, was Klein-Gerti zustand – gegen alle und jeden.

Argwöhnisch schweifte ihr Blick über den Hof und weiter über die Felder, tastete über jede Bodensenke, verfehlte jedoch Ulrich, der auf der verzweifelten Suche nach unbewachten Rüben oder vergessenen Kartoffeln durch die Äcker irrte.

Die Schellers hatten Mitte März 1945 in Szachow ihre Habe geschultert und sich nahtlos in den Strom der Flüchtlinge Richtung Westen eingereiht. Der April lehrte Ulrich dann, was »von der Hand in den Mund leben« in letzter Konsequenz bedeutete.

Während sich Klein-Gerti in Gänsedaunen räkelte, warf sich Ulrich spätabends auf verdreckte Strohschütten in verfallenen Scheunen, auf löchrige Matratzen in verwaisten Schulhäusern. Einmal nächtigte er in einem ausgebrannten Rotkreuzfahrzeug, ein anderes Mal legte er sich in die Kugelrinne einer verlassenen Kegelbahn. Dennoch hätte er mit einem Kind wie Gerda nicht tauschen wollen – damals noch nicht. Denn damals träumte Ulrich noch den Traum vom Anderswo, und im Anderswo spielten Gänsedaunen keine große Rolle. Süße Puddingspeisen schon eher, aber würde man sie nicht bald leid werden, wenn man sie Tag für Tag vorgesetzt bekäme?

In Staòkov besserte sich die Lage der Schellers kurzfristig, weil Vater Scheller zwei Särge schreinern durfte, die Brot, Schweineschmalz und eine Dreierreihe Sülzheringe einbrachten.

Ulrich wusste mittlerweile, dass es sich auszahlen konnte, wenn er für Ortsansässige unaufgefordert kleinere Arbeiten verrichtete. In Staòkov hatte er in dieser Hinsicht Pech gehabt, aber später in Taus verdiente er sich vier Eier und einen Gerstenfladen, weil er eine Wäscheleine, die abgerissen und zudem so brüchig war, dass sie ihren Zweck nicht mehr erfüllen konnte, durch etliche verknotete Seilstücke ersetzte und sie auf einer morschen Trittleiter balancierend zwischen einem Apfelbaum und einem Telegrafenmasten straff spannte. Als die alte Frau, der er damit offenbar einen großen Dienst erwiesen hatte, mit einem Korb voll nasser Wäsche aus ihrer Kate kam, half er ihr auch noch beim Aufhängen. Kaum blähte sich das letzte Laken im Wind, sagte die Alte: »Komm in die Stub, Buberl, komm, geb ich dir noch Stickel von gerbernem Zopf.«

Tags darauf in Klattau (das Ulrich über alle Maßen faszinierte, weil unausgesetzt eine Flak in den Himmel blaffte, über den Schwärme von Flugzeugen schnittig und ungerührt hinwegzogen) bekam er drei Hefeschnecken mit Johannisbeermarmelade für nichts weiter als das Einfangen eines fetten Kaninchens, das sich irgendwie aus dem Hasenstall gemogelt hatte.

Was die anderen Flucht genannt und so gescheut hatten, offenbarte sich tatsächlich als Abenteuer, unbestritten! Ulrich hatte es sich ja gleich gedacht.

Von Klattau aus marschierten die Schellers in Richtung Eisenstein. Das Bellen der Flak begleitete sie. Doch eines Morgens war alles still.

Selbst die Worte der wenigen Menschen, die sie auf dem Weg trafen, waren nur geflüstert: »Die Deutschen haben kapituliert, bedingungslos.«

Das war doch das Ende dieses schrecklichen Krieges – oder etwa nicht?

Aber je näher die Schellers der frisch markierten Grenze zwischen Bayer- und Böhmerwald rückten, desto feindlicher zeigte sich ihr Umfeld. Die Nachtlager, die sie sich zu nutzen gezwungen sahen, waren beklagenswert, die Kost kärglich. In Schüttenhofen gab es nur ein paar rohe Kartoffeln zu essen. Ulrich hatte die halbverrotteten Knollen in einem feuchten Kellerloch gefunden und kurzerhand mitgenommen. Die ganze Familie legte sich hinter einem morschen Bretterzaun zum Schlafen nieder.

Ende Mai richteten sich die Schellers im Güterbahnhof Eisenstein auf einem abgehängten leeren Kohlewaggon für die Nacht ein. Es war schon rundherum hell, als Ulrich am Morgen die Augen aufschlug, aber direkt über ihm schwebte ein Gesicht, so schwarz wie die eben vergangene Nacht. Ulrich wurde schlagartig munter. Diese platte Nase, die aufgeworfenen Lippen, der krause Wollhaarschopf über der brikettfarbenen Stirn! Er war es, kein Zweifel, das musste der Neger sein, dessen Foto Ulrich in Großvater Schellers Bildband »Die Völker der Erde« so oft angestarrt hatte.

Bevor Ulrich sich schlüssig werden konnte, wie hier völkerverbindend zu agieren sei, zückte der schwarze Mann je einen Schokoladeriegel für Ulrich und Anton. Dann durfte die Familie Scheller auf seinen Armeelaster klettern.

»Juhu«, rief Ulrich und lachte vom einen Ohr zum andern. Mutter Scheller hob flüchtig die Mundwinkel, ein Lächeln machte sie nicht daraus.

Mit Recht, wie sich bald zeigen sollte.

Keine halbe Stunde später lud der Laster seine Fracht schon wieder ab, der Mann aus »Völker der Erde« winkte leutselig und brauste davon.

Der Marktflecken, in dem sich die Schellers an jenem sonnigen Frühsommermorgen wiederfanden, hieß Zwiesel. Aber dieses Zwiesel wirkte grimmig und kalt.

Über Ulrichs Kopf öffnete sich ein Fenster. »Hauts die Flüchtling zamm!«, brüllte ein Stiernacken mit Zahnlücke herunter. »Hauts es zamm!«, tönte das Echo von dort und da.

Vater Scheller schüttelte bekümmert den Kopf und schlug den Weg zum Bahnhof ein. Die Gleise lagen verlassen da, trübselig begannen die Schellers, ihnen zu folgen. Ulrich wechselte seinen Sack mal auf die eine, mal auf die andere Schulter und tappte, plötzlich düster gestimmt, hinter den Seinen her. Was ihm zu schaffen machte, war nicht die Enttäuschung darüber, dass es wieder einmal zu Fuß weiterging, nachdem die Familie am Morgen so komfortabel im Laderaum eines Viertakters gereist war. Vielmehr peinigte ihn jener Groll, der offenbar hinter den blinden Fensterscheiben von Zwiesel hauste.

Mit gesenkten Köpfen schlichen die Schellers an den letzten Häusern des Ortes vorbei, wo die Schmährufe endlich verebbten.

Im nächsten Dorf – Regen am gleichnamigen Fluss – fingen sie jedoch von Neuem an: »Schauts, dass weiterkommts, ihr dreckigen Böhmacken, sonst setzt's was!«

Der Hunger nagte, die Füße warfen Blasen. Dennoch forcierten die Schellers das Tempo. Flüche schwirrten um ihre Köpfe wie Schrapnell. Die Beschimpfungen nahmen ihnen alle Kraft. Mit schwindendem Mut schleppten sie sich weiter bis zu einem Dorf namens Reinhartsmais. Ein Rossknecht spuckte verächtlich aus, als er sie kommen sah.

Auf ihrem Weg durch Böhmen waren die Schellers auch nicht immer freundlich behandelt worden. Aber nie hatte man sie derart beschimpft und bedroht.

Warum hier?, fragte sich Ulrich, fand jedoch keine Antwort darauf.

Als er des Nachsinnens überdrüssig wurde, fragte er seinen Vater.

»Mecht der Bayerwald schon übervoll sein von ostpreußische Flüchtling«, antwortete der.

Das leuchtete Ulrich ein. Zahllose Menschen waren in den vergangenen Wochen und Monaten aus ihrer Heimat geflüchtet, und irgendwo mussten sie irgendwann ja geblieben sein. Hier also. Sie hatten sich im Bayerwald eingenistet wie vergangenen Sommer die Haselnussbohrer auf dem Dominium. Halbwegs verständlich, dass sich die Einheimischen zu wehren begannen, dass sie jeden neuen ungebetenen Gast zu verscheuchen suchten. Was jedoch bedeutete, dass die Familie Scheller weiterziehen musste. Weiter und immer weiter bis an einen Ort, der noch nicht besetzt war. Gab es einen solchen? Und wie viele feindlich gesinnte Dorfbewohner würden die Schellers bis dorthin noch passieren müssen? Mit Grauen stellte Ulrich sich vor, dass die Ansässigen auf die Vorbeiziehenden schießen könnten wie die Bauern von Szachow in der Dämmerung auf die Wildschweine.

Wie unwillkommen auch immer, Familie Scheller musste sich in Reinhartsmais ein Nachtquartier suchen. Mutter Schellers Knöchel war nach einem Fehltritt angeschwollen und lila verfärbt. Sie flüchteten sich in eine ausgeweidete Kapelle am Waldrand, deren Türmchen zerschmettert auf einem Felsen lag, als hätte ein Riesenvogel es abgebissen und wieder ausgespuckt.

An keinem einzigen Kriegstag hatten die Schellers so gedarbt wie jetzt in Friedenszeiten. Sie wagten sich nicht in den Ort, trauten sich an keine einzige Tür zu klopfen.

»Über die Rusel müsst ihr«, teilte ihnen ein Mann auf einem Fuhrwerk drakonisch mit, »und dann hinunter nach Deggendorf, da haben sie ein Flüchtlingslager eingerichtet.«

Die Schellers erreichten die Stadt Deggendorf am Donauufer Ende Juli des Jahres 1945. Feindseligkeit schlug ihnen mit neuer Intensität entgegen. Desolat endete Ulrichs Abenteuer »Flucht« in einer Ringstraße um den Stadtplatz, die sich in jenem Bereich »Östlicher Stadtgraben« nannte.

Und jetzt hätte Ulrich gern mit Gerda Langmoser oder mit jedem anderen Menschen tauschen mögen, der nicht den Stempel »Flüchtling« trug.

Die Schellers wurden hinter zwei schütteren Decken, die wie Segel über Stangen gespannt waren, im Deggendorfer Kolpingsaal sesshaft. Eine Siedlung aus elf Deckenhäusern drängte sich bereits an den Saalwänden entlang.

Vater Scheller sah sterbenskrank aus. Dennoch musste er vor den Ämtern anstehen, um Bezugsscheine und Berechtigungspapiere ausgestellt zu bekommen, die sich wiederum nur durch gottergebenes, geduldiges Anstellen in winzige Mengen Nahrhaftes und Wärmendes verwandeln ließen.

»Zu viel zum Sterben, zu wenig zum Leben«, klagte Mutter Scheller und legte ihrem fiebernden Ehemann eine von Hildes nassen Windeln auf die heiße Stirn.

Trotz dieser Therapie beschlossen offenbar sämtliche Katarrhe, die sich Scheller im vergangenen halben Jahr in zugigen Schuppen beim Särgeschreinern geholt hatte, und sämtliche Infekte, die ihn auf schlammigen tschechischen Äckern im eisigen böhmischen Wind erwischt hatten und immer noch latent vorhanden waren, zu einer Lungenentzündung zu fusionieren. Die pathogene Allianz wucherte üppig auf den weiten Feldern nekrotischen Gewebes, das in Schellers Kinderzeit eine Population von Spulwürmern beim letzten Gefecht mit ihrem Erzfeind, dem Wurmfarn, hinterlassen hatte, wurde womöglich noch von Keimen genährt, die Wollis Erzeuger mit jener Eisenfeile in Schellers Organismus praktiziert hatte. Kurzum, hinter der aufgespannten Decke rang Scheller während der wärmsten Tage des August 1945 mit dem Tod.

Dank seiner wurmstichigen Organe, die sich nun schwertaten, den Pneumokokken Paroli zu bieten, war Vater Scheller 1939 der Einberufung zur Deutschen Wehrmacht entkommen, die in den folgenden Jahren mehr waffenpflichtige Männer dahingerafft hatte als seinerzeit die Beulenpest in ihrer größten Blüte.

Statistisch gesehen hatte also Scheller, zumal die Pest längst ausgerottet war, mit seinem Gebrechen die besseren Karten, auch wenn er mit glühendem Kopf und rasselndem Atem darniederlag, dort auf seinem Drei-Quadratmeter-Flüchtlingsclaim hinter dem löchrigen Deckenvorhang.

»Nu weeß ich ieberhaupt keen Rat nich mehr«, schluchzte Mutter Scheller, als ihr klar wurde, dass der Festsaal katholischer Kolpingsgesellen weder mit Herd noch mit Feuerstelle ausgestattet war. Stumm sank sie in sich zusammen, unfähig, sich zu der ganzen Serie von Notbehelfen einen weiteren auszudenken. Aber das musste sie gar nicht mehr.

Ulrich hatte bereits das halbe Dutzend selbst gebastelter Feuerstellen erspäht, das sich draußen an der nördlichen Hauswand entlangreihte, und er hatte drei davon genauestens inspiziert.

Acht bis zehn brüchig-bröselige, rußige Ziegelsteine auf einem schmalen Streifen festgetretener Erde zu einem Karree oder Oval vereint, halbwegs geschützt vom überstehenden Dach des Gebäudes, schienen einen brauchbaren Kochherd zu ergeben.

Mecht schnell gebaut sein, so ein Öfchen, dachte Ulrich, wenn das Material dafür zur Hand ist.

Doch genau das war der springende Punkt.

Ulrich besprach sich mit seinem Bruder, der es für opportun hielt, die Sache kriminalistisch anzugehen. »Mecht sich wohl eine Spur aufnehmen lassen, die zu Potte führt.«

Die vielversprechendste Fährte lenkte die Brüder zum alten Deggendorfer Hafen und dort geradewegs in die Schutt- und Schrottberge. Die Scheller-Jungen jubelten. Baumaterial in Hülle und Fülle.

Doch bevor sie sich an eine Auslese machten, nahmen sie sich Zeit für Studien und fertigten (mit einem Stöckchen in Lehm geritzt) verschiedene Skizzen des geplanten Objekts an. Letztendlich entschieden sie sich für ein rundes Gebilde, das in etwa so aussah wie ein Iglu mit Dachterrasse.

Von dem Tag an, an dem die Brüder den Hafen entdeckt hatten, gelangen ihnen allerhand Fischzüge, die es ihnen ermöglichten, ein gut sortiertes Baustofflager zu unterhalten.

Die Begeisterung darüber, den demolierten Deggendorfer Hafen quasi ausweiden zu können, nahm der trostlosen letzten Fluchtetappe den Stachel und bescherte Ulrich frischen Mut.

Der Hafen spendete willig allerlei Grundstoffe für Dinge, die den Flüchtlingen gröblich fehlten. Und auch das Problem des Transports erübrigte sich, als Mutter Scheller nach einigem Zureden bereit war, ihren Jungen den ausgeleierten Korbkinderwagen zu überlassen, der vor Zeiten – in einem schlesischen Flecken namens Habendorf – Anton und Ulrich unter Apfelbäumen sanft geschaukelt und später Klein-Hilde auf Kleiderbündeln und Wäschepacken den größten Teil der Strecke vom Riesengebirge ins Donautal befördert hatte.

In dieser inzwischen recht ramponierten Chaise karrte Ulrich Dutzende herrenloser Hafenziegel an der Friedenseiche vorbei und über den Pferdemarkt zum östlichen Stadtgraben. Er transportierte zerrissene Stahlgeflechte, angekohlte Balken, verflochtene Drahtknäuel und geschmolzene Blechteile. Anton schöpfte indessen brennbare Reste aus rauchenden Tümpeln, in denen sich erhitztes Schweröl selbst abgefackelt hatte.

Ulrich und Anton hatten eine Freilandküche par excellence gebaut – mit Borden und Töpfen und Rührlöffeln, geschnitzt aus Zweigen der Friedenseiche.

Aber was half der betörendste Blechnapf von der Hafenmole, wenn er leer blieb? Um ihn füllen zu können, mussten die Scheller-Brüder mit dem Kinderwagen kreuz und quer durch die abgemähten Felder holpern. So magnetisch sie der Hafen auch anzog, sie mussten ihn links liegen lassen und die Ackerlandschaft nach übrig gebliebenen Weizenhälmchen absuchen, mussten diese aus ihren Furchen zupfen und akribisch aufsammeln. Denn eine Kinderwagenladung Getreideähren brachte in der Frauenmühle ein ganzes Pfund Mehl samt Kleie ein.

3

Das gefürchtete »Schauts nicht gleich, dass ihr verschwinds, Böhmacken, räudige«, verschärft durch beinharte Dreckbatzen, die niederbayerische Hände auf schlesische Köpfe schleuderten, hatte Ulrich und Anton bei der Ährensuche täglich weiter ins Hinterland getrieben.

Im September 1945 kreisten sie eines Vormittags mit dem leeren Kinderwagen wieder einmal in den abgeernteten Feldern rund um den Himmelberg.

Ziemlich weit oben an der Flanke des recht flachen Hügels hatte Anna Langmoser auf einem sanft geneigten Grasfleck nahe den Obstbäumen ein Laufställchen aus Holzstäben platziert. Darin robbte Klein-Gerti Gras und Klee beschnüffelnd herum, während Anna Fallobst für Kompott zusammenklaubte. Als sie sich einmal kurz aufrichtete, um einen wachsamen Blick hinüberzuwerfen, sah sie, wie sich Gerda an den Gitterstäben hochzog, eine Weile ums Gleichgewicht kämpfte und dann allerliebst auf den Hintern plumpste. Anna musste lächeln. War ihre Tochter nicht einfach bezaubernd? Und der Wiesengrund mit den sonnenbeschienenen Obstbäumen, er war so friedvoll-beschaulich. Sie hätte sich geradezu glücklich schätzen können, wäre da nicht Liesls Balg gewesen.

Wie immer, wenn ihr Renate in den Sinn kam, begann es in Annas Busen zu grummeln und zu brodeln. Schlimm genug, dass es den Bankert überhaupt gab, aber dass man ihn ihr als Schützling aufgezwungen hatte, setzte dem Ganzen die Krone auf. Renate war inzwischen fast vier Jahre alt, und sie war Anna ein dreifacher Dorn im Auge.

»Es is zum Aus-der-Haut-Fahren mit dem Balg!« Anna formte mit beiden Handflächen eine Sonnenblende über ihren Augen und schwenkte den Blick langsam im Halbkreis, bis sie Renates rote Bluse entdeckte.

»Wo rennst denn hin, Renate? Da bleibst, du Besen!«

Der Ruf verhallte ungehört.

»Was hat uns die Liesl bloß für ein Biest ins Nest gsetzt«, schimpfte Anna vor sich hin. »Ausgfuchst is der Fratz wie ein böhmischer Hausierer, hinterfotzig wie ein slowakischer Viehhändler. Wenn sie's schon verstehen tät in dem Alter, dann könnt man glatt meinen, dass sie uns unser Vorrecht mit Bosheit heimzahlt. Es is, als wollt sie sich rächen dafür, dass sie nie einen Anspruch auf den Hof haben wird, nicht mal auf ein Holzspreißel davon.«

Anna hatte es gründlich satt, das widerborstige Gör beinahe rund um die Uhr zu bewachen. Aber sie hatte nicht gewagt, sich gegen den Willen ihrer Eltern aufzulehnen. Und deshalb musste sie nun Tag für Tag dafür sorgen, dass Renate abends unversehrt in den Schoß der Familie zurückkehrte.

Sie beschattete erneut die Augen und versuchte, Renates Ziel auszumachen. Doch dieses Ziel rückte mit Renate als Nachhut bereits heran.

»Geht mir noch ab, das Flüchtlingsgschwerl«, murmelte Anna. »Zupfts euch, Bürscherl!«, zischte sie, als Ulrich und Anton einen Steinwurf vor ihr stehen blieben.

Sie wollte eigentlich noch drastischer werden, da sah sie, wie Renate in den Kinderwagen langte, den der ältere der Buben vor sich herschob, und zwei räudige Zwetschgen herausangelte. Das Gör betrachtete die Beute einen Augenblick lang, dann vermatschte sie die Zwetschgen blitzschnell zu Mus.

Anna verzog angewidert das Gesicht und wusste nicht, wen sie stärker verabscheute, das Balg oder die beiden Böhmacken, die sie angafften. Plötzlich machte der kleinere der beiden den Mund auf.

»Mecht mir was kriegen von die Äpfel?«, fragte er und nickte dem nun leeren Kinderwagen zu.

Anna sah ein, dass sie sich wohl oder übel ein Zugeständnis abringen musste, wenn sie sich nicht ins Unrecht setzen wollte. Zwei zerquetschte Zwetschgen, räudig oder nicht, forderten Satisfaktion. Sie hob eben dazu an, die Konditionen zu diktieren, da spritzte der Kleine weg und auf die Gruppe von Apfelbäumen zu, unter denen Anna das Fallobst angehäuft hatte. Sie fasste den Größeren ins Visier.

»Kann der Rotzlöffel net …« Sie brachte den Satz nicht zu Ende, weil auch der ältere Bub plötzlich davonstob.

»Herrgott.« Anna sah ihm nach, und im selben Moment ging ihr auf, wo die beiden hinwollten. Sie waren an dem kleinen Fallobst-Hügel blicklos vorbeigerannt und hielten auf schräg in die Luft ragende Holzstäbe zu.

Schräg? Gerda! Renate! Renate, die Mistmatz!

Renate hatte Gerdas Ställchen umgestoßen, natürlich, wie hätte es von selbst kippen können. Anna würde dem Balg dafür den Hintern versohlen, aber gründlich.

Dahinterzukommen, dass Renate Gerdas Ställchen überhaupt nicht angefasst hatte, hätte Annas Absicht kaum geändert. Denn wie auch immer sich die Sache zugetragen hatte, in Anna Langmosers Augen trug Renate die Schuld an der misslichen Lage, in der sich Klein-Gerti jetzt befand.

Ganz unrecht hatte sie nicht.

Renate war mit Zwetschgenmatsche in den Händen zu Gerdas Ställchen gelaufen und hatte ihr das klebrige Zeug unter die Nase gehalten, und zwar exakt so lange, bis Klein-Gerti sicher war, dass sie das bräunliche Mus haben musste. Als sie danach langen wollte, trat Renate einen Schritt zurück. Gerda streckte die Händchen verlangend durch die Gitterstäbe, und Renate wich weiter zurück, bis Gerda Kopf und Hals, beide Ärmchen und zwei gekrümmte Beinchen zwischen den Holzstäben hindurchgezwängt hatte.

»Und dann, wie meine kleine Gerda zwischen den Latten gesteckt ist, hat die Renate, das gemeine Luder, den Laufstall umgeschubst«, sollte Anna Langmoser später steif und fest behaupten und mit Grabesstimme hinzufügen: »Das Balg wollte mein Kind umbringen.«

Vermutlich folgte aber Gerdas Käfig bloß der Schwerkraft, weil ihr Gewicht gegen die talwärtige Seite drückte. Jedenfalls kippte er, und Gerdas Nase bohrte sich tief in einen frisch aufgeworfenen Maulwurfshaufen.

Diese Entwicklung konnte Renate nun wirklich nicht berechnet haben. Und erst recht konnte sie nicht vorausgesehen haben, dass mit lebensbedrohlicher Dynamik lockere Erde in Gerdas Mund und Näschen quellen würde, feinkrümelige, vom emsigen Maulwurf aufgescharrte Erde, begierig angesaugt durch den unwiderstehlichen Drang nach Atemluft. Erde füllte Gerdas aufgerissenes Mäulchen und machte sich – inzwischen feucht von Rotz und Spucke – auf den Weg, ihre Bronchien zu verstopfen.

Doch in diesem kritischen Moment war Ulrich bereits zur Stelle und richtete das Ställchen auf. Gerda hing in den Stäben wie gekreuzigt, aber Ulrich vertändelte keine Sekunde damit, sie aus dieser Lage zu befreien. Er ließ sie hängen, wie sie hing, bog seinen von Ruß und Dreck geschwärzten Zeigefinger zum Haken und holte einen dicken Erdklumpen aus ihrem vergeblich nach Luft schnappenden Mund. Er kratzte ihr noch etliche Brösel aus den Nasenlöchern, bevor Anna ihn rüde wegstieß.

Ulrich und Anton, der in guter Hoffnung auf verdienten Lohn den Kinderwagen herangeschoben hatte, traten abwartend auf den Grasbüscheln unter dem Apfelbaum herum. Anna untersuchte indessen Klein-Gerti, wischte, herzte, tätschelte und fand kein Ende.

Die Zeit verstrich. Ulrich und Anton begannen sich zu langweilen, deshalb machten sie sich an dem verwaisten Laufstall zu schaffen. Sie installierten das Ställchen kippsicher am Baum, rieben die Erdklümpchen von den Gitterstäben, betasteten die Verzapfungen und Verleimungen und würdigten die fachmännische Hand, die die Rundstäbe in den Holzrahmen eingepasst hatte.

»Gutste Arbeet«, meinte Anton, und Ulrich stimmte ihm zu: »Unbestritten.« Er hätte der Werkstatt, in der das Ställchen gebaut worden war, gern einen Besuch abgestattet. Schade, dass es ihm nicht vergönnt war. Von Gerdas Onkel Willi hätte Ulrich eine Menge lernen können.

Ein leiser schlesischer Wind wollte gerade schemenhafte Bilder von Großvaters Drehbank auf dem Habendorfer Dominium in Ulrichs Gedanken wehen, als Anna Langmoser mit dem Zupfen und Wischen und Pusten aufhörte.

»Jetz machts es schon voll, euer Wagel, und dann verziehts euch wieder, bevors da noch mehr durcheinanderbringts.«

Ulrich und Anton klaubten Äpfel zusammen, so schnell und so viele sie konnten, und häuften sie in den Kinderwagen. Hin und wieder traf sie einer, an der Schulter oder am Bein, jedoch nicht aus den Baumkronen, sondern von hinter dem Berg aus Fallobst, den Anna zusammengetragen hatte. Es war nicht schwer zu erraten, wer das Bombardement verursachte. Ulrich wog bereits einen besonders harten Apfel in der Hand, um zurückzuschlagen, doch dann überlegte er es sich anders und legte ihn in den Wagen. Mecht mer doch keen kleens Mädel attackieren!

Die Apfelpyramide ragte ein schönes Stück über das zurückgeklappte Kinderwagendach hinaus, was allerdings dazu führte, dass die Scheller-Jungen den ganzen Weg zurück mit der Instabilität ihrer Ladung zu kämpfen hatten. Auf dem Donaudamm mussten sie die bröckelnde Spitze abtragen und ihre Hemden mit Äpfeln füllen. An der Mündung des Bogenbachs, der donauabwärts linker Hand zufließt und Deggendorf von Schaching trennt, mussten sie die Abhänge der geköpften Pyramide ausdünnen und den Überschuss in ihre Hosen hineinstopfen. Schwer bepackt mit Äpfeln erreichten sie das Kolpinghaus, Verluste hatten sie keine zu beklagen.

Am Himmelberghof, wie auch in der Zeltstadt im Kolpinghaus, wurde in den nächsten Tagen oft Apfelmus zubereitet. Anna Langmoser würzte es mit Nelken und Zimt, süßte es mit Sirup und füllte es in Pfannkuchen oder Strudelteig. Familie Scheller schluckte es naturbelassen. Die Basis der Apfelpyramide brachte zudem im Tauschgeschäft vier Sülzheringe und ein Graubrot ein.

Zum Glück gab der Herbst 1945 noch dieses und jenes andere Essbare her. Der frühe Oktober versorgte die Schellers mit vier Kinderwagenladungen winziger Kartöffelchen, die Anton und Ulrich in eifriger Nachlese aus weit verstreuten Äckern herausgeklaubt hatten. Ein trüber Mittoktobertag spendete zwei Fuhren ziemlich wurmiger Spätzwetschgen aus einem Bauerngarten. Allerseelen lieferte eine Handvoll Schweineschwänze aus dem Schlachthof, die sich in der Suppe hervorragend machten.

Ende November fiel der erste Schnee. Und damit kam der Winter.

In diesem Winter hätte Ulrich eine ganze Menge darum gegeben, mit Gerda Langmoser tauschen zu dürfen. Sogar mit einem Bankert wie Renate hätte er liebend gern den Platz getauscht. Aber keiner ließ ihm die Wahl.

»Heut is Böhmschwemm, heut is Böhmschwemm«, grölte eine Horde siebenjähriger niederbayerischer Holzköpfe vor den Fenstern der Knabenschule.

Es war Samstag, und wie an jedem Samstag hatte der Pedell den Badeofen im Keller der Schule für die Flüchtlingsfamilien aus dem Kolpinghaus beheizt.

»Böhmacker-Hosenkacker, heut is dein Tag, musst schrubben und rubbeln, dann geht der Grind ab.«

»Ich mecht se priegeln, windelweich, dass die das meschante Maulwerk keen eenmal nich mehr ufkriechen«, schimpfte Anton aus dem Holzzuber heraus.

»Priegeln – verdreschen, ufkriechen – aufbringa, keen eenmal – nimmer«, murmelte Ulrich versonnen.

Schon vor Wochen war es ihm klar geworden: Wer den richtigen Dialekt draufhat, der gehört dazu, egal wie er heißt und wo er wohnt – selbst wenn er Spulwurm heißen und in einem Scheißhaus wohnen würde. Und außerdem hatte Ulrich begriffen, dass es unsinnig und dumm war, an einer Mundart zu hängen, deren Heimat inzwischen ebenso wenig erreichbar schien wie die Milchstraße. Für die Schellers spielte die Musi jetzt hier in Deggendorf, und zwar auf bairisch.

Sie spielte in diesem Winter allerdings so mies, dass Ulrich manchmal ein Stückchen Habendorf vor seinem inneren Auge vorüberziehen ließ. Um den Hunger zu vergessen, um die groben Hänseleien zu überhören, um nicht in diesem Deckengehäuse im Kolpinghaus zu ersticken.

Wie es wohl auf dem Dominium so geht?, fragte sich Ulrich am Weihnachtstag 1945 wehmütig, während er Wassersuppe löffelte, in der ein paar Rübenschnitze schwammen. Was macht der Großvater? Hängt er gerade Speckseiten auf, gießt er Buttermilch in eine Kanne, walzt er Hafer, wirft er den Einzylinder an? Wie sieht es in Habendorf jetzt aus? Sind die Wänigs später doch noch nach Anderswo geflüchtet, oder bestellen sie im kommenden Frühjahr wieder ihren Kartoffelacker hinter dem Haus? Wo treibt sich Wolli-Mausgesicht herum? Ob er heute auch noch eine Butterstulle und eine Dropsrolle gegen ein erstklassiges Flugzeugmodell tauschen würde?

Ulrich seufzte und schluckte seinen letzten Rübenschnitz.

Er sollte nie erfahren, was sich nach der Flucht der Schellers im Heimatort zugetragen hatte, denn nur wenige wussten, dass Gott an einem diesigen Märztag 1945 in Habendorf ein ziemlich kräftiges Großes Amen gesprochen hatte.

4

Die Ereignisse jenes Märztages läuteten sich mit einem Trupp Rotarmisten ein, der frühmorgens auf dem Marsch von Reichenbach nach Langenbielau war.

Der müde, ausgelaugte Kommandant ließ die Zügel schon lange schleifen, sodass sich seine Kolonne meilenweit auseinanderzog. Auf halber Strecke schwenkte die Vorhut nach links, eben auf Langenbielau zu, was allerdings die Nachhut nicht mitbekam.

Deshalb zottelten zehn schlecht gelaunte Weißrussen geradeaus weiter nach Habendorf. Unterwegs ließen sie feinsten französischen Cognac aus den Beständen eines preußischen Junkers kreisen.

Die Russen soffen, weil sie das auch zu Hause taten; sie soffen, weil sie Heimweh hatten und weil sie jeden Einzelnen von den siebentausendsechshundert Überlebenden im Lager Auschwitz, wo sie vier Wochen zuvor vorbeigekommen waren, vergessen wollten. Die Russen soffen, weil sie sich nicht daran erinnern mochten, was sie sonst noch alles gesehen hatten in diesem Krieg.

Als Habendorfs Häuserzeile in Sicht kam, stiefelten sie unverdrossen weiter, denn sie dachten, nach diesen paar Katen müsse hinter der Kurve das gesuchte Langenbielau auftauchen. So kamen sie zum Dominium. Dort fanden sie Großvater Scheller.

Er war stoisch an diesem Ort geblieben, weil er seit 1929 hier wohnte und weil er sich vor dem Advokaten dazu verpflichtet hatte, das Dominium nicht zu verlassen, solange ihn der Baron nicht rief.

Jetzt kam Gott dem Baron zuvor.

Es blieb den Rotarmisten gar nichts anderes übrig, als Scheller zu erschießen. Sie mussten den Alten erledigen, um an den geräucherten Schinken, ans Eingelegte und ans Gekelterte zu kommen und sich in die Federbetten legen zu können.

Als Großvater Scheller bereits kalt hinter der Scheune

lag, entdeckten die Rotarmisten noch den selbst gebrannten Vogelbeerschnaps, den der Baron eigentlich dem Volkssturm zugedacht hatte. Sie verdünnten den klaren Schnaps mit dem goldenen Cognac aus ihren Tornistern. Das Gemisch streckte sie einige Zeit nieder.

Am späten Nachmittag stellten sie fest, dass die Landstraße hier am Dominium endete.

Daraus folgte eines logisch: Sie waren vom Weg nach Langenbielau abgekommen. Na schön, dann eben marsch zurück, *dawai*.

Sollten sich an diesem Morgen, an dem die Rotarmisten aufkreuzten, noch Bewohner in Habendorf befunden haben, dann hatten sie sich inzwischen alle aus dem Staub gemacht. Alle außer Großvater Wänig, der seinen Webstuhl ebenso wenig zu verlassen gedachte wie Großvater Scheller das Dominium – wir weben, wir weben.

Marie war bei ihm geblieben, und mit ihr wohl oder übel auch Wolli.

Als die Russen die Dorfstraße wieder heraufzogen, hörten sie das laute Wuchten von Großvater Wänigs Webstuhl. Sie gingen dem Geräusch nach, drangen in Wänigs hintere Stube vor und fanden Großvater Wänig fest verhaftet mit seinem Hocker.

Niemand wird je erfahren, ob Großvater Wänigs Herz bereits beim Anblick der Eindringlinge versagte oder ob der russische Gewehrkolben, der ihm das Genick brach, die für einen befriedigenden Herzschlag erforderlichen elektrochemischen Impulse stoppte. Wie auch immer, Wänig sackte mausetot vornüber.

Vielleicht hätten die Rotarmisten nun kehrtgemacht und eilends ihren Marsch nach Langenbielau fortgesetzt, wäre nicht plötzlich ein leises Wimmern zu vernehmen gewesen. Sie sahen sich um, stocherten hierhin, schlugen hier und dort ein Möbelstück in Trümmer und förderten irgendwann Marie Wänig zutage.

Marie war weder alt noch hässlich, dafür musste sie leiden. Die Russen bereiteten ihr verzehnfacht die gleiche Schmach, die ihr vor Jahren Wollis Erzeuger angetan hatte.

Marie hatte Habendorf eigentlich längst verlassen wollen. Schon Weihnachten '44 hatte sie ihre und Wollis Sachen gepackt. Sie wäre gern zusammen mit den Schellers gegangen. Wolli, hatte sie gedacht, sollte seine Freunde um sich haben. Aber sie wagte sich nicht fort.

Wie hätte sie ihren Vater zurücklassen können, allein, hilflos, störrischer denn je, nachdem im Herbst seine Frau zu Grabe getragen worden war? Maries Geschwister, die gesamte Wänig-Armee, war längst in alle Winde verstreut. Zwischen den Kriegsgefangenenlagern des sowjetischen Gulag und den Wüstengräbern von El Alamain gab es tote und lebende Wänigs, doch selbst die Lebenden konnten sich kaum noch an Habendorf erinnern.

Die nächste Fluchtgelegenheit hatte sich für Marie zwei Wochen später geboten, als ein Lastwagen vom Roten Kreuz durch Habendorf rumpelte. Der Fahrer rief die Bewohner zum Verlassen des Dorfes auf. Marie wagte nicht, sich blicken zu lassen.

An Lichtmess bot ihr der letzte Habendorfer einen Platz auf seinem Fuhrwerk an. Marie hätte bittergern mitfahren mögen, stattdessen lehnte sie ab und blieb.

Sie blieb in Habendorf und starb an jenem diesigen Märztag '45 – geschunden und vielfach geschändet – durch einen Faustschlag auf den Kehlkopf. Mag sein, dass der Russe, der zuschlug, gar nicht nach Maries Leben getrachtet hatte. Vielleicht wollte er nur ihrem nervtötenden Wimmern ein Ende machen. Das gelang ihm, Marie schwieg für immer still. Die Webstube war für zwei von den drei allerletzten Habendorfern zum Grab geworden.

Kein Kranz, kein Kreuz, kein Grablicht sollte Marie und ihrem Großvater vergönnt sein. Kein »Tagblatt« sollte eine Todesanzeige drucken. Nicht eine einzige Zeile von all den

Sprüchen, die Marie ein Leben lang aus Zeitungen und Druckschriften ausgeschnitten hatte, sollte ihrer gedenken. Niemand sollte je den Vers finden, den sie für Großvater Wänigs Todesanzeige schon vor langer Zeit ausgesucht hatte:

»Du hast uns viel bedeutet im Leben, möge Gott dir ewigen Frieden geben.«

Die Rotarmisten zogen ab.

Niemand ahnte, dass Wolli-Mausgesicht in einer Garnkiste kauerte wie das siebte Geißlein in der Standuhr.

5

»Böhmacker-Hosenkacker, was tust dir heut braten? Maden und Wanzen, Flöh und einen Ratzen!«

Die Gassenbuben frotzelten und lärmten. Ihre Bosheit schmerzte Ulrich in letzter Zeit doppelt. Zum einen weil ihn diese Jungen, die er gern zu Freunden gehabt hätte, nach einem ganzen Sommer, einem kompletten Herbst und einem halben Winter immer noch triezten wie einen streunenden Kater; zum andern weil das Spottlied nicht nur garstig, sondern auch berechtigt war.

Denn was bitte sollte Mutter Scheller bei Schneesturm und Schafskälte draußen auf dem Ziegelherd braten? Läusefleisch? Holzwurmklopse?

Es gab schlicht und einfach nichts mehr zu beißen.

Das erste amerikanische CARE-Paket war noch nicht einmal gepackt worden, und auch wenn eineinhalb Jahre später das zweimillionste in Deutschland eintreffen sollte, die Schellers würden nicht ein Einziges davon zu Gesicht bekommen haben.

Obwohl gewiss war, dass ihnen kein Erfolg vergönnt sein würde, machten sich Ulrich und Anton jeden Morgen zu einer winterlichen Suche nach Schmalz und Kartoffeln auf, nach Brikettkrümeln und trockenen Holzspreißeln, nach Wolljacken und Ohrenwärmern, nach allem, was sich irgendwie verwerten ließ – und landeten am Ende meist wieder im verwahrlosten Deggendorfer Hafen.

Nicht dass dort noch irgendetwas aufzutreiben gewesen wäre, der Hafen war inzwischen gefleddert wie die Pyramiden von Giseh, aber das Herumstöbern und -streunen lenkte hie und da vom Magenknurren ab, von kalten Füßen und klammen Fingern.

In diesem Winter 1946 hielt sich der Frühling eisern zurück. Es ging bereits auf den April zu, und immer noch war es kalt wie auf Nowaja Semlja am Neujahrstag.

Ulrich stiefelte missmutig im Hafengelände herum, blies auf seine Fingerkuppen, klemmte die froststarren Hände in die Achselhöhlen, wippte auf eisigen Zehenspitzen und horchte – zuerst gleichgültig, später zunehmend gespannter – auf das Gezänk einer Handvoll Deggendorfer Pimpfe. Der eisige Wind trug ihm Wort für Wort zu. Mitten in den Ruinen hatten die Buben, so verstand Ulrich, etwas Interessantes entdeckt. Etwas, an das sie partout nicht herankamen. Etwas, das die Bande in Aufruhr versetzte.

Bei ihren Expeditionen im Hafen hielten es Ulrich und Anton normalerweise für opportun, mindestens drei Schutthalden Abstand zwischen sich und anderen Schrottklaubern zu wahren, damit sie sich keine Böhmacker-Hosenkacker-Reime anhören mussten.

Doch der Krawall heute, dessen Ursprung nicht auszumachen war, sosehr Ulrich den Hals auch reckte, erforderte eingehende Nachforschungen. Behutsam begann er, dem Ort des Geschehens näher zu rücken.

Endlich auf Sichtweite, erspähte er den Gegenstand, um den der ganze Wirbel tobte.

Gute sechs Meter über dem Boden, auf einem Stück brüchiger Mauerkrone, hing – schief und erkennbar instabil – ein verbeulter Kanonenofen, so als wäre er wie ein Pechvogel von Fallschirmspringer versehentlich dort gelandet.

»So een Wrack mecht nie mehr een Zimmerchen beheezn«, sagte Ulrich zu sich selbst, nachdem er einen scharfen Blick auf das ramponierte Ding geworfen hatte.

Der Kamin des Ofens, in seiner ursprünglichen Form glatt und geradlinig wie ein Kanonenrohr eben, wirkte mit all seinen Rissen und Knicken wie der gefältelte Blasebalg einer Ziehharmonika. Von ehemals drei Beinen fehlten zwei, und die Feuertür schien verschollen, vermutlich war sie längst zweckentfremdet worden. De facto hielt Ulrich dieses Schrottknäuel auf seinem Hochsitz der Beachtung für nicht wert. Keinen halben Ziegelstein hätte er dafür eingetauscht.

Was aber Ulrich wie angeleimt auf seinen Posten bannte, waren die laufenden Bergungsarbeiten. Ein halbes Dutzend Deggendorfer Flüchtlingsschmäher arbeitete emsig daran, aus Erdklumpen und löchrigen Blechfässern, aus Feldsteinen und Betonbrocken einen Hügel aufzuschichten. Das Bauwerk versprach in sich zusammenzufallen, noch bevor es auf halbe Mauerhöhe angewachsen sein würde.

»Een Kranrad missten mer ham, een Kranradl, unbestritten!«

Es musste einfach laut ausgesprochen werden, dieses Schlüsselwort, das Erfolg garantierte. Jetzt ging es nicht mehr um Wert und Nutzen eines Haufen Alteisens, sondern einzig und allein darum, sich einer Herausforderung zu stellen.

Den Deggendorfern hatte es offenbar die Sprache verschlagen, denn Ulrich zählte dreiundzwanzig Atemzüge, bis der Anführer der Bande den Mund aufmachte.

»Ein Klobenradl brauchen mir! Wo er recht hat, hat er recht, der Böhmack«, vermeldete der Junge lautstark, den Namen der Patentlösung ins Bairische übersetzend.

Am Ende bargen die Bayern und der Böhmack den Kanonenofen gemeinsam.

Mit »Hauruck« und »Ieber die Kante, aber sachte« und mit einem Kranrad, das Gerhard Schwarz (der Bandenchef) von seinem Onkel (dem Brauereibesitzer) auslieh, ohne lang um Erlaubnis zu fragen.

Nach der schlesisch-bayerischen Gemeinschaftsaktion spürte Ulrich das Beißen der Kälte auf einmal nicht mehr gar so heftig, und der Hunger zwickte nun nicht mehr ganz so gemein.

Teil III

1

Anna Langmoser schichtete Windeln und Gummihöschen auf Griffhöhe in einen nagelneuen Schrank aus Lärchenholz, den Willi millimetergenau in die Nische zwischen Wand und Kaminschacht eingepasst hatte. Die Baumwollhemdchen mit den Bändchen am Halsausschnitt und den halbierten zipfeligen Rückenteilen, die beim Anziehen übereinandergeschlagen und irgendwie fixiert werden mussten (manche Mütter benutzten dazu eine Sicherheitsnadel, was Anna jedoch ablehnte), legte sie ins Fach darunter. Das ganz unterste Fach blieb leer, weil sich Anna nicht mehr gern bückte, seit das Kind in ihrem Bauch verschwenderisch Raum beanspruchte.

»Höchste Zeit is worden, allerhöchste, dass wir endlich dem Max sein Zimmer kriegt habn«, schnaufte sie. »Alle vier in einer Kammer, wie hätt denn das gehen sollen?«

Die Langmosers lebten noch immer auf dem Hof von Annas Eltern, denn der Veit-Bäcker knauserte derart höllisch mit dem Lohn, dass an Mietzahlungen für eine eigene Wohnung einfach nicht zu denken war. Insofern hätte Anna also zutiefst dankbar sein müssen, dass ihr Bruder, der einarmige Max, eine Karriere hingelegt hatte, die ihm eine Drei-Zimmer-Wohnung mit Gartenanteil nahe am Donauufer eingebracht hatte, was den Langmosers zu einem weiteren Zimmer verhalf.

Anna war dankbar – durchaus. Aber hauptsächlich war sie neidisch.

Max war vor einiger Zeit hinsichtlich seines Verhaltens unter dem Naziregime verhört und überprüft worden. Weil er eine blitzsaubere Weste vorzuweisen hatte, bekam er seinen Arbeitsplatz beim Finanzamt von Bogen zurück, wo er schon vor dem Krieg Steuerbescheide begutachtet hatte.

Max setzte sich an seinen Schreibtisch, auf dem ein Aktenstapel für ihn bereitlag, als wäre er bloß ein paar Tage im Urlaub gewesen. Die Akten waren auf dem neuesten Stand, beschriftet und geordnet, denn die Steuerbehörde hatte nie kapituliert – vor dem 8. Mai '45 nicht und nachher erst recht nicht.

Maxens fleckenlose Weste (im Verein mit der Tapferkeitsmedaille, die er anstelle eines rechten Arms tragen durfte) und die daraus resultierende angemessene Honorierung seiner Tätigkeit im Staatsdienst bescherten ihm besagte Wohnung mit Gartenanteil. Und all diese glücklichen Umstände zusammen waren es wohl, die ihm kurz darauf Rita in den Arm trieben, die prompt mit ihm vor den Traualtar trat, was den Neuhausenern ein nicht unbedeutendes Rätsel aufgab.

»Die Rita hätt doch jedes gstandene Mannsbild im ganzen Umkreis haben können. Warum nimmt sie den Krüppel?«, raunte es während der Hochzeitsfeier in den Kirchenbänken.

»Die Rita is hübsch, und gscheit is sie auch, sogar der Doktor aus Schwarzach hätt ein Aug auf sie gworfen.«

»Einen grünen Daumen hat die Rita, zieht Radieserl, groß wie Runkelrüben. Der Ludwig von der Gärtnerei hätt sie mit Handkuss gnommen.«

»Kann schon sein, kann alles schon sein. Aber bekommen hat sie der einarmige Max.«

»Drei Zimmer mit Garten für zwei Leut, weil's das braucht«, murrte Anna, während sie die Schranktür schloss. Sie wandte sich dem Fenster auf der Westseite zu, stützte sich mit beiden Händen auf den Sims, blickte über die Äcker zum Donauufer hinüber und gönnte sich eine ausgiebige Portion Missgunst.

Anna haderte mit Ritas schickem Wohnzimmersofa vor der Blümchentapete, mit Ritas Wolkenstores und mit dem dreiteiligen Spiegel in Ritas Schlafzimmer.

Sie war schon drauf und dran, in Zornestränen auszubrechen, da fiel ihr ein, dass es ganz vertrackt nach hinten losgehen konnte, wenn man sich heutzutage vom Wohnraumkuchen ein Stück zu viel abschnitt.

»Könnt bald ein Haufen Flüchtlingsgschwerl vor dem

Max seiner Tür stehn«, sagte sie laut und unmissverständlich hoffnungsvoll. »Die Böhmacken wern ihm einen Einquartierungsbescheid vom Bürgermeister vor die Nasen halten, und dann wern sie sich auf der Rita ihr neues Sofa fläzen.« Anna lächelte zufrieden. Ja, genau so würde es kommen.

Vergangenen Herbst – Ende Oktober ist es gewesen, entsann sich Anna – hatten die Engländer fünfzigtausend Berliner Kinder aufs Land verfrachtet, weil in der Stadt kein Auskommen mehr war für sie. Das muss man sich einmal vorstellen, überlegte sie, fünfzigtausend Kinder, so ein Haufen. Und inzwischen kommen die bis zu uns herunter. Erst neulich hatte sie gehört, dass die Eisenbahnzüge auch im Deggendorfer Landkreis ständig elternlose Kinder ausspuckten. Tag für Tag purzelten von irgendwo Kinder daher, verwaiste, verlorene, unbekannte. Aber natürlich nicht nur Kinder. Aus dem Osten, hieß es, kamen jetzt waggonweise Vertriebene mit Sack und Pack, stiegen aus, waren da und hatten kein Dach über dem Kopf. Und der Veit-Bäcker hatte ihrem Sepp gesagt, dass die Tschechen noch längst nicht fertig seien mit dem Vertreiben.

Da hatte Langmosers Arbeitgeber recht. Erst Ende Oktober 1946 sollte die Tschechoslowakei offiziell die Aussiedlung von zwei Komma acht Millionen Deutschen für abgeschlossen erklären. Bis dahin würde jedes Stübchen und jedes Kabüffchen in der Grenzregion belegt sein.

Anna hatte es ihm ja nicht wirklich an den Hals gewünscht – oder doch? Jedenfalls hätte Max ein weit höherer Beamter sein müssen, um zusammen mit Rita unangefochten drei Zimmer bewohnen zu dürfen, während die Zahl der Obdachlosen im Landkreis täglich stieg. Ende März '46 wurde er aufs Gemeindeamt bestellt, aber trotz allem hatte er Glück.

Auf Max wartete weder eine verwaiste Geschwisterschar samt Onkel und Tante noch eine unterernährte Schwangere mit hustendem Kleinkind und hinfälliger Schwiegermutter. Ritas schmuckes Wohnzimmerchen musste weder zum Asyl noch zum Lazarett umfunktioniert werden. Für den Buben, den Max mit nach Hause brachte, reichte die kleine Kammer neben der Küche.

Dieser Bub, mager, mausgesichtig und verhuscht, machte den Mund ausschließlich dazu auf, Butterbrote mit Rübensirup hineinzustopfen. Er aß und schlief, und dazwischen muckste er kein Sterbenswörtchen.

Ungefähr nach drei Tagen begann er, wie ein räudiger Köter eine Weile in allen Ecken und Winkeln der Wohnung herumzuschnüffeln, bevor er sich wieder auf seiner Matratze zusammenrollte.

Mitsamt dem Buben hatte Max beim Gemeindeamt einen Zettel erhalten, auf dem nur fünf Worte standen: »Wolli Wänig, acht Jahre alt«. Mehr konnten Max und Rita über das Kind nicht in Erfahrung bringen, beim Gemeindeamt nicht und bei dem Buben erst recht nicht.

Keinem Neuhausener sollte je zu Ohren kommen, was Wolli an jenem diesigen Märztag '45 und in den darauffolgenden Monaten erlebt hatte.

2

Nachdem sie Marie Wänig das Wimmern ausgetrieben hatten, zogen die Rotarmisten also ab. Irgendwann fanden sie schließlich zu ihrer Truppe zurück, legten sich nieder und schliefen ihren Rausch aus. Habendorf hatten sie längst vergessen.

In der Stube von Großvater Wänig herrschte begreiflicherweise Totenstille. Wolli hockte dumpf und empfindungslos in der Garnkiste. Ein-, zweimal schlief er ein, wachte auf, schlief wieder ein.

Nach Stunden des Hockens begannen ihn seine Beine zu piesacken. Sie wollten ausgestreckt werden, gedehnt und bewegt. Da richtete sich Wolli vorsichtig auf, hob den Deckel an und lugte über den Kistenrand. Er erkannte den Webstuhl, vor und neben dem ein Haufen Trümmer lag. Das bedeutete wohl, alle waren fort.

Nu also auch Großvater und Mutter, dachte Wolli. Natürlich waren sie fortgegangen wie alle anderen Habendorfer. Doch ihn hatten sie zurückgelassen. Zur Strafe vermutlich, weil er sich heute Morgen geweigert hatte, Garnreste aufzuwickeln, und lieber im Dorf herumgestreunt war, bis er Soldaten kommen sah und sich vor ihnen wieder in die Stube flüchtete, wo ihm die Mutter auftrug, sich vorsichtshalber in der Garnkiste zu verstecken. Seine Mutter und sein Großvater mussten sich den Soldaten angeschlossen haben oder waren von ihnen einfach mitgenommen worden. War es ein Fehler gewesen, sich gehorsam zu verstecken? Aber die Soldaten hatten so bedrohlich ausgesehen, und irgendetwas, dem er nicht auf den Grund gehen wollte, sagte Wolli, dass sie seine Mutter und seinen Großvater nicht gut behandelt hatten.

Er wühlte sich aus der Garnkiste, tapste ohne einen zweiten Blick in die Runde aus der Stube, schlurfte die Treppe hinunter und stakste aus dem Haus.

Im Dorf war es im wahrsten Sinne des Wortes mucksmäuschenstill, denn nicht einmal die Mäuse regten sich.

Wolli lief blind an der Häuserzeile entlang, weiter und weiter. Ein Gatter versperrte ihm plötzlich den Weg, und er merkte, dass er aufs Dominium zugelaufen war. Im selben Moment meldete sich sein Magen. Vor Wollis Augen tauchte das Bild eines geräucherten Schinkens auf. Warnend klang es in seinen Ohren: »Verboten!«

Aber alle waren ja fort. Alle, bestimmt auch Großvater Scheller.

Wolli schlüpfte durchs Gatter – das so lose in den Angeln hing, als hätte es seine Bestimmung vergessen –, rannte über den Hof und betrat das Herrenhaus.

Früher, bevor er in Ungnade gefallen war, hatten ihn die Scheller-Brüder mehrmals hierher mitgenommen. Aber da hatte alles noch ganz anders ausgesehen als jetzt.

Wolli blickte sich erstaunt um und begriff plötzlich, dass Zerstörer am Werk gewesen waren, Zerstörer und Diebe. Räuber, die womöglich alles Essbare mitgenommen hatten.

In dem Durcheinander aus zerschlagenen Möbeln, aufgeschlitzten Federbetten und zerbrochenem Geschirr fand er tatsächlich weiter nichts Nahrhaftes als einen trockenen Brotkanten und eine verkümmerte Gurke. Trübselig setzte er sich auf den Boden und nagte daran herum. Wieder tauchte der Schinken vor seinen Augen auf. Der herrliche Schinken, den die Räuber mitgenommen haben mussten. Da kam ihm auf einmal in den Sinn, dass er Anton einmal mit vollen Getreidesäcken neben der Treppe, die ins Obergeschoss führte, hatte verschwinden sehen.

Tät de Scheller-Großvater etwa een geheimen Speicher hinter die Paneele versteckt habn?, fragte sich Wolli.

Er kaute und dachte nach. Der Gutsverwalter war schlau und gerissen. Hatte er das nicht damit bewiesen, dass er Wolli beim Stehlen ertappte? Womöglich hatte Großvater Scheller schon längst geargwöhnt, dass Wolli nicht der einzige Dieb war, den die Bestände des Dominium zu fürchten hatten. Womöglich misstraute er allen Habendorfern, allen Besuchern, allen Bediensteten des Dominiums, allen Soldaten …

Langsam aß Wolli den Brotkanten und die Gurke auf. Dann erhob er sich, schlich zur Stiege und begutachtete die Seitenverkleidung. Für einen wie ihn, der sich schon als Krabbelkind darin geübt hatte, in Taschen, Beuteln, Schatullen und Henkelkörben nach Verborgenem zu stöbern, war es nicht schwer, das Scharnier zu entdecken, das ihm die geheime Tür verriet. Wenige Minuten später stand diese Tür offen.

Dahinter fand Wolli, wovon er geträumt hatte, und dazu noch eingeweckte Blutwurst, Fässer mit Sauerkohl und eingelegten Gurken, Säcke voll Haferflocken, Körbe mit getrockneten Birnen.

Man kann nur vermuten, was ihn dazu trieb, den Eingang zum geheimen Vorratslager umgehend zu verschließen und zu verbarrikadieren. Vielleicht dachte er, geheim muss geheim bleiben. Vielleicht hatte ihn die Szene, die er in der Weberstube zumindest akustisch miterlebt hatte – obwohl mehr unter der Oberfläche schlummernd als wirklich präsent –, derart traumatisiert, dass es ihn danach verlangte, im Dunkel Zuflucht zu suchen.

Wie auch immer, Wolli drückte die Tür von innen zu, rollte ein Fässchen davor und verkeilte es mit Holzklötzen.

Damit aber hatte er sich in einen Raum gesperrt, der selbst tagsüber nur von vereinzelten schwachen Lichtbändern erhellt wurde, die durch die Bretterritzen sickerten.

Wie eine Schermaus scharrte er von jetzt an durch die finstersten Gänge des Lagerraums. Er schlief auf einem Linsensack, hockte sich zum Essen auf eine Mehlkiste und verbrachte eine Menge Zeit damit, all die Schätze in seinem Gemach zu betasten, zu beriechen, zu bewundern. Zwischendurch pinkelte er in eine flache Ausschachtung im Boden, die halb voll Sand war. Dort hatten Kolonnen von Möhrenwurzeln und Kohlrabiköpfen – ihren Leib zu zwei Dritteln im Sand – von Oktober bis Februar überwintert. Weil sich Wolli nicht zum Klohäuschen am Wiesenrand hinüberwagte, füllte sich die Sandgrube bald auch mit verschiedenfarbigen Kothaufen.

Wolli nistete sich im geheimen Vorratsspeicher ein wie

eine Motte im hintersten Winkel der Kleidertruhe, und wie die Motte scheute auch er den helllichten Tag. Wolli fraß und schiss im Dunkeln, zwischendurch schlief er.

Das ging fast zwei Wochen so, bis der Gestank aus der Grube Wurst und Nüsse, Birnen und sogar den Apfelsaft in den verkorkten Flaschen infiziert hatte.

Da endlich trieb es Wolli hinaus. Er rollte das Fässchen weg, öffnete die Tür, schlich über den Flur zum Hauseingang und äugte ängstlich in die Runde. Was er sah, verminderte seine Furcht. Ein leiser Windhauch wiegte die Zweige der Obstbäume, die schon Knospen erkennen ließen. Auf der Wiese spross frisches Gras. Weit und breit war keine Spur eines Menschen zu entdecken, kein Großvater Scheller, kein uniformierter Schatten. Mit vor-rotarmistischer Unbeschwertheit hüpfte Wolli in den blühenden, sonnenbeschienenen Löwenzahn.

Er schlenderte auf dem Hof herum, musterte ein Fuhrwerk, das die Vorderräder eingebüßt hatte und aussah, als sei es demütig in einem Kniefall erstarrt; er kickte ein paar Steine weg, und er starrte lange Zeit zur Landstraße hinüber. Dann wurde ihm langweilig. Weil es hier draußen offenbar nichts weiter Sehenswertes gab, schlüpfte er in die Scheune.

Dort fand Wolli die unversehrte Haferpresse und sichtete einen Haufen alter Decken, unter denen er den von Ulrich so verehrten Deutz-Einzylinder vermutete.

Wolli umkreiste den vermummten Deutz, zupfte hier und lupfte da, aber er wagte es nicht so recht, den Motor freizulegen. Stattdessen kehrte er ins Vorratslager zurück und fasste Proviant. Er hatte soeben beschlossen, in die Scheune umzuziehen. Dort baute er sich ein Gewölbe aus Strohballen. Darin legte er sich am Abend nieder.

Früh am nächsten Morgen rieb er sich den Schlaf aus den Augen, stand auf und zog resolut die Decken weg, die den Deutz-Motor verhüllten. Daraufhin starrte er eine Weile auf die Maschine, konnte sich jedoch nicht vorstellen, was es an ihr in den höchsten Tönen zu loben gab.

Möglicherweise, ging es ihm durch den Kopf, spielte der Motor seine Trümpfe erst aus, wenn er lief.

Wolli fühlte hier, klopfte da und begann dann ungeschickt an dem Gehäuse herumzudoktern. Er war zwar von Geburt an ein Langfinger, hatte aber zwei linke Hände, wenn es darum ging, Schräubchen zu drehen oder Hebelchen zu bedienen. Und natürlich hatte er nicht die blasseste Ahnung, wie man so einen Motor zum Laufen bringen konnte. Wolli war ein feiner Spitzel, ein schlauer Dieb, doch ausgeklügelten technischen Prozessen hatte er nie folgen können.

Er fummelte gerade am Glühkopf herum, als ihm eine Mischung aus Schweißgeruch, Alkoholausdünstung und Knoblaucharoma in die Nase stieg, die er bisher noch nie erschnuppert hatte.

Sie waren zu dritt, und er hatte sie nicht bemerkt.

Wollis Seele schrie nach der Garnkiste, nach dem verborgenen Lagerraum, nach den aufgeschlitzten Plumeaus, in deren Federn er sich hätte verstecken können. Doch nichts von all dem war nah genug, und dieses Wissen bannte Wolli an Ort und Stelle. Er hätte versuchen können, wegzurennen, über den Hof und über die Äcker oder die Landstraße hinauf. Aber Wolli tat es nicht. Wolli-Mausgesicht stand zu einem Bild erstarrt neben dem Deutz und glotzte.

Nichts rührte sich. Hatte ihn ein Hirngespinst genarrt? Langsam blickte er auf. Da redeten die Männer plötzlich alle auf einmal.

Wolli verstand kein einziges Wort, aber hinter jedem hörte er ein Fragezeichen.

Die Männer begannen mit den Armen zu fuchteln. Einer legte seine massive Hand auf Wollis Schulter. Wolli sah ihm in die Augen, und auch dort stand eine Frage.

Die Männer diskutierten und gestikulierten. Es waren arme polnische Kleinbauern aus dem Umland, die gar nicht alles aufzählen konnten, was sie dringend zum Leben gebraucht hätten. Sie kannten das Dominium seit jeher und waren gekommen, um sich mit diesem und jenem einzudecken, bevor ein neuer Herr den Riegel vorschieben würde. Nach Recht und Gesetz waren sie Plünderer.

Unvermittelt wurde es wieder still um Wolli, dann kam ein zungenschweres: »Wie chaißt du?«

Wolli tat keinen Mucks und ließ kein einziges Muskelfaserchen zucken. Da fingen die Polen an, ihn zu schütteln und zu knuffen und mit »Sagst du sofort Name« zu traktieren.

Es fruchtete nichts. Die Polen gaben auf, wandten sich neuerlich einander zu und redeten durcheinander. Aus ihrem Redeschwall erfasste Wolli auf einmal Namen. Namen von Habendorfern, die längst über alle Berge waren. Die drei Männer wiegten die Köpfe, pochten sich an die Schläfen, förderten immer neue Familiennamen zutage. Da ging Wolli auf, dass sie überlegten, wo er hingehörte.

Und dann war es so weit. »Du gecherst zu Wäber Wänig«, sagte der, der zuvor die Hand auf Wollis Schulter gelegt hatte.

Wolli wand sich.

Sie waren also dahintergekommen, was nicht allzu schwer war, wenn man sich mit den Familienverhältnissen in Habendorf ein wenig auskannte.

Er fingerte in seinem Hosenbund herum, kratzte hier und schabte dort. Die Männer schubsten ihn und riefen: »Wänig, Wänig!«

Wolli wollte nicht geschubst werden, deshalb gab er es zu. »Wolli Wänig.«

Plötzlich grinsten die Polen. Von einer Sekunde auf die andere ließen sie Wolli stehen und begannen allerlei nützliche Gerätschaften zusammenzutragen, um derentwillen sie schließlich hergekommen waren.

Wolli schien vergessen. Die Polen mussten den versprengten Wänig-Bengel nicht fürchten. Er konnte ihnen weniger anhaben als der blinde Wurf einer toten Katze. Eigentlich erstaunlich, dass sie sich solche Mühe gegeben hatten, seinen Namen herauszufinden. Sagten seine ganze Erscheinung und sein Verhalten nicht schon genug über ihn aus? Diese verwahrloste Figur konnte ja kaum zum Gefolge des neuen Barons gehören. Nein, sicher nicht, dennoch war es klüger, sich zu vergewissern und nachzuforschen, mit wem man es zu tun hatte in diesen gefahrenträchtigen Zeiten.

Der Deichselarm hinter dem steifbeinigen Gaul bog sich durch, als sie die letzte Axt und die letzte Harke auf den Karren warfen. Sie nickten sich befriedigt zu, zogen den Bremsbaum weg und wendeten bedächtig. Die aufgetürmte Schleichware ächzte und schaukelte.

Mit der Nase bereits auf Heimwärtskurs kam ihnen Wolli wieder ins Visier. Er kauerte hinter dem Handwagen, auf dem die Polen den Deutz aus der Scheune gezogen hatten. Zwei fette Ölstreifen markierten den Weg. Wolli fuhr seit einiger Zeit mit dem Zeigefinger in einer schillernden Ölinsel herum, die sich in einer kleinen Mulde gebildet hatte. Als er merkte, dass er neuerlich die Aufmerksamkeit der Polen erregt hatte, zuckte seine Hand zurück, als habe das Öl zu sieden begonnen.

Die Polen begannen wieder zu diskutieren. Sie spuckten Wörter aus und zwischendurch Rachenschleim, und sie wirkten zunehmend besorgt.

Was, wenn Wolli nicht sang- und klanglos verreckte – früher oder später? Was, wenn er lebendig in die falschen Hände geriet? Wenn er verhängnisvollerweise dem Woiwoden unter die Augen kam und von ihm ausgefragt wurde? Was, wenn Wolli vor der Obrigkeit drei schrankbreite Bärtige erwähnte, die mit ihrem gescheckten Gaul die Schätze des Dominium fortgeschafft hatten?

War es nicht sicherer, Wolli mitzunehmen und dafür zu sorgen, dass er dort landete, wo er hingehörte, nämlich bei seiner gottverdammten deutschvölkischen Großmaulrasse? Ja, das war es.

Einer der Polen rief: »Chomm, du chommen.« Die anderen klatschten in die Hände und klopften auf die Wagendeichsel, bis sie Wolli auf Trab gebracht hatten.

Gut einen halben Tag lang trottete Wolli neben dem Fuhrwerk her. Gegen Abend schob man ihn in eine Scheune, die zu einer polnischen Kate gehörte. Dort schlief er eine Nacht und dann noch mal eine. Den Tag dazwischen sah er zu, wie die Polen ihre Fuhre abluden, den Deutz-Motor auf einem Podest montierten, mit diversen Nachbarn über die Haferpresse verhandelten und noch dies und das taten. Mittags aß er die Hafergrütze, die ihm eine der Frauen aus der Kate brachte. Am Abend bekam er noch mal das Gleiche und am folgenden Morgen auch.

Kaum hatte Wolli sein Frühstück aufgegessen, zerrte ihn der Pole, der ein wenig Deutsch sprach, auf den nun leeren Fuhrwagen.

Verwässerte Grütze gluckerte unangenehm in Wollis Bauch, als das Fuhrwerk durch die Hügel des Glatzer Berglandes rumpelte. Der Pole hielt stur auf die tschechische Grenze zu, passierte sie und brachte das Gefährt erst im Gesenke von Troppau zum Stehen. Er half Wolli herunter, dann führte er ihn in ein Amtszimmer der Meldebehörde.

Der tschechische Beamte begrüßte den Polen jovial; die beiden kannten sich, hatten gemeinsame Verwandte in Langenbielau. Deshalb konnte sich der Pole darauf verlassen, dass der tschechische Amtsträger das Problem »Wolli Wänig« so lösen würde, wie es ihm dienlich war. Vorsorglich tischte er jedoch eine vage Geschichte über die Begegnung mit Wolli auf, für die sich der Tscheche ohnehin nur mäßig interessierte. Seinem Auftrag gemäß würde er dafür sorgen, dass Wolli jenen Weg nahm, den Wollis Volksstamm von Amts wegen bereits seit Monaten ging.

»Alle Deutschen müssen weg, darum auch das Kind«, entschied der Amtsmund.

Der Pole tippte sich zufrieden an die Mützenkrempe, sagte »Do widzenia«, höflichkeitshalber auch noch »Na shledanou« und wandte sich zur Tür. Kaum hatte er die Klinke gedrückt, spürte Wolli, dass auch er dringend verschwinden musste. Nein, nicht zurück nach Polen oder nach Schlesien (was keinen Unterschied mehr machte), sondern zum Abort. Doch bevor er sich irgendwie bemerkbar machen konnte, drängte unverdaute, schleimig-blutige Hafergrütze aus seinem Darm. Das zwickte und peinigte, bis Wolli die Augen verdrehte und zusammensackte.

Der Beamte schickte nach dem Bader, der sich Wolli kurz ansah und dann seinerseits nach der Hebamme von Troppau schickte, mit der er längere Zeit diskutierte. »Das Kind muss abgesondert werden, bis es gesund ist oder tot«, entschied der Amtsmund, nachdem ihm die beiden ihre Diagnose mitgeteilt hatten.

Vermutlich hatte Wolli in der Sandgrube im Vorratslager des Dominium die Shigellen, die ihn nun peinigten, in seinen eigenen Exkrementen gezüchtet. Er konnte sie allerdings auch in der Scheune der polnischen Kate aufgegabelt haben, wo er an verfaulten Vorjahres-Kartoffeln genagt hatte. Wie auch immer, Wolli hatte die Ruhr, und es stand nicht sonderlich gut um ihn.

In desaströser Verfassung steckte Wolli unter einer fadenscheinigen Decke, bekam Kräutersud eingeflößt und hatte nicht einmal die Kraft zu wimmern, wenn sich sein Dickdarm wieder und wieder verkrampfte.

Mitte Juni gaben der Bader und die Hebamme keinen Pfifferling mehr auf Wollis Leben, weil nun Tag und Nacht blutig-eitriger Schleim aus seinem Darm sickerte. Die Hebamme verabreichte Wolli regelmäßig Blutwurztinktur und eine Arznei aus Gänsefingerkraut – nicht weil sie sich davon Heilung versprach, sondern weil sie Wolli das Sterben leichter machen wollte.

Aber Wolli starb nicht.

Anfang August 1945 saß er hohläugig in dem ungefügten Bettgestell, das man ihm gezimmert hatte, und kaute an einem Frühapfel herum.

Im September war er wieder auf den Beinen.

Gewöhnlich tat das Gesenke um Troppau sein Bestes, alle seine Bewohner zu ernähren. Nur in diesem Jahr fehlte es hinten und vorne an Essbarem. Den Ortsansässigen fiel es schwer, ihre Schüsseln zu füllen. Wolli bekam Hafergrütze, allenfalls noch ein trockenes Brot dazu. Das war natürlich nicht die Kost, die ihn schnell gekräftigt hätte. Darum verging der Oktober, bis er die kurze Strecke von der Stube der Hebamme bis zum Weidezaun vor dem Haus schaffte, und es wurde Weihnachten, bis er die Dorfstraße hinunter- und wieder hinauftraben konnte.

Am 1. Februar 1946, zu Lichtmess, befand das Meldeamt Wolli zur Deportation tauglich. Von da an lebte er sechs Wochen lang in Güterzügen.

Wolli besaß nichts als ein gestempeltes und gesiegeltes Papier, ausgestellt von der Administration, das ihn als Wolli Wänig auswies und über die Grenze nach Deutschland beorderte. In der Behördenstube hatten etliche Amtsschreiber darüber diskutiert, ob nicht »Wolfgang« (worauf ihnen die Verniedlichung »Wolli« zu basieren schien) in dem amtlichen Dokument eingetragen werden sollte. Wenigstens der Name müsse doch, so meinten die einen, angemessen lauten, wenn schon sonst keinerlei Angaben über die Person zur Verfügung stünden.

Nein, entgegneten die anderen, wegen eines unmündigen Irrläufers dürfe man nicht die Administration entwesen, deren Sinn und Zweck ja genau darin liege, buchstabengetreu zu arbeiten.

»Es hat bei ›Wolli‹ zu bleiben«, entschied der Amtsvorstand mit Nachdruck.

Diverse Züge dampften also mit Wolli im Bauch von Troppau nach Prag, von Prag nach Pilsen, von Pilsen nach Klattau, von Klattau nach Eisenstein. Dort passierte Wolli Ende März ’46 die Grenze und wurde sodann erneut in eine Amtsstube geführt. Zum ersten Mal seit Langem hörte er wieder flüssig gesprochene deutsche Worte. Sie lauteten: »Was das anbelangt.«

»Was das anbelangt«, sagte der deutsche Beamte, »ist es am

besten, ihn gleich weiterzuschleusen.« Wenig später fand sich Wolli auf einem dahinholpernden Lastwagen wieder. Die Motorgeräusche skandierten Stunde um Stunde: was das anbelangt.

Als er zwei Tage später durch Maxens Wohnungstür stolperte, hatte er keine Ahnung, dass er ein für alle Mal am Ziel war.

Auf dem Weg von Habendorf nach Neuhausen (fünfhundert Kilometer weit und zwölf Monate lang) hatte Wolli das Kuschen gelernt, das Stillhalten, das Abwarten, das Hinhören. Das Ausspionieren und das Herumschnüffeln hatte er schon vorher gekonnt. Vereint sollten die neuen und alten Qualitäten Wolli Wänig für Max unentbehrlich machen.

3

Die ersten Tage im hübschen Heim von Max und Rita verbrachte Wolli wie gesagt auf seiner Matratze, eingerollt wie ein trockenes Birkenblättchen und ohne ein einziges Wort zu sprechen.

Rita hegte Wolli mit der gleichen Fürsorge, wie sie ihre Kohlköpfe und ihre Radieschen betreute. Behutsam päppelte sie ihn auf, mit guter Butter und frischer Sahne vom Himmelberghof.

In Wollis Mausgesicht rundeten sich die Backen. Seine Schultern strafften sich, und sein Bäuchlein ließ eine kleine Wölbung erkennen. Mitte April traute er sich erstmals vor die Haustür und schnüffelte schweigend eine Weile draußen herum. Im Mai erweiterte er seinen Radius bis vor die Türen der Neuhausener. Am Muttertag lieferte er die erste einer endlosen Reihe unbezahlbarer Informationen.

Was könnte für einen Beamten der Abgabenstelle nützlicher sein als penibel zusammengetragene Meldungen über die irdischen Güter und Besitztümer seiner Klienten, zu denen in Maxens Fall sämtliche Neuhausener zählten, deren Einkommen über einer gewissen Grenze lag oder nach allem Dafürhalten liegen musste? Was könnte einem Steuerinspekteur mehr zugutekommen als zuverlässige Kunde über Umsatz und Gewinn der Geschäftsleute in seinem Sprengel?

Wolli konnte damit aufwarten. Und am Muttertag ließ er beim Mittagessen die Katze aus dem Sack.

»Es is zum Aus-der-Haut-Fahrn mit den frechdreisten Neuhausenern«, hatte Max über seiner zweiten Portion Schweinebauch mit Knödel gewettert. »Jeder mauschelt und schachert, und alles verschwind, als hätt keiner nix. Wie kann denn der Neuhausener Bäcker zu einer erstklassigen neuen Schaufensterscheiben gekommen sein, vorige Woch, wenn er gar nix einnimmt in seiner Bäckerei? Das wenn mir einer erklärn tät …«

Wolli mampfte stumm ein Knödelbröckchen, schluckte, schob ein Karottenscheibchen nach, schluckte wieder, hob den Blick und sagte: »Was das anbelangt, u-Tee!«

Rita schreckte auf, als hätte ihr Blumenkohl gehustet.

Maxens Beamtengehör siebte anscheinend selbsttätig aus, was nicht sein konnte, weil es nie so gewesen war, denn er aß ungerührt weiter.

Erst als Rita nach dem Essen bereits das Geschirr abtrocknete, ging ihm auf, dass Wolli gesprochen hatte. Er sah von der Zeitung hoch, die ausgebreitet auf dem Küchentisch lag, und murmelte:

»Wollt uns der Bub was sagen?«

»Ich mein sogar«, gab Rita zur Antwort, »der wollt uns was Wichtiges sagen. Was über den Veit-Bäcker.«

»Geh, was könnt denn der Bub über den Veit-Bäcker wissen? Über unseren verlogenen Neuhausener Bäcker, der dem Steueramt einen Batzen Geld unterschlagt. Das weiß ich, weil von dem, was er angeblich einnimmt, könnt er sich keine Extravaganzen leisten. Ich tät wirklich gern rauskriegen, wie er's macht. Wenn er nicht so schlau wär, der Veit-Bäcker, dann wüsst ich's schon. Aber der Veit-Bäcker is ein Schlawiner. Wie sollt der Bub so einem auf die Machenschaften kommen? Was hat er gsagt, der Bub?«

»U-Tee«, erinnerte sich Rita.

»U-Tee«, echote Max. »Das is Böhmisch, wenns überhaupt was bedeut.«

»Unter Theke vakoofta – was das anbelangt«, kam es da erklärend von Wolli, der in der Küchentür stand.

Irritiert starrte Max in das Mausgesicht. Was redete denn dieses Kind für einen Stuss zusammen? »Was das anbelangt« – war der Bub nicht ganz dicht?

Wie hätte Max ahnen können, dass sich diese Floskel in Wollis Hirn festgesetzt hatte und sich nun vordrängelte, sobald er den Mund auftat?

»Der Bub möcht uns klarmachen«, sagte Rita, »dass der

Veit-Bäcker heimlich Ware unterm Ladentisch verkauft. Mit ›Theke‹ meint der Bub bestimmt den Ladentisch.«

»Logisch«, erwiderte Max. »Sowieso kassiert der Veit an der Buchhaltung vorbei, wie käm er sonst an Schwarzgeld? Das Rätsel is aber, wo kriegt der Bäcker das Mehl für die Ware zum Schwarzhandeln her? Sooft ich auch prüf, die Rechnung stimmt. Der Veit verbraucht kein Gramm Mehl mehr, als wie in den Erzeugnissen steckt, die er offiziell verkauft.«

»Was das anbelangt«, sagte Wolli, »Mehl kommt Sack um Sack von Frauenmühle – verstohlen.«

»Und wo bitte«, fragte Max, »kommt das Getreide dafür her? In der Mühle rechnen wir doch auch nach: Ein Sack Weizen ergibt ein Sackerl Mehl. Da lässt sich nix tricksen.«

»Was das Korn anbelangt, das liegt im Kinderwagen«, sagte Wolli.

»Gschieht mir recht«, knurrte Max angesichts des sinnlosen Gebrabbels, »hab mich ja einglassen drauf.«

Er wandte sich wieder der Zeitung zu und hörte nicht mehr auf das, was Rita und Wolli noch redeten.

Max las soeben die Meldung, dass in den letzten Apriltagen in Wolfsburg der tausendste Volkswagen seit Kriegsende produziert worden war, da zupfte ihn Rita an dem Hemdärmel, der leer in seinem Hosenbund steckte.

»Max, der Bub hat recht. Die Flüchtling, die ham den ganzen Sommer und Herbst über die restlichen Ähren von den Feldern abgeklaubt. Manche ham sich ausgediente Kinderwagerl verschafft, mit denen sie alles wegkarren, was sie finden. Verstehst, Max? So is das Korn im Kinderwagen an deiner Dienststelle vorbei zur Mühle gfahren.«

»Sakrament«, flüsterte Max beeindruckt.

Es wäre wirklich ein Jammer gewesen, hätte Max Wollis fabelhafte Beobachtungsgabe nicht zu nutzen gewusst. Aber Max war ja nicht dumm.

Täglich nach dem Abendessen besprach er mit Wolli das

Dorfleben, und wie erwartet zeigte sich immer deutlicher, dass nicht nur der Bäcker, sondern auch der Metzger, der Schuhmacher und weitere fleißige Mitglieder der Dorfgemeinschaft, manche (der zugegeben etwas unbequemen) Steuervorschriften gelegentlich oder eher regelmäßig umgingen.

Wollis Dienste versetzten Max in die Lage, unerbittlich für die Ahndung derartiger Verstöße sorgen zu können. Er deckte Schwindel für Schwindel auf, verhängte Bußgelder, verschickte gepfefferte Steuerbescheide – alles sehr offiziell. Wie dumm von ihm, könnte dieser oder jener jetzt sagen, sich in der Heimatgemeinde derart unbeliebt zu machen, doch dieser wie jener wäre im Irrtum begriffen. Nichts rang den Neuhausenern mehr Respekt ab als Schläue, die der ihren überlegen war. Zugegeben, Max wurde verflucht, aber mehr noch wurde er geachtet. Bald wehten Vorschüsse, Sonderabgaben, Zuschläge und Nachzahlungen in sein Büro wie Blätter im Novemberwind. Tatsächlich sollte die Steuerbehörde im kommenden Jahr zwanzig Prozent mehr Einnahmen verzeichnen und sich mit einer Beförderung für Max erkenntlich zeigen.

So kam es, dass bald zarte Filetscheiben den sonntäglichen deftigen Schweinebauch ersetzten.

Wolli war für Max (und für die Steuerbehörde) unersetzlich geworden. Aber wie lang, lautete nun die bange Frage, würde der Bub noch Informationen liefern können? Wie lang würde es noch dauern, bis der Suchdienst vom Roten Kreuz Wollis Eltern aufgetrieben hatte? Von heute auf morgen konnte der Bub fort sein, und die Neuhausener konnten neue Täuschungsmanöver ersinnen, die ewig im Verborgenen bleiben würden.

Täglich, stündlich wurden dieser Tage verloren gegangene Kinder ihren Eltern zugeführt; in den Bombennächten, im Chaos danach oder auf Flüchtlingstrecks waren sie abhandengekommen. Diverse Hilfsorganisationen hatten die Versprengten eingesammelt, in Wohnheime einquartiert, registriert und katalogisiert. Auch Wolli hätte, als er mutterseelenallein im

Westen ankam, von Amts wegen in ein Heim eingewiesen und vom Suchdienst erfasst werden müssen. Wolli hätte auf den Listen stehen sollen, die in den Zeitungen abgedruckt wurden. Der Name »Wolli Wänig« hätte bereits beim Frühstück ans Ohr des Radiohörers pochen sollen: »Diese Kinder suchen …«

Doch wer könnte dem Bürgermeister von Neuhausen einen Vorwurf dafür machen, dass er Wolli der Einfachheit halber bei Max verstaut hatte? Der geplagte Bürgermeister hatte schlicht keine Zeit, sich um die Bedürfnisse jedes einzelnen Flüchtlings zu kümmern, denn die Schlesier, Sudetendeutschen und deutschstämmigen Böhmen rollten lastwagenweise heran.

Wolli bei Max unterzubringen hieß, zwei Fliegen mit einer Klappe zu schlagen. Einerseits war der Bürgermeister den Buben los, der ihm eine Menge Scherereien in Form von Berichten und Anträgen eingebracht hätte. Andererseits konnte er Max damit entgegenkommen (es würde ja gewiss nicht schaden, beim Finanzamt eine Gefälligkeit offen zu haben), denn mit Wolli war Max der Nachweis verschafft, dass er, wie vorgeschrieben, Wohnraum für Vertriebene zur Verfügung stellte.

Natürlich hatte sich der Bürgermeister abgesichert und vorsichtshalber eine kurze Notiz über Wolli ans Rote Kreuz abgeschickt – ein Schrieb, der wohl nie ankam.

So viel Verborgenes aus Neuhausen Wolli auch ans Licht zerrte, so wenig hatte er zu bieten, wenn Rita von ihm wissen wollte: »Wann hast du denn deine Mama zuletzt gesehen? Deinen Papa? Wann denn, wo denn?«

Auf solche Fragen schwieg Wolli und mümmelte versunken an einer Rübe, einem Radieschen, notfalls an einem Holzspan. Was hätte er auch antworten sollen? Einen Papa hatte Wolli nie gekannt. Und die Mama war weg. Sie war in einer Explosion aus Spektakel verschwunden. Manchmal hatte sie Wolli im Traum besucht, aber Woche für Woche war sie seltener gekommen.

Wollis Unterbewusstsein schien auf Hochtouren daran gearbeitet zu haben, sämtliche Erinnerungen auszumerzen:

die beklemmenden Stunden in der Garnkiste, das Trampeln schwerer Stiefel, die Laute qualvollen Wimmerns, den Klang dumpfer Schläge. Auch die gespenstischen Tage im Vorratslager des Dominium, das Rumpeln des polnischen Fuhrwerks, die Wochen auf dem tschechischen Krankenlager waren der Zensur in Wollis Hirn mehr oder weniger zum Opfer gefallen.

Der Name »Habendorf« hätte womöglich gar keine Erinnerung mehr in ihm geweckt. Und nie sollte er erfahren, dass seine Mutter Marie Wänig und ihr Vater, der alte Weber, unter dem Schutt der ehemaligen Friedhofsmauer von Habendorf begraben lagen. Die polnische Familie, die das herrenlose Häuschen der Wänigs zugesprochen bekam, hatte sie dort verscharrt.

Wollis Erzeuger brauchte in Wollis Hirn nicht ausgetilgt zu werden, denn Wolli hatte ihn nie gekannt. Trotzdem gab es ihn, und er befand sich schon seit gut einem Jahr in Niederbayern.

Er war Tischler Scheller an jenem Weihnachtstag 1944 entkommen und unbehelligt wieder aus Habendorf hinausgelangt. Diese für ihn selbst recht günstige Entwicklung der Dinge sollte für andere bald fatale Folgen haben.

Wollis Erzeuger floh, wie damals nach Wollis verbrecherischer Zeugung, über die Felder und Äcker nach Langenbielau. Dort traf er prompt auf HSSPF Benz, der eben dabei war, seine versprengten Kameraden um sich zu sammeln und neu zu formieren.

Frisch geeint und angespornt eilte die »Sturmtruppe Benz« nach Nordwesten, um erst einmal Abstand zwischen sich und die Rote Armee zu bringen. In der goldenen Aue am Fuße des Kyffhäusergebirges blieb sie allerdings hängen. Darüber verging der Frühling des Jahres 1945.

Als dann im Mai der Exitus des Dritten Reiches offiziell bekannt gegeben wurde, hatte Benz noch ein gutes Dutzend Runenträger vom alten Polizeibataillon 101 um sich, stand jedoch – quasi von einem Tag auf den andern – vor einer gegensätzlichen Prämisse und damit vor einer neuen Herausforderung. Denn nun galt es überzeugend zu leugnen, dass ein Bataillon 101 je existiert hatte. Es sollte auf einmal nur noch biedere Familienväter mit sauberen Westen und ehrbaren Namen geben und seit jeher gegeben haben.

Benz ging die neue Herausforderung mit Nachdruck, aber zugleich mit der gebotenen Vorsicht an. Er horchte und tastete, hielt die Nase witternd in den leisen Wind, der dienliche Botschaften heranblies.

So erfuhr er, dass man da und dort auf Hilfe zählen konnte. Man musste nur wissen, wo. Aber auch das blieb ihm nicht lange verborgen. Benz konnte aufatmen. Die Parole, die man ihm hinter vorgehaltener Hand genannt hatte, würde den Verfolgten und Gejagten der ehemaligen Schutzstaffel Unterkünfte und Schleichwege auftun.

Natürlich war Benz nicht so unbesonnen, sich und die Seinen jetzt vorschnell in Sicherheit zu wiegen. Er blieb am Ball und gelangte tatsächlich recht bald an weitere hilfreiche Informationen. Benz brachte nicht nur in Erfahrung, wie es möglich gewesen war, Hitlers Dunkelmänner aus den Augen der Besatzer zu schaffen, sondern bekam auch Hinweise, wo es gefälschte Papiere zu beziehen gab. Bald traf aus Coburg ein Päckchen mit Dokumenten für ihn und seine Schützlinge ein.

Insgesamt dauerte es keine vier Wochen, bis seine tapferen Kämpen, mit gefälschten Entlassungsscheinen in den Händen und dem Kyffhäuser-Kameraden-Schwur im Herzen, davoneilen konnten – zurück an einen heimischen Herd, wo auch immer der sich befand.

Für Wollis Erzeuger befand sich nirgends einer, deshalb musste er dringend einen erfinden. Während er darüber nachgrübelte, wohin jener heimische Herd sich platzieren ließe, kam ihm Minna in den Sinn.

Im Lager Majdanek hatte Wollis Erzeuger in einem Kabüffchen hinter der Schreibstube, zwischen verstaubten Lagerlisten und vergilbten Lieferscheinen, regelmäßig eine Bürokraft beglückt, die sich – und das erstaunte Wollis Erzeuger selbst – haltlos in ihn verknallt hatte.

Schwer zu sagen, was sie an ihm fand.

Zugegeben, Wollis Erzeuger war während der Kriegsjahre auf stattliche eins fünfundneunzig in die Höhe geschossen, er hatte rechtsseitig – am Schlagarm – einen ansehnlichen Bizeps, und er kam stets schneidig daher: blanke Wehrmachtsstiefel, gestärktes schwarzes Hemd, gewichste Lederkoppel.

Aber kein Mensch bei klarem Verstand hätte sich durch seinen akkurat gezogenen Seitenscheitel von den rastlosen Pupillen ablenken lassen. Pupillen, die hin und her und auf und ab flitzten wie Elritzen, wenn die Kaulbarsche kommen, und die sich keine Sekunde lang ruhig und rechtschaffen ins Auge ihres Gegenübers versenken konnten. Kein Mensch mit klarem Blick hätte sich von eineinhalb Zentimeter langen gelackten Schnurrbarthaaren über eine spitz zulaufende Mundpartie hinwegtäuschen lassen, die weit über die Nase hinausragte und in einem Überbiss mit nahezu horizontal eingebetteten Schneidezähnen endete.

Minna aber war augenscheinlich weder durch die offensichtliche Verderbtheit noch durch die Nager-Physiognomie ihres Liebhabers abgeschreckt worden, und dafür gab es nur eine einzige fassbare Erklärung: Minna war Wollis Erzeuger verfallen, weil er sich in ihren Armen in einen Säugling verwandelte – in Minnas eigenes schutzbedürftiges Kindchen.

So hart Wollis Erzeuger auf die Köpfe von Gefangenen prügeln, in die Rippen der Häftlinge knüppeln konnte, so wehleidig schluchzte er auf, sobald ein Holzspänchen in seinen Daumen stach oder ein Steinchen auf seinen Zehennagel prallte. Heiße Tränen schossen ihm dann in die unsteten Augen, und er schmachtete nach Trost und Zuflucht.

Und Minna liebte es, ihm beides zu geben.

Von Jugend an üppig, weich und fleischig, fühlte sie sich in ihrem Element schlechthin, wenn sie Wollis Erzeuger in sich hineinbetten durfte wie eine Handvoll Himbeeren in rote Grütze.

Im Januar 1944 aber wurde Minna von Wollis Erzeuger getrennt. Ein letztes Mal schmiegte sie ihren vorstehenden Unterkiefer an seinen Überbiss und schloss sich dann einer Gruppe von Frauen an, die im Bahnwaggon nach Westen reisen sollte. Und schon während der Fahrt schrieb sie den ersten sehnsuchtsvollen Brief an Wollis Erzeuger, dem im Laufe der kommenden Wochen Dutzende folgen sollten. Wollis Erzeuger, zu jener Zeit noch in Majdanek stationiert, beantwortete keinen Einzigen davon.

Doch exakt jene Briefe waren es, die ihn auf einen vielversprechenden Einfall brachten, als er nach einem Nest Ausschau hielt, in das er sich setzen konnte. Die Briefe würden ihm den Weg dorthin weisen. Sie mussten sich nur finden – einer wenigstens. Aber Wollis Erzeuger wusste, wo er danach suchen konnte.

Minna hatte seine Schuhe, wenn sie tagsüber nass geworden waren, im Lager oft mit altem Papier ausgestopft, das die Feuchtigkeit aufsaugen sollte, und er hatte zugeben müssen, dass die Methode wirkte. Deshalb hatte er es nach ihrer Abreise aus Majdanek manchmal selbst so gemacht. Aus einer Laune heraus hatte er irgendwann damit begonnen, Minnas Briefe dafür zu verwenden. Später, als er Majdanek verließ, hatte er dann die beiden Papierknäuel in seinen Tornister gepackt, um sie zur Hand zu haben, falls es unterwegs tagelang regnen sollte. Und da mussten sie sich eigentlich immer noch befinden.

Tatsächlich förderte Wollis Erzeuger nach einigem Wühlen zwei platt gedrückte Bündel aus Papierfetzen zutage. Seine Hoffnung auf leserliche Zeilen sank jedoch, als er merkte, dass alles von grünlichem Schimmel überzogen war. Akribisch begann er, die Schnipsel zu glätten, zu säubern und zu durchforsten. Die Mühe lohnte sich. So mitgenommen jene Fetzen auch waren, die maßgebliche Information, auf die Wollis Erzeuger scharf war, gaben sie noch her.

»Ich bin schwanger«, hatte Minna im April 1944 geschrieben, drei Monate nachdem sie Wollis Erzeuger aus den Augen gekommen war.

»Mir und dem Kind geht es gut«, hatte sie im Juni 1944 berichtet.

Kurz bevor Majdanek geräumt worden war, im Juli 1944, hatte Minna dann noch eine Information geliefert, die sich nun im wahrsten Sinne des Wortes als richtungweisend zeigte.

»Wegen dem Kind, das im Oktober auf die Welt kommt«, schrieb sie, »werde ich bald aus der Dienstverpflichtung entlassen. Dann gehe ich auf den Bauernhof von meinen Eltern zurück.«

Darunter war ein Lageplan gezeichnet. Den elterlichen Hof hatte Minna mit einem roten Pfeil markiert.

»Niederbayern!«, begeisterte sich der ehemalige HSSPF Benz. »Hinterster Bayerischer Wald, Jungchen, da machste rieber, da stehste gut.«

Benz und Wollis Erzeuger steckten ihre Nasen in die Generalstabskarte und mussten erkennen, dass zwischen Kyffhäuser und den Bayerwaldbergen ein weiter Weg lag. Wollis Erzeuger würde sich an Unstrut und Saale entlangschleichen müssen bis in den Thüringer Wald hinein. Er würde durch den Frankenwald ins Fichtelgebirge huschen müssen, durch den Steinwald in den Oberpfälzer Wald, dort den Pfahl entlang in den Bayerischen Wald, wo Arber und Rachel den Weg zum Lusen blockierten. An den steilen Westhängen des Lusen sollten endlich, gemäß Minnas Botschaft, die vereinzelten Gehöfte des Ortes Waldhäuser kleben. In einem davon, hieß es im Postskriptum des letzten Briefes, würde Minna sehnsüchtig auf ihren Geliebten warten.

»Jungchen, da kommste nich hin ohne Ferd un Wagn.«

Wohl nicht, aber ein Fuhrwerk samt Gaul musste ja aufzutreiben sein.

Also machte sich Wollis Erzeuger in der goldenen Aue auf die Suche nach einem Acker, der noch nicht ganz gepflügt war. Als er einen gefunden hatte, holte er Benz zu Hilfe, und die beiden legten sich am Rand des Feldes, dort wo der Bauer beim Pflügen seinen Gaul zügeln musste, auf die Lauer.

Sobald das Gespann zum Stehen kam, schlug Wollis Erzeuger mit einem Feldspaten zu. Der Bauer fiel blutend in die Furche. Benz schirrte das Pferd aus.

»Machste hastig wech hier, bevor ihn eener findet«, riet er.

Wollis Erzeuger umarmte seinen Mentor zum Abschied mit Tränen in den Augen. Dann führte er das Pferd eilig zu dem Deichselwagen, den Benz akquiriert hatte, spannte es ein, und im nächsten Augenblick war er schon unterwegs ins bayerische Waldgebirge.

4

Im späten Frühjahr 1945 rumpelte Wollis Erzeuger auf seinem Fuhrwerk von Grafenau herkommend durch den Marktflecken St. Oswald.

Aus der Bründlkapelle schallte vielstimmig »Maria breit den Mantel aus«, obwohl der Marienmonat längst vergangen war. Es ging bereits auf Sonnwend zu. Unberührt vom dissonant-inbrünstigen Flehen um »Schirm und Schild« zog das Kyffhäuser-Pferd an der wundertätig sprudelnden Quelle neben der Kapelle vorbei.

Der Gaul trottete, seit Wochen nichts anderes gewohnt, unverdrossen auf dem Schotterweg dahin. Er ließ sich gehorsam am Gottesacker entlanglenken und hielt, wie der Pfad es vorschrieb, auf den Waldrand zu. Dann dauerte es keine halbe Stunde mehr, bis er ein endgültig klingendes »Brrr« zu hören bekam. Wollis Erzeuger befand sich am Ziel.

Er peilte blinzelnd den Sonnenstand an, drehte und wendete Minnas Skizze, versuchte sich zu orientieren. Das Terrain, das sie auf der Zeichnung rot markiert hatte, schien sich östlich der Birke zu erstrecken, an die er sein Pferd gebunden hatte. Er stelzte auf eine Lichtung zu.

Hinter einem verkrüppelten, verknorzten Apfelbaum, den Wind und Wetter in die Schräge gezwungen hatten, erspähte Wollis Erzeuger eine offen stehende Haustür. Er erreichte sie mit wenigen Schritten, blieb davor stehen und lauschte. Nichts regte sich. Da schob er sich kurzerhand unter dem Türstock hindurch.

Drinnen im Halbdunkel konnte er im ersten Moment rein gar nichts erkennen. Er sah weder Minnas Vater am Tisch sitzen, noch nahm er Minnas schlafendes Kind in der Holzkiste wahr.

Wollis Erzeuger rieb sich die Augen. Kaum hatte sich sein Blick geschärft, blieb er an einem angeschnittenen Laib Brot haften, neben dem ein Tiegel mit Rübensirup stand. Heiß schossen ihm die Tränen in die Augen, denn schon seit Tagen nagte es hungrig an seinen Magenwänden.

In derselben Sekunde fühlte er sich eng und weich umschlungen.

Wer hätte seine quellenden Tränen für etwas anderes als den Ausdruck reiner Wiedersehensfreude halten wollen?

»Ich hab's immer gewusst. Hab's gewusst, dass du kommst«, rief Minna, und ihre Umarmung drückte Wollis Erzeuger schier die Luft ab, während sie flüsternd hinzufügte: »Und ich hab vorgesorgt.«

Das hatte sie in der Tat.

Wollis Erzeuger war zwischen Schreyerbach und Ohe bereits bestens beleumundet. Mit Akribie hatte Minna an seiner Legende gebastelt und das Ergebnis im ganzen vorderen und hinteren Wald ausgesprengt.

Die Legende begann so: »Er war ein Held, ein stattlicher Held. Er war furchtlos und tapfer. Er kämpfte im Westen, im Süden und im Osten. Wegen seiner beachtlichen Größe gehörte er automatisch der Waffen-SS an.«

Wer Minna weiter zuhörte, erfuhr etliche Phrasen und Floskeln später, dass sein Name seit Sommer 1944 in der amtlichen Vermisstenliste aufgeführt war: »verschollen in Feindesland«.

Schon 1942, klagte Minna, hätten sie heiraten wollen. Aber weil die Geburtsurkunde ihrer Großmutter väterlicherseits einfach nicht aufzutreiben war, verweigerte man ihr den Ariernachweis und damit ihnen beiden die Heiratserlaubnis.

Wollis Erzeuger bemühte sich schon eine Weile erfolglos, Minnas klammernden Armen zu entkommen und näher an den Brotlaib heranzurücken, als ihm unverhofft der alte Bauer zu Hilfe kam. Der schnitt einen Kanten Brot ab und schob ihn über die rissige Tischplatte.

»Sä.«

Wollis Erzeuger griff gierig zu.

Endlich schien auch Minna zur Besinnung zu kommen. Sie

zog ihren Liebsten auf die Eckbank und setzte sich neben ihn. Halb begraben unter ihrem wogenden Busen kaute er dann das harte Brot.

Der Bauer stemmte sich indessen an der Tischplatte hoch. Er glotzte eine Zeit lang auf Wollis Erzeuger hinunter, dann nahm er den Türrahmen ins Visier und gleich darauf wieder Wollis Erzeuger.

Plötzlich gab er sich einen Ruck, schlurfte zu einem der beiden taschentuchgroßen Fenster und machte sich über eine grobe Brettertruhe her, die darunterstand.

»Wo nacher is jetz der, hä, der Sakra«, murmelte er vor sich hin. »Ah … da hat er sich verschloffen, der Deifi.«

Minnas Vater kramte eine brüchige Messlatte hervor und legte sie am Türstock an. »Ghm, Meterachtzg, chr, Meterachtzg … ghm … hä … ghm …«, brummte er. »Da hat der sich buckeln müssn, runterbuckeln hat der sich müssn! Nachher hat der gut Meterneunzg, der Preiß von der Minna, der Sakra … Meterneunzg hat der Preiß, wenn's langt, ghm ghm.«

Der Bauer schien beeindruckt. Er trat (ohne sich bücken zu müssen) durch den Türstock ins Freie. Von der Stube aus konnte Wollis Erzeuger erkennen, wie er draußen ein paar zögernde Schritte machte, dann aber wie vom Blitz getroffen stehen blieb. Wollis Erzeuger konnte auch hören, was der Bauer daraufhin mit verblüffter Stimme von sich gab: »Mi leckst. A Ross. A Karrn dazu. Ghm … hä-ghm. Ob der Preiß der Minna bleibn kannt?«

Wollis Erzeuger blieb, und Minna ersann geschwind einen dramatischen Epilog zu ihrer Legende. Der ging so:

»Tödlich war der Held verwundet, von Verderben bringenden Granatsplittern getroffen, die ihm die Eingeweide zerfetzt hatten. Röchelnd lag er in seinem Blute. Der Feldscher hatte bloß einen hoffnungslos-mitleidigen Blick für ihn. Aber der heilige Oswald selbst griff ein und gab meinem Kind den Vater und mir den Mann zurück.«

Die Sache mit dem heiligen Oswald stieß bei den Waldhäuslern auf deutliche Skepsis. Aber wohl weil Minnas Schilderung gar so herzerweichend klang, hörten sie weiter zu. Denn das Ammenmärchen war noch nicht zu Ende.

»Kaum genesen, machte er sich auf die Suche nach den Seinen. Das ganze Land hatte er dabei zu durchqueren. Er zog mit seinem treuen Falben über unbarmherzige Berge, durch unzugängliche Täler. Er passierte reißende Flussläufe und tückische Sümpfe, sah allem Unbill unverzagt ins unmenschliche Auge, bis er seine Lieben in die Arme schließen konnte.«

Bei Weitem nicht alle Waldhäusler, Ilz- und Ohetaler zeigten sich von Minnas Darstellung so ergriffen, wie sie gehofft hatte. Vielleicht hatte sie doch zu dick aufgetragen. Aber letztendlich spielte das keine Rolle mehr, denn wie sich herausstellen sollte, hatte sie ihr Ziel erreicht.

Bald stapelten sich auf der Kredenz in der Guglerhofstube Leumundszeugnisse noch und noch. Sie waren dazu bestimmt, die Runen in den Achselhöhlen von Wollis Erzeuger zu kaschieren, das Blut an seinen Händen zu verwaschen.

Wollis Erzeuger heiratete Minna, wie sie es sich gewünscht hatte, an Mariä Himmelfahrt, dem 15. August 1945.

Sämtliche Gratulanten bestätigten ihm, dass der heilige Oswald – der Wundertäter vom Ohetal – alles vortrefflich gerichtet hatte und dass Minna gut daran getan hatte, ihm dafür ein Votivtaferl zu stiften mit zwei Kerzen darunter.

Wollis Erzeuger nickte zerstreut. Dieser komische Bayerwaldheilige hatte wohl eher was angerichtet. Er hatte ihn in eine von Gott und der Welt abgelegene Kate gesteckt, zu einem grotesken alten Mann, einem dämlichen Weib und einem plärrenden Bankert; in eine Kate, in der ihn aus jedem Winkel Kargheit und Armseligkeit anstarrten. War er etwa den weiten Weg hierhergekommen, um elend zu verrotten?

Doch diese Sorge hatte er sich umsonst gemacht, denn Minna wusste sehr genau, dass zum irdischen Glück Wohlstand gehört. Und sie hatte die Angel danach bereits ausgeworfen.

Ein Gesuch erging an die Behörden, dessen Kernsatz folgendermaßen lautete: »Der tapfere Soldat hat seine blühende Gesundheit für das Vaterland hingeopfert. Es ist nur recht und billig, dass dieses Vaterland jetzt für den Kriegsversehrten und für die Seinen aufkommt.«

Die Behörden sahen das augenblicklich ein, baten aber um ein ärztliches Attest. Wollis Erzeuger erfasste sofort, dass er mit Minnas Mär von leber- und nierenfressenden Granatsplittern vor einem Ärztekonsortium nicht durchkommen würde.

»Und nu?«, fragte er seine Angetraute vorwurfsvoll.

Minna bat sich ein wenig Bedenkzeit aus, und Wollis Erzeuger ließ zu, dass sie – auf der Suche nach einem Stück handfester Pathogenese – in seiner unter Verschluss gehaltenen wahren Vergangenheit herumstocherte. Dort fand sich tatsächlich der Faden, den sie ins Nadelöhr der Staatskasse einfädeln konnte: Ein Herzfehler hatte ihren Liebsten 1939 vor dem Frontdienst bewahrt! Gut, dieses Faktum bedurfte noch einer winzigen Korrektur: Das Herz – zuvor gesund – hatte erst im Kriegsdienst Schaden genommen.

Wollis Erzeuger ließ sich ärztlicherseits bescheinigen, wie kläglich es schlug. Minna füllte stapelweise Anträge und Fragebögen für ihn aus.

Nachdem der Erste der monatlichen Rentenbeträge auf seinem Konto gutgeschrieben war, atmete Wollis Erzeuger befreit auf: Mal sehen, was das Leben und jener komische Bayerwaldheilige noch zu bieten hatten.

Wäre Tischler Scheller am Weihnachtstag 1944 doch nur ein wenig flinker gewesen, als er es in der Hand hatte, Wollis Erzeuger ein für alle Mal zu erledigen. Aber wer hätte damals ahnen können, dass sich sämtliche Schicksalsgötter zugunsten von Wollis Erzeuger verschwören würden?

5

Im östlichen Niederbayern hieß die Tageszeitung nicht mehr »Breslauer Anzeiger« oder »Reichenbacher Tagblatt«, sie hieß »Passauer Neue Presse«.

Die PNP nahm 1946 ihr Erscheinen wieder auf, nachdem der Krieg vorübergegangen war und die Not dagelassen hatte. Sie erschien in Regen und Zwiesel als »Bayerwaldbote«, im Landkreis Deggendorf als »Deggendorfer Zeitung«.

»Gott, der Herr über Leben und Tod, rief nach langer, schwerer Krankheit …«, las Ulrich und glotzte verdattert auf die großformatige Todesanzeige. Gott war krank gewesen? Wann, wie? Hatte er sich deshalb nicht um seine Schäfchen kümmern können, sodass sie hungern und frieren mussten?

Skeptisch beugte sich Ulrich ein zweites Mal über den schwarz umrandeten Text, las den Satz zu Ende.

»… unseren lieben Vater, Bruder und Onkel zu sich in die Ewigkeit.«

Erst als sich Ulrich den Wortlaut noch mal im Zusammenhang ansah, ging ihm auf, dass nicht Gott, sondern der Verstorbene schwer krank gewesen sein musste.

Gott selbst litt nie unter Erkrankungen, natürlich nicht! Doch damit fehlte ihm auch jegliche Entschuldigung für sein Versagen. Er hatte alles, was geschah, geschehen war und geschehen würde, komplett zu verantworten. Unbestritten.

Falls es ihn gab. Daran konnte man glauben oder auch nicht.

Ulrich fragte sich, ob seine Mutter noch an Gott glaubte, wo sie doch unaufhörlich seufzte: »Nu nee, nee, s gibt keen Herrgott nich, sonst misst mer nit so elendig sein.«

Vage streifte Ulrich der Gedanke, dass Mutter Schellers Seufzer eher Appell sein könnte als verlorener Glaube. So gesehen wäre ihr provokanter Anruf sogar erhört worden, weil die Schellers vergangene Woche eine Bleibe zugewiesen bekommen hatten und weil es Vater Scheller langsam besser ging.

Habendorfer Zeiten begannen plötzlich in Ulrichs Kopf herumzugeistern. Damals hatte seine Mutter nicht nur unerschütterlich an Gott geglaubt, sondern auch an die Jungfrau Maria und an jede Menge Heilige.

Ulrich gab das Grübeln auf.

Er faltete aus der Todesanzeige einen winzigen Dampfer mit schwarz umrahmtem Schornstein. Die Anzeige stammte von vorletzter Woche und hatte sich längst erledigt; der Verblichene lag bereits unter der Erde. Ob er in einem Mahagonisarg ruhte (dann hätte er hauptberuflich Schwarzhändler gewesen sein müssen) oder ob er nur in ein Laken eingewickelt begraben lag (weil der Sarg, in dem er zu Grabe getragen worden war, bloß geliehen war), spielte nach den Beerdigungsfeierlichkeiten keine Rolle mehr. Für die Schellers machte es erst recht keinen Unterschied. Sämtliche Todesanzeigen, die Mutter Scheller in alter Gewohnheit aus der Zeitung ausschnitt, hätte Ulrich auf der Stelle zu Dampfern verarbeiten können. Denn Vater Scheller tischlerte keine Särge mehr. Wie auch, ohne Säge, ohne Nägel und Hammer, ohne Holzbohlen, ohne Werkstatt. Und selbst wenn Holz und Werkzeug aufzutreiben gewesen wären, wenn Vater Scheller in der Baracke, wo die Schellers nun zu fünft auf zwei Komma fünf mal drei Metern wohnten, ein freies Eckchen zum Arbeiten gefunden hätte, was hätte das genützt?

»Tut keen gut, unnützlich hin- und rieberzudenken«, hatte Ulrich den Vater neulich zur Mutter sagen hören. »Een Scheller hat nie mehr keen Geschäft damit, wenn eener wegstirbt, weil ein Sarg, der wird in der Fabrik bestellt heutzutag.«

Ulrich setzte den Dampfer auf das Trockendock seiner hohlen Hand.

Wohin sollte das Schiffchen denn nun schwimmen? Auf putzigen Strudelchen vom Mühlbach zur Donau? Oder sollte es lieber im Fischwasser des alten Blaumeier kreiseln, inmitten von fetten Fischen? An die – so behaupteten Ulrichs Freunde aus dem Hafen – man nicht herankomme, ohne eine Ladung Schrot auf den Pelz zu riskieren. Ulrichs Freunde schworen

Stein und Bein, dass der alte Blaumeier mit der Schrotflinte rund um die Uhr bei seinem Fischweiher Wache hielt.

»Dersticken soll er an seine stinkerte Hering, der rucherte Hund«, hatte Sabe getobt, als ihnen Walter ausmalte, wie schön knusprig man die Blaumeier-Fische über dem offenen Feuer braten könne.

Ulrich beschloss, seinen Dampfer noch mit einer Fahne aus einem Span und einem Eckchen Silberpapier zu schmücken, bevor er ihn in See stechen ließ.

Während er seine Taschen nach Stanniol durchforstete, fiel ihm ein, wie Sabe eines Tages – aus Wut, aus Hunger, aus Elend – Sabotagepläne gegen den Fischteichbesitzer Blaumeier geschmiedet hatte.

»A Schwarzpulverladung kriegt er eini in sein Bonzenweiher, der Zammraff, der dreckige!«, hatte Sabe gebrüllt. »Drei Pfund – drei Pfund Schwarzpulver ham mir leicht scho beieinander von die Gschosser und von die Kartuschner ausm Hafen unten. Da kann er dann zuschaun, der depperte Blaumeier samt seiner Flinten, wie seine Fisch hupfn, wies die Augenäpfe verdrehn, bevors platzn. Am End kann er die Fetzn zammklaubn.«

Bevor sich Sabe in weitere blutrünstige Details hineinsteigern konnte, war ihm Gerhard Schwarz, der Bandenchef, scharf über den Mund gefahren und hatte das Phantasiegemetzel beendet – bedauerlicherweise. Denn aus Sabes Redefluss hätte Ulrich eine Menge lernen können. Kaum einer beherrschte die niederbairische Mundart so meisterhaft wie Sabe.

Allerdings stand ihm Gerhard nur in wenig nach. »Halt's Maul, Bosnigel, was hättn mir denn davon, wenn mir dem Blaumeier seine Fisch in die Luft sprengen tätn? Nix, gar nix, weil die Fisch nämlich hin wärn. Da kanns der Blaumeier gleich selber fressen, seine Fisch, weil weg is weg.«

»Das muss mer gewisslich underfertigen«, hatte Ulrich dem Bandenchef zugestimmt. »Beese Taten wirden ni een Glicke bringen ...« An dieser Stelle hatte er sich unterbrochen, hatte durchgeatmet und vernehmlich hinzugefügt: »Wost recht hast, hast recht, Spezi.«

Ja, seit der Sache mit dem Kranrad hatte Ulrich die Mitglieder der Hafenbande zu Freunden, was jedoch nicht hieß, dass es immer einfach war mit ihnen. Anfangs brach die ursprüngliche Aversion mal bei dem einen, mal bei dem andern wieder durch. Ulrich musste sich täglich neu beweisen. Aber er ließ nicht locker und machte Fortschritte. Besonders was die bairische Mundart betraf, hatte er großartige Erfolge zu verzeichnen, selbst der Tonfall hörte sich manchmal schon richtig bodenständig an. Doch Ulrich wusste, dass er das Bairische niemals zu solcher Perfektion bringen würde wie Sabe.

»Drieber gibt's keen Zweefel … äh, da gibt's kein Radi«, murmelte er jetzt, lachte leise und fügte hinzu: »Ein Lausebengel, der Sabe.« Daraufhin lachte er laut, weil ihm einfiel, wie Sabe zu seinem Spitznamen gekommen war.

Der Zufall hatte die Hafenbande eines Nachmittags auf dem gepflasterten Platz vor der Brauerei Keisling zusammengewürfelt. Gerhard, der Chef, überdachte soeben Ulrichs Vorschlag, Kaninchenkäfige aus Haselruten herzustellen und zum Kauf anzubieten, da rief Walter: »Schauts nur grad hie, wie der Paul sabelt!«

Pauls Laufstil war sprachlich kaum treffender zu charakterisieren, und die Bande johlte. Bis plötzlich ins kollektive Bewusstsein drang, weshalb jener Kumpel so flink die Straße hinuntersäbelte.

Kurz wurde es mäuschenstill. Dann stob die Bande auseinander.

Gerhard spritzte davon und suchte hinter einer mannshohen Bretterwand Deckung, dem einzigen Überbleibsel des einstigen Zuckerlagers, das im Sommer 1943 mitsamt einigen Zentnern Süßstoff und vielen Säcken Aromapulver einem Blitzschlag zum Opfer gefallen war, weswegen die Produktion des berühmten Keisling Kracherls für etliche Jahre eingestellt werden musste. Ulrich landete keine Sekunde später neben ihm. Die anderen verflüchtigten sich wer weiß wohin, nur Walter tauchte nach wenigen Augenblicken ebenfalls hinter der Bretterwand auf. Durch die Ritzen hindurch beobachteten sie Paul, der mit einer soeben requirierten Kanne Malzsirup vom Tatort – dem Brauhaus Keisling – die Straße hinunterflüchtete. Der Braumeister des Keisling-Betriebs folgte ihm dicht auf den Fersen.

An der ersten Biegung kehrte der eilig dahinsäbelnde Paul der Hauptstraße den Rücken und nahm den sandigen Weg, der geradeaus in den schlammigen Hof der Pferdemetzgerei Fenzl führte.

»So wie der sabelt«, prustete Gerhard verhalten, »könnt man meinen, er tät mit dem einen Haxen mähen und mit dem andern zammrechen.«

Ulrich nickte bloß. Für den befremdlichen Laufstil hatte er inzwischen keinen Blick mehr, denn durch ein hastig vergrößertes Astloch musste er mit ansehen, wie der Braumeister aufholte – unbestritten.

Sein flüchtender Freund säbelte soeben über einen Haufen Pferdeäpfel. Der Verfolger befand sich nur noch wenige Schritte hinter ihm.

»Stickel von Glicke«, bat Ulrich.

Der Pferdeapfelhaufen wurde dem Braumeister zum Verhängnis.

»Dusel ghabt«, grinste Gerhard, als der Braumeister dreckverkrustet zur Hauptstraße zurückhumpelte. Sabe (der Name war geboren und blieb Paul erhalten) und der Malzsirup waren längst über alle Berge.

Der Braumeister strebte fluchend dem Brauhaus zu. Miststängel hingen in seinem Schnauzer, gelbe Schlieren glänzten auf seiner Weste. Die Buben hinter der Bretterwand erstarrten zu Salzsäulen. Sie pressten sich die Hände auf Mund und Nasen, damit ja kein Laut entwische.

Der Bierbrauer schwenkte soeben in die Keisling-Zufahrt ein, da unterlief Walter der Patzer: Er stieß den Atem aus, und das hörte sich an, als würde ein Bulle schnauben. Gerhard drohte ihm lautlos mit der geballten Faust.

Der Braumeister verhielt den Schritt.

Walter glotzte erschreckt und verhaspelte sich prompt beim Einschnaufen, wodurch er zwei laute Schnarcher produzierte.

Der Braumeister starrte auf die windschiefen Latten der Bretterwand und lauschte. Ein paar entschlossene Schritte in diese Richtung, und er hätte anstelle des Diebes dessen drei Spießgesellen abführen können. Unschuldsbeteuerungen wären nutzlos gewesen. Mitgefangen, mitgehangen, hätte es ebenso generalisierend wie resolut geheißen, und besonders für Gerhard, den Neffen des Brauereibesitzers, hätte die Sache verteufelt peinlich werden können.

Gerettet wurden Ulrich, Gerhard und Walter durch eine tierisch-grausige Totenklage, die aus der Pferdeschlächterei Fenzl herüberklang. Der Braumeister wandte sich vom Bretterzaun ab, schüttelte sich, dass die Miststängel flogen, und steuerte endgültig auf das Brauhaus zu.

»Arschknapp is das gewesen – unbestritten«, murmelte Ulrich und opferte einen weiteren Streifen Stanniolpapier, um den Rumpf des Dampfers damit zu verkleiden. Wenigstens einen Steinwurf weit sollte der Kahn auf dem Mühlbach schwimmen, bevor er unterging.

Ulrich faltete die Hülle gewissenhaft um den Schiffsrumpf, dann setzte er den Dampfer ab und rieb sich Stirn und Augen, um die unguten Bilder loszuwerden, die ihm zeigten, wie alles hätte kommen können. Keisling hätte ihnen sicherlich verboten, je wieder einen Fuß auf Keisling-Grund zu setzen, woraufhin Schluss gewesen wäre mit klingenden Groschen fürs Kistenstapeln, mit Zuckertüten fürs Kesselwienern, mit Brausepulver fürs Hoffegen.

Gerhard hätte sich obendrein auf eine Tracht Prügel von seinem Vater gefasst machen müssen und auf eine Strafpredigt von seiner Mutter, weil die beiden gar nicht anders gekonnt hätten, als dieser Unbesonnenheit Rechnung zu tragen. Hing nicht das Wohl und Wehe der gesamten Familie vom reichen Onkel Keisling ab?

Ulrich nickte seinem Dampfer zu und dachte daran, wie die ganze Sache tatsächlich ausgangen war.

Die Krisis schien überstanden, nachdem sich der Braumeister von der Bretterwand weg zur Brauhaustür gewandt hatte und kurz darauf dahinter verschwunden war.

Walter wähnte offenbar jede Gefahr gebannt, denn er schnaubte befreit, laut und ausgiebig. Unglücklicherweise war ihm entgangen, dass Gerhards Onkel Konrad höchstpersönlich aus seinem Büro getreten war und, die Augen mit der flachen Hand beschirmend, über den Brauereihof blickte. Ulrich sah erneut sämtlich Felle davonschwimmen, als ihm plötzlich ein paar angekohlte Balken ins Auge fielen. Kurz entschlossen schulterte er einen davon und trat hinter der Bretterwand hervor – mitten in Keislings Blickfeld hinein. Gerhard begriff offenbar rasch, was Ulrich bezweckte. Schleunigst schleppte er den zweiten Balken vor des Onkels Füße und sagte: »Die gehörn doch längst hergsägt. Liegn da umeinand für nix und wieder nix. Mir machen uns gleich drüber her.«

»Seits gscheite Bubn, anständige Bubn«, lobte der Onkel. »Holts euch ein Kracherl beim Bräu. Gestern is unsere neue Produktion anglaufen.«

»Mecht ich zum Mühlbach rieberrennen, damit du endlich in See stechn kannst«, kündigte Ulrich seinem Dampfer an und verließ die Baracke, die seit Neuestem sein Heim war.

Während Ulrich den Dampfer auf der flachen Hand vor sich hertrug, fiel ihm ein, wie der gelungene Coup sein Ansehen bei der Hafenbande – aber ganz besonders bei deren Chef – mit einem Ruck weiter hatte hochschnellen lassen. Jenem Coup hatte er es wohl auch zu verdanken, dass seine neue Zupfgeige nicht zu Kleinholz zum Anheizen verarbeitet worden war. Mangels Ideen für einen sinnvolleren und praktischeren Gegenstand hatte er sie eines Nachmittags gebastelt, eine Zeit lang damit herumgespielt und sie dann mit zum Hafen genommen, wo er einstweilen bloß auf Walter traf. Der hatte Ulrichs Instrument zuerst nur töricht angeschaut und sich dann erklären lassen, wozu es diente. Daraufhin hatte er Ulrich einen Vogel gezeigt.

»Und für den Krampf hast du die schönen trockenen Ausschussbrettl von die Keisling-Kistl hergnommen? Die wo brennen wie Zunder? Gib her das Ding, ich mach Spreißel draus, die kann mei Mutter gut brauchen.«

Walter schien sich dermaßen im Recht zu fühlen, dass er, ohne lange zu überlegen, nach Ulrichs Zupfgeige griff. Denken und überlegen waren ohnehin nicht Walters Stärke. Dafür hatte er einen stabilen Knochenbau und angesichts der schlechten Zeiten reichlich Körpermasse vorzuweisen. Ulrich wusste, dass er gegen Walter keine Chance haben würde. Dennoch klammerte er sich mit aller Macht an sein Instrument.

Walter lachte. Das Gerangel gefiel ihm. Und eines war von vornherein klar, der Sieger konnte mit seiner Beute machen, was er wollte.

Ulrich lag rücklings auf der Erde, beide Arme um die Zupfgeige geschlungen, und Walter kniete halb auf ihm, als Gerhard und Sabe erschienen. Entgegen Ulrichs Erwartung verhielt sich Gerhard nicht wie ein neutraler Zuschauer, sondern pfiff Walter zurück, der es inzwischen jedoch geschafft hatte, die Beute an sich zu bringen. Wie ein gehorsam apportierender Hund überreichte er sie Gerhard, der das Musikinstrument sofort als solches erkannte und ausprobierte.

Offensichtlich war ihm auf der Stelle klar, was Walter damit vorgehabt hatte, denn er sagte: »Wär schad drum, wenn man's platt walzen tät. Und jetzt lasst's uns schaun, ob der ganze Schrott hier noch was Taugliches hergibt.«

Es wurde wieder einer jener fruchtlosen Nachmittage im längst ausgeplünderten Hafen. Die Buben (mittlerweile war auch Anton hinzugekommen) trieben sich zwischen einigen Alteisentrümmern herum, die so groß und schwer waren, dass selbst vereinte Kräfte sie nicht von der Stelle zu bewegen vermochten.

»Hörts auf mit dem Gezerre!«, sagte Gerhard. »Wegschaffen können mir die sowieso net.«

Er hatte ja recht, aber ansonsten gab es einfach nichts Verwertbares mehr im Hafen. Das Terrain war seit Langem gefilzt wie eine Brombeerstaude im Herbst.

Die Buben gaben den Trümmern noch ein paar verdrossene Boxhiebe, dann schrieben sie die Sache ab, traten von einem Fuß auf den anderen und redeten so hin und her. Schließlich gab Gerhard zum Besten, wie er dieser Tage einen Strolch aus dem Laden seiner Tante verjagt hatte.

»Einen Arschtritt hab ich dem Ratzengfries geben«, berichtete er, »einen saftigen Arschtritt. Das Früchterl lasst sich gwiss nimmer blicken …«

Ulrich hatte nicht richtig hingehört, weil er glaubte, dass Gerhard bloß wieder eine seiner Angebergeschichten loswerden wollte, die oft nur halbwegs mit der Wahrheit übereinstimmten. Aber plötzlich hatte sich der Ausdruck »Ratzengfries« in Ulrichs wandernde Gedanken geschlichen.

»Rattengesicht«, übersetzte er und sah auf einmal einen vergrößerten Wolli Wänig vor sich. Darauf, ob es sich tatsächlich um den Jungen aus Habendorf handeln könnte, verschwendete er jedoch keinen einzigen Gedanken, weil ihm ein ganz anderer Einfall kam: Haben nicht ziemlich viele Menschen ein Merkmal, überlegte er, das sie deutlich kennzeichnet?

Diese Frage brachte ihn auf die Idee, den Freunden eine Art Spiel vorzuschlagen.

»Mecht mer was ausprobiern«, sagte er und begann die Spielregel zu formulieren.

Auf den Punkt gebracht, lautete sie so: Finde für jeden deiner Kumpels einen Namen, der ihn so treffend beschreibt, dass alle anderen auf Anhieb wissen, wer gemeint ist.

Die Sache schlug voll ein. Das Gebrüll der Hafenbande wogte bis zur Friedenseiche.

Gerhard schrie Anton an, weil er sich »Kracherl« nicht gefallen lassen wollte, Ulrich stauchte Walter zusammen, weil »Böhmack« nicht galt, und damit basta; Anton röhrte, dass Walter die Spielregel sowieso nicht kapiert habe.

Nach mehreren Durchgängen beschlossen sie, dass jeder den Namen, der ihn am besten charakterisierte, als Spitznamen behalten sollte.

Bei dem vierschrötigen Walter Grans, dessen Zerstörungstrieb Ulrichs Zupfgeige zuvor fast zum Opfer gefallen wäre, kam »Bulli« ebenso in Betracht wie »Panzer«, deshalb bekam er als Einziger einen Doppelspitznamen. Paul sollte den Namen »Sabe« behalten, obwohl auch »Langfinger« zur Debatte stand. Gerhard lehnte jede andere Bezeichnung als »Chef« kategorisch ab und setzte sich damit durch. Denn Gerhard würde wohl zeitlebens ein Chef bleiben. Eines fernen Tages würde er wohl seinen Onkel beerben, und dann würde sogar der Braumeister »Chef« zu ihm sagen müssen.

6

»Nu fährste auf de Mühlbach zu de Donau, und auf de Donau fährste zu de Schwarze Meer.«

Ulrich setzte den Papierdampfer ins Wasser des Mühlbaches und fragte sich, weshalb er so einen idiotischen Kinderkram aufführte. Damals in Habendorf hatte er mit Anton zusammen die »Bismarck« gebaut, aus bestem Leimholz, originalgetreu samt Flagge und Geschützreihe. Er hatte mit seinem Bruder einen Zeppelin gebastelt und eine Ju 88. Heutzutage ließ er Papierschiffchen schwimmen, als wüsste er nicht fachmännisch mit Holz, Metall und den entsprechenden Werkzeugen umzugehen.

In Wahrheit hatten sich die Fähigkeiten der Scheller-Jungen seit den Habendorfer Tagen gleich mehrfach potenziert. Zwangsläufig, denn Not macht erfinderisch. Auch die Hafenbande wusste Ulrichs Talente schon seit Langem zu würdigen.

Bei der legendären Namensgebung hatten die Kumpels nach irrem Gebrüll von Anton und mächtigem Fußaufstampfen von Ulrich das verhasste »Böhmack« endgültig fallen lassen.

Daraufhin hatte Gerhard hinsichtlich Ulrich für »Gipskopf« plädiert und damit befremdetes Schweigen hervorgerufen, das in breites Grinsen überging, nachdem er erklärt hatte, wie er auf den Namen gekommen war.

Immer wenn ihm Ulrichs kugelrunder Kopf auf seinem dünnen Hälschen unter die Augen komme, müsse er an den Hutladen neben dem Straubinger Röhrlbräu denken, vor dessen Schaufenster er einmal auf seinen Onkel Keisling gewartet habe.

Gerhard hatte zugeschaut, wie die Auslage des Ladens neu dekoriert worden war. Die alten Hüte waren bereits weggeräumt, die neuen lagen noch auf der Ladentheke. In der Auslage befand sich nichts als ein Wald dünner Holzstecken, und jeder Stecken trug ein gipsernes Kugelköpfchen – lauter kleine Ulrich-Abbildungen.

Die Kumpels grinsten und nickten, sahen die Entsprechung und stimmten dem Spitznamen »Gipskopf« für Ulrich zu.

Wenig später aber wandelten sie ihn ab, und das war den Fahrtenmessern zu verdanken, für deren Herstellung Ulrich ein brillant-schlichtes Rezept ersonnen hatte: Man nehme ein scharf geschliffenes, flaches Stahlplättchen (vorzugsweise unbekannter Herkunft) und montiere es feststehend (vorzugsweise unter Verwendung von zwei alten Schrauben) in einen abgesägten Gewehrlauf (vorzugsweise aus den Beutestücken vom Hafen). Die Idee war so simpel, dass sich der Rest der Hafenbande wiederholt fragte, warum man da nicht selbst draufgekommen war, aber eben das war ja das Brillante daran.

Ulrichs Messer schnitten vortrefflich durch zähe Baumrinde und brüchiges Leder, glitten butterweich durch geklaute Runkelrüben und durch störrische Knorpel. Das Beste an der Konstruktion war jedoch, dass die Klinge notfalls ruck, zuck ausgewechselt werden konnte.

Letztendlich machte die Erfindung des Fahrtenmessers aus Ulrich dem Gipskopf – Ulrich den Gripskopf.

Ulrich hatte nicht wirklich damit gerechnet, dass ihm seine Talente bei der Hafenbande in solchem Maße Geltung und Ansehen verschaffen würden. Plötzlich verfügte er über Profil. Und das hatte er bei all den Demütigungen auch bitter nötig – den vergangenen Demütigungen und denen, die noch kommen sollten.

Die jüngste Diskriminierung lag ihm noch schwer im Magen: Man hatte ihm den Eintritt in die katholische Knabenschule verweigert. Denn im rechtgläubigen Niederbayern wurde die Spreu vom Weizen akribisch getrennt. Kein lutherisch-ketzerischer Abweichler durfte sich in die fromme Lämmerherde drängen, die sich der Vatikan hielt.

Für Ulrich und Anton fand der Unterricht deshalb in der verwaisten Neuhofkaserne statt.

Die ehemaligen Insassen jener Kaserne waren überwiegend tot; ein paar hatten das Sterben kurz vor sich – in Sibirien oder irgendwo auf einem Krankenlager; nur ganz wenige waren in ihr Vorkriegsleben zurückgekehrt.

Ulrich und Anton und noch ein paar weitere der regulären Schulbank verwiesene Irrgläubige mussten sich morgens vor dem mittleren Kasernenblock aufstellen und der Ankunft von Lehrer Kuchler entgegensehen, der Punkt acht die grün lackierte Tür aufschloss.

Auch Kuchler war – wie seine Schüler – ein Verfemter.

Als die Stadt im Frühjahr 1946 für die katholischen Knabenschule wieder Lehrer einstellte, hatte Kuchler in heiliger Einfalt geglaubt, er könne sich – nach Kriegsdienst, Gefangennahme und Freilassung – ohne weitere Diskussion wieder auf denselben Stuhl ans Lehrerpult setzen, den er Anfang 1940 so abrupt hatte verlassen müssen. Ein winziges Quäntchen gesunder Menschenverstand hätte ihm jedoch sagen können: Kuchler, daraus kann nichts werden!

Dass sich der früher geschätzte Lehrer auf einmal geächtet sah, lag jedoch nicht an seinem im Krieg erworbenen Gebrechen, obgleich es ihn dazu zwang, beim Gehen mit dem einen Arm an der Wand entlangzuschleifen, um nicht wie ein Betrunkener zu torkeln (Kuchler war der Balance beraubt, weil er sich im Januar 1945, während der sowjetischen Winteroffensive, die beiden großen Zehen fürs deutsche Vaterland abgefroren hatte).

Man hätte Kuchler durchaus nachgesehen, dass er, weil zu wenig standfest, als Pausenaufsicht im Katholikengetümmel nicht mehr in Frage kam. Man hätte sogar sein Schlurfen und Wischen in Kauf genommen, das ihn in den Schulhausgängen stets viel zu früh ankündigte und den Schülern die notwendige Zeit gewährte, jedweden Unfug einzustellen, bevor er sie dabei erwischen konnte.

Doch die Kollegen – ebenso wie die Schulleitung – konnten und wollten nicht entschuldigen, ja nicht einmal tolerieren, dass

Kuchler, kaum aus dem Gefangenenlager entlassen, vor einem fränkischen Standesbeamten eine Lutherische geehelicht hatte, ein Flüchtlingsweib aus dem Ostpreußischen.

Jener Frevel war es, der Kuchler aus der katholischen Knabenschule verbannt und ins Ghetto der Neuhofkaserne gestoßen hatte.

Dort saß er jetzt vor einer Handvoll lutherischer Böhmacken und lehrte sie, höchst seltsame Fragen zu stellen.

Zum Glück interessierte sich der Schulrat keinen Deut für Kuchler und für das, was er seinen Schülern beibrachte, denn sonst hätte er ihn keine Minute länger unterrichten lassen, nicht im Neuhof und auch sonst nirgends. Kuchler war nämlich drauf und dran, in seinem Klassenzimmer drei Jahrgänge von Dissidenten zu züchten.

»Warum darf ein Soldat den andern töten?«

»Wieso hat der Staat das Recht, Leute einzusperren?«

»Wer hat den Judenhass erfunden?«

»Hitler! Hitler! Hitler!«

»Falsch! Falsch! Falsch!«

Gesichter, in denen sich riesige Fragezeichen spiegelten, starrten ihm entgegen.

»Der Papst, der erste christliche Papst.«

Frage um Frage schoss Kuchler ins Klassenzimmer.

»Was ist Glaube?« Auf diese Frage wartete er mit einer Antwort auf, die ihm, wäre sie dem Schulrat zu Ohren gekommen, womöglich Schlimmeres als lebenslange Suspendierung eingebracht hätte.

»Glauben heißt, als wahr anzusehen, was jeder Vernunft widerspricht!«

Nach einer Stunde Kuchler'scher Philosophie erschien Ulrich das Lösen von Textaufgaben so entspannend wie Siebzehnundvier am Lagerfeuer. Er fand es derart entspannend, dass er sich dabei schnell zu langweilen begann. Deshalb erfand er die Pinkelnummer.

Anfangs meinte Ulrich, Kuchler würde voll darauf hereinfallen. Erst nach Wochen ging ihm auf, dass der Lehrer gar nichts dagegen hatte, wenn er sich vorzeitig aus dem Staub machte.

Und so bürgerte es sich ein, dass Ulrich, sobald er alle Rechenaufgaben der ersten, zweiten und dritten Jahrgangsstufe gelöst hatte, seinen Schulranzen halbwegs unauffällig aus dem Fenster warf, sodann den Finger hob und sich zum Pinkeln abmeldete. Kuchler pflegte nur zustimmend zu nicken, und irgendwann war Ulrich klar, dass der Lehrer sowieso nicht mit seiner Rückkehr rechnete.

Beim ersten Mal ging Ulrich zum Pinkeln, wie angekündigt, dann lief er zum Hauptportal, rannte aus dem Kasernenhof hinaus und vergaß den Schulranzen in den Büschen unterm Fenster des Klassenzimmers. Danach stellte sich eine gewisse Routine ein.

Hin und wieder fragte sich Ulrich, ob Kuchler wohl ahnte, weshalb er es so eilig damit hatte, weit vor Schulschluss aus der Neuhof-Kaserne zu verschwinden. Ob Kuchler womöglich erraten hatte, dass Ulrich unter den Fenstern der katholischen Knabenschule dringend weitere Textaufgaben lösen musste.

In der hintersten Bank eines Klassenzimmers jener Knabenschule hockten nämlich Sabe und Bulli und wussten sich bei Rechenaufgaben keinen anderen Rat, als ihre Arbeitsblätter zusammenzuknüllen und hinaus in den Rinnstein zu werfen.

Wenn die beiden Glück hatten, kam Ulrich frühzeitig genug angepest, um alles aufzusammeln, die Aufgaben zu lösen und zu Kügelchen geformt durchs offene Fenster ins Klassenzimmer zurückzuschleudern.

Ulrich sah seinem Schiffchen nach, als es auf die Mostkellerei Pfister zutrieb, in diesen und jenen Wirbel geriet und wieder herauskatapultiert wurde. Er schaute zu, wie sein Dampfer an den Baracken beim Mühlbachbogen vorbeidümpelte, und seufzte, als das Schiff bei der Brauerei Keisling aus seinem Blickfeld verschwand.

Es war auf dem Weg nach Anderswo.

»He, Scheller-Gripskopf, was hat denn dich gstreift, dass du so deppert in den Mühlbach einiglotzt? Tu dich um, Gripskopf, der alte Keisling gibt Kracherl aus – fürs Kistelnaufrichten.«

Bulli Panzer rief es im Lauf, hinter ihm säbelte Sabe.

Automatisch hängte sich Ulrich an die beiden dran.

»Kunstbrause, hurra, äh, Kracherl, pfundig!«, schrie er, schon reichlich außer Atem vom Laufen. Er rannte jetzt dicht hinter Bulli und sprach sozusagen mit dessen Nackenfalte. Denn im Gegensatz zu Ulrich saß bei Bulli der Kopf unmittelbar auf den kräftigen Schultern.

»Ohne Hals, mit Segelohren, so ist der Bulli Grans geboren«, hatte Chef Gerhard neulich gedichtet, und Ulrich hatte sich nicht lumpen lassen: »Kopf und Genicke, alles een Sticke.«

Knapp hinter Bulli fegte Ulrich in den Brauereihof; fast synchron schlugen sie einen scharfen Haken nach rechts und kamen vor einem neu erbauten Schuppen zum Stehen. Darin lagerte sie, Keislings knallrosa Brauselimonade, die schon beim ersten Mundvoll kariöse Zähne mit reichlich Nachschub an Nährboden versorgte.

Natriumbicarbonat hieß die Zauberformel, die »KeiLimo« – Keislings neuestes Produkt – ins Leben gerufen hatte. In einem Kellerraum unter dem Brauhaus wurde die Limonade in birnenförmige Fläschchen abgefüllt, die man dann im Sechserpack auf Fichtenholzkistchen verteilte.

Keisling achtete streng darauf, dass jegliches Leergut den Weg zurück in seine Brauerei fand, wo die Fläschchen gereinigt und zur Wiederverwendung bereitgehalten wurden. Dafür hatte er extra zwei Frauen angestellt. Für das Inspizieren und Stapeln der Kisten waren Gerhard und seine Kumpels zuständig, die es beim Bau von Kistentürmen zu beneidenswerter Perfektion gebracht hatten.

Eine standfeste Turmkonstruktion setzte allerdings voraus, dass vor der Bauphase beschädigtes Material aussortiert wurde. Nur einwandfreie Kisten durften Gerhards Kontrollstation passieren. Alles Wacklige kam unter Bullis Hammer. Bulli nagelte wieder fest, was noch Halt finden konnte, und zerstörte, was unwiderruflich aus dem Leim gegangen war.

Ulrich schielte zu dem Holzhaufen hinüber, der jetzt, kurz nachdem sie mit der Arbeit begonnen hatten, noch so winzig aussah wie ein Maulwurfshügel. Er würde zwar proportional mit Höhe und Anzahl der Kistentürme anwachsen, aber Ulrich fragte sich, ob er groß genug werden würde, dass jeder von ihnen einen Arm voll Brennholz mit nach Hause nehmen konnte.

Manchmal schummelte Bulli ein bisschen und zerschlug, was eigentlich noch zu retten gewesen wäre. Manchmal schob Sabe ein halbwegs gut erhaltenes Kistchen unter seinen Plattfuß, verlagerte das Gewicht drauf und belastete es, bis die Bretter knirschten und splitterten und reif für den Brennholzhaufen waren.

Ja, mit etwas Glück würde es heute Abend im Ofen der Scheller'schen Baracke lustig knistern.

Die Flüchtlingsbaracken reihten sich nah aneinander am Mühlbachufer auf.

Die erste von den sechs Nissenhütten stand quasi mit einem Bein noch auf Keisling-Grund. Die dritte, von den Schellers bewohnt, befand sich genau im Scheitelpunkt des Mühlbachbogens.

Ulrichs neue Behausung stank penetrant nach Katzenpisse und Kadaver. Putzen nützte da nichts. Lüften auch nicht. Der Gestank fraß jeden frischen Hauch. Die Schellers mussten ihn hinnehmen, denn eine andere Bleibe gab es nicht. Das Zeltlager im Kolpingsaal war bereits abgebaut, der Saal sollte renoviert werden.

In der zweiten Woche nach dem Umzug trug es sich zu, dass Sabe durch die Wellblechwand rief:

»He, Scheller-Gripskopf, komm außer aus deiner Nissenhütten, der Chef braucht Sacklträger für die Keisling-Brauerei. Für jeden, der was tragt, gibt's eine Tüten voll Gerstenkörndl.«

Ulrich stürmte aus der Baracke und rannte mit wirbelnden Fäusten auf Sabe zu. »Was, wie haste die Unterkunft genennt?«

Sabe duckte sich weg. »Der Lehrer, der Lehrer Rimböck sagt, die heißn so.«

Ulrich lief zornrot an und erlitt einen heftigen Rückfall ins Niederschlesische, das sich allerdings als nicht mehr ganz lupenrein, sondern eindeutig als bairisch infiltriert offenbarte.

»Dächt der, mer sin von Läus abgestammt? Mecht der uns am liebsten aso derbazen als wie a Laus? Wird er aber gitigst verzeihn missen, der Lehrer Rimböck, dass mer keene Läus nit sin.«

Ulrich geriet mehr und mehr in Rage. Er hüpfte auf und ab wie Rumpelstilzchen und titulierte Lehrer Rimböck mit allen Schimpfnamen, die ihm in den Sinn kamen: »Fiesling, Blödhammel, Hornochse …«

Er war noch längst nicht fertig, als ihm auffiel, dass Sabe fort war.

Ulrich stutzte. Dann fiel ihm ein, dass es im Moment wahrlich Wichtigeres zu tun gab, als Lehrer Rimböcks Bosheiten zu erwidern. Er fegte hinter Sabe her, holte ihn im Brauereihof ein und stellte sich mit ihm bei dem Karren auf, der abgeladen werden sollte.

An diesem Nachmittag arbeitete Ulrich schwer, schleppte Sack für Sack ins Vorratslager der Brauerei. Befriedigt kehrte er mit einer großen Tüte voll Gerstenkorn in die Baracke zurück – Suppe und Fladen für mindestens zwei Tage.

Trotzdem, die Bezeichnung »Nissenhütte« für die Flüchtlingsbehausungen wollte ihm nicht aus dem Kopf. Musste man Lehrer Rimböck das durchgehen lassen? Ulrich beschloss, Kuchler danach zu fragen.

»Durchaus«, antwortete Kuchler, »die Baracken heißen nach ihrem Erfinder.«

»Einer Laus?«

»Peter Nissen!«, erwiderte Kuchler. »So hieß der englische Offizier, der Wellblechbaracken als Unterkünfte für seine Soldaten bauen ließ. Nachdem die Soldaten im Frühjahr 1945 in ihre Häuser zurückgekehrt waren, hatte in England niemand mehr Verwendung für die Hütten. Also beschloss die Militärverwaltung, sie den Deutschen zu schenken. Im November '45 wurden zweitausendzweihundert Nissenhuts für Ausgebombte nach Hamburg geliefert. Die Menschen dort hätten den Winter sonst nicht überstanden. Die Nissenhütten gaben ihnen vier Wände und ein Dach. Man konnte auch ein Öfchen darin anheizen, falls irgendwo Brennstoff aufzutreiben war.«

Auf welchem Weg sechs der Nissenhütten an den Mühlbachbogen in Deggendorf gelangt waren – dieser Weg musste ziemlich lang gewesen sein, denn es hatte immerhin eineinhalb Jahre gedauert –, das konnte auch Kuchler nicht beantworten. Es war Ulrich ohnehin einerlei, ebenso wie der Name »Nissenhütte«, der jetzt, nachdem er geklärt war, keine Bedeutung mehr für ihn hatte.

»Kann von mir aus heißen, wie's will, die Schupfer«, sagte Ulrich in astreinem Niederbairisch zu den anderen (es war gerade mal zwei Jahre her, dass er einen Fuß nach Bayern gesetzt hatte), »Hauptsach, mir ham a bissl Platz in der Stubn und an Ofen drin.«

Fast fünfzig Quadratmeter stabil umrahmter, beheizbarer Raum, das bedeutete viermal mehr Platz, als das Winkelchen hinter dem Decken-Paravent im Kolpingsaal geboten hatte. In der Baracke gab es Raum für Tisch und Stühle, für Pritschen und Bettzeug, für Hamsterkartoffeln und für Geschirr – für all die Dinge und Gegenstände, an denen es den Schellers akut mangelte.

Ulrich und Anton arbeiteten deshalb unermüdlich daran, den Scheller'schen Hausrat zu vervollständigen. Auf dem hölzernen Bord über der Spülschüssel stapelten sich bereits etliche von Ulrichs handgearbeiteten unikalen Haushaltsgerätschaften. Sämtliche Fundstücke, die er zwei Winter lang im Hafen gesammelt und in diversen Verstecken gehortet hatte, wurden zu Gebrauchsgegenständen umfunktioniert. Jedes einzelne Objekt aus seinem Lagerbestand machte sich bezahlt.

Einen relativ gut erhaltenen Stahlhelm versah Ulrich in mühevollster Kleinarbeit mit Löchern und bereicherte so die Scheller'sche Küchenausstattung durch ein Sieb. Die lang gehegte Granatenkartusche wusste er als Henkeltopf umzugestalten; einen zweiten, sehr verbeulten Stahlhelm verarbeitete er zu einem Krug, die rüsselartige Ausbuchtung am Rand hatte ihn auf die Idee dazu gebracht. Das Rüsselchen ließ sich recht einfach als Ausgießer zurechtklopfen. Ihm gegenüber montierte Ulrich den elegant gewölbten Griff einer längst zerbrochenen Kommodenschublade an die Außenseite. Mutter Scheller benutzte das Gebilde als Teekanne.

Das dienlichste Gerät für den Scheller'schen Haushalt bastelte allerdings Anton: eine Petroleumlampe aus dem Kohlefilter einer Gasmaske.

Eines Tages behauptete Anton gar, er wisse jetzt ganz genau, wie man aus dem Benzinkanister, dem Zinntopf und dem drei Meter langen Kupferrohr aus Ulrichs Depot ein Destilliergerät bauen könne.

»Zuckerrüben- und Kartoffelschnaps setzt sich ab wie Butter und Schweinespeck«, sagte er, und Ulrich zeigte sich äußerst interessiert an dem Projekt. Leider kam Vater Scheller den Brüdern in die Quere. Er konfiszierte kurzerhand den Zinktopf und montierte ihn auf steinerne Füße, damit Mutter Scheller die Wäsche darin einweichen konnte. Bald danach griff sich Vater Scheller auch den Benzinkanister und tauschte ihn gegen ein Häufchen Kohlen. Das verwaiste Kupferrohr schrumpfte ohnehin täglich. Es wurde für Henkel und Stiele verbraucht.

Seit sechs Monaten wohnten die Schellers nun in ihrer Nissenhütte. Man schrieb Ende September 1947. Die Nächte begannen, wieder kalt zu werden.

An diesem Abend und in dieser Nacht aber würden die Schellers nicht frieren müssen. Der vierte Kistenturm ragte bereits eineinhalb Meter hoch, der Abfallhaufen breitete sich über drei Schrittlängen aus. Es gab genügend Brennholz für alle.

Als der letzte Turm fertiggebaut war, luden sich die Freunde beide Arme mit zerborstenen Brettchen voll, liefen nach Hause und kehrten schon wenige Minuten später zurück, um noch die verstreuten Splitter aufzusammeln. Jeder Span war begehrt in jener Zeit des Mangels, als nur der Schwarzmarkt etwas hergab. Auch viele der Einheimischen litten Not, hatten den Flüchtlingen jedoch einiges voraus: eine Wohnung oder gar ein Häuschen mit gemauerten Wänden und verglasten Fenstern samt Einrichtung und Herd, samt vielen Dingen, die sie schon vor dem Krieg besessen hatten und die ihnen das Leben leichter machten. An Brennstoff und Nahrungsmitteln fehlte es aber auch ihnen, und Luxusgüter wie Kaffee oder Schokolade lagen für die meisten so unerreichbar fern wie Beteigeuze.

Mitten im Späne-Aufklauben überkam Ulrich das Gefühl, dass draußen auf dem Mühlbachweg etwas Ungewöhnliches vor sich ging. Denn dort knirschten zehnmal mehr Kiesel unter eiligen Tritten als sonst um diese Zeit.

Was hat bloß so viel Leut aus ihrem Geniste gelockt?, überlegte Ulrich und hielt die Nase in den Wind. Dabei fiel ihm auf, dass auch Gerhard horchte und witterte. Noch bevor ihm der Blutgeruch in die Nase stieg, ging Ulrich ein Licht auf. Im nächsten Moment rief er den anderen zu:

»Macht hinne, ihr Strolche, äh, schickts euch, Spezeln, der Rossmetzger, ja riechts ihr's nit, der Rossmetzger, der schlacht een Gaul! Een Kriegsgaul schlacht der, een lahmen.«

Die Holzsplitter flogen in eine Ecke, und ein halbes Dutzend Füße trommelte übers Pflaster auf den Mühlbachweg hinaus. Auf einmal war es still im Brauereihof.

Wie die Soldaten, so kamen nach und nach auch die Pferde wieder nach Hause, geschunden, siech und lahm – kriegsversehrt. Sie torkelten aus den Güterwaggons und wurden sogleich vor Pflüge und Wagen gespannt. Nur wenige hielten das aus.

Dürr und faltig, wie sie waren, taugten die ausgemergelten Klepper eigentlich nicht einmal mehr zum Schlachten. Dennoch war der Rossmetzger ihre letzte Station, und die paar Fasern, die sie noch auf den Knochen hatten, waren heiß begehrt.

Sobald Pferdemetzger Fenzl sein Schlachtermesser wetzte, fand sich vor seiner Tür eine Menschenmenge ein und formierte sich schweigend zu einer Warteschlange. Bayern, Schlesier, Sudetendeutsche und dieser oder jener Landstreicher harrten einträchtig nebeneinander. Die karge Nachkriegszeit hatte sie das geduldige Schlangestehen gelehrt. Gleichgültig, ob die Sonne herunterbrannte, der böhmische Schneewind wehte oder ein Gewitterregen prasselte; gleichgültig, wie viele Meter weit sich die Warteschlange dahinwand, es gab kein Murren und kein Mucksen.

Die Buben schlossen sich wortlos den Menschen vor der Pferdemetzgerei an.

Drei Stunden später hielt Ulrich ehrfürchtig ein Klümpchen knotiges Muskelfleisch in der Hand. Zwei Sehnen, dick wie Gänsehälse, teilten das poröse Gewebe längs und quer. Auf Bullis ausgestrecktem Handteller lag ein flacher Batzen graubrauner Masse, der mit weißem Nervengeflecht durchzogen war. Sabe umklammerte einen bläulich schimmernden, harten Brocken.

Die Freunde nickten sich feierlich zu. Dann machten sie sich auf, die kostbare Gabe nach Hause zu befördern.

Beim Heimgehen tauchte in Ulrichs Kopf plötzlich eine Erinnerung an Schlesien auf. Überraschend fiel ihm ein, dass es an der Straße nach Schweidnitz eine Fabrikanlage gegeben hatte, in der kranke und altersschwache Pferde geschlachtet worden waren.

Aber gegessen ham wir nie was von die Gäul, dachte Ulrich.

Wo die toten Pferde damals wohl hingekommen sind? Nach einer Weile erschien ein Plakat in seinem Kopf. Es zeigte einen Mann mit glänzend schwarzen Schuhen, und auf einem Schild darunter stand: »Nigrin – der vornehmste Glanz für ihre Schuhe«.

Die haben Schuhcreme gemacht aus den Pferden, dämmerte es Ulrich.

Und jetzt erinnerte er sich auch daran, dass er Großvater Scheller einmal gefragt hatte, woher die Pferde kämen, die ständig zur Fabrik gekarrt wurden.

»Das sind Grubenpferde«, hatte ihm sein Großvater erklärt. »Die werden als ganz junge Gäule in die Kohleschächte gebracht. Dort müssen sie Tag für Tag beladene Loren über Schienen zum Förderaufzug ziehen und leere wieder zurück zum Flöz. Sie kommen in ihrem Dasein kein einziges Mal aus dem Bergwerk heraus ans Tageslicht, deshalb werden sie mit der Zeit blind. Erst wenn sie alt sind und marode und sowieso kaum noch stehen können, hievt man sie aus dem Schacht. Dann ist es Zeit zu sterben.«

Ulrich beäugte das Stückchen Pferd in seiner Hand und fragte sich, was wohl die Schweiditzer inzwischen mit den abgehalfterten Grubenpferden machten.

An diesem Abend hätte man – mit viel Generosität – die Behausung der Familie Scheller als geradezu gemütlich bezeichnen können.

Gewiss, man hätte davon absehen müssen, zu schnüffeln wie ein Jagdhund, um nicht den latent vorhandenen Pissegeruch in die Nase zu bekommen; zudem wäre man gut beraten gewesen, die Augen ein wenig zuzukneifen, damit sämtliche Konturen verschwammen. Doch wem das glückte, der konnte den Duft nach Fleischsuppe und frisch gebackenem Brotfladen riechen, der konnte sehen, dass im Ofen ein fröhliches Feuer prasselte und dass auf dem Tisch, den eine Decke zierte, eine Kerze flackerte.

Ulrich saß in der Ecke und spielte seine Zupfgeige. Anton hatte sich mit seinem Xylophon, das er neulich erst gebastelt hatte, zu ihm gesellt. Was die beiden zum Besten gaben, konnte man mit einiger Phantasie für den Lale-Anderson-Song halten. Und täuschte es, oder summte Mutter Scheller leise mit?

Teil IV

1

Der neue deutsche Staat bekam ein Grundgesetz und Konrad Adenauer als Bundeskanzler.

Er überstand die Berlinblockade.

Ein vierundzwanzigjähriges Fotomodell wurde zur Miss Germany gekürt.

Auf der Münchner Theresienwiese sammelten sich wieder die Schausteller und läuteten das Oktoberfest ein.

Es wurde gebaut und produziert.

Gott hielt sich zurück mit dem Großen Amen. Zwar musste die Nation den Tod Karl Valentins hinnehmen, Richard Strauß trat ab und auch Ferdinand Porsche, aber es war halt einfach Zeit für sie, bleiben kann keiner.

Die Ansässigen unterm Himmelberg konnten im Lauf der Jahre alle wichtigen Nachrichten der »Passauer Neuen Presse« entnehmen.

Im Frühjahr 1951 füllten sich die Titelseiten mit Berichten und Kommentaren über den Krieg in Korea. Die Neuhausener lasen die Meldungen mit mäßigem Interesse. Seoul lag schließlich unendlich weit weg von Neuhausen.

»Wennst du rumhupfst wie ein Karnickel, kannst dir die Rüschen am Prangertag als Ketten um den Hals hängen, weil anheften kann ich die net«, schimpfte Liesl.

»Halt still«, mahnte auch Anna Langmoser.

Schleunigst reckte Gerda ihr Näschen himmelwärts, bog die Schultern zurück, schob das Brustbein nach vorn und rührte sich um keine Fadenbreite mehr.

Anna nickte ihrer Tochter befriedigt zu. Gerda würde mucksmäuschenstill halten, damit Liesl den Rüschenbesatz um den Halsausschnitt ihres neuen Kleides drapieren konnte, ganz genau so, wie es in dem Modeheft abgebildet war, das Helga mit der Post aus dem österreichischen Münzhausen geschickt hatte – zusammen mit zwei Metern glänzend rotem Stoff.

»Satinstoff aus einem Linzer Modehaus«, hatte Anna frohlockt und ihrer Schwester in einem Brief für das umwerfende Geschenk zu Gerdas sechstem Geburtstag überschwänglich gedankt. Anna hatte Helga darin auch gebeten, zu Besuch auf den Himmelberghof zu kommen (»Ein paar Tage wenigstens, wir haben uns doch schon so lange nicht mehr gesehen«), obwohl sie genau wusste, dass es Helga nicht möglich sein würde. Ihre Schwiegermutter hatte sich bei einem Sturz den soundsovielten Rückenwirbel gebrochen und war zum Pflegefall geworden. Seitdem stand es mit Helgas Finanzen erst recht nicht zum Besten. Das Einzige, an dem es ihr nie fehlte, waren Stoffe. Übrig gebliebene oder verschmähte Stoffe ihrer Kundinnen.

»Da hat's der Renate die Glupscher rausbatzt und der Liesl erst recht«, hatte Anna gemurmelt, während sie das Briefkuvert adressierte. »Neidig sinds, die zwei, neidig wie Rabenvögl.«

Dass Renate wieder einmal leer ausging, hatte Anna nicht daran gehindert, Liesl mit dem Zuschneiden und Nähen des Festtagskleides zu beauftragen.

Doch Liesl hatte Zeit geschunden, bis ihr Anna so richtig Bescheid gestoßen hatte: Es sich hier auf dem Himmelberghof gut gehen lassen, das Balg anderen zum Beaufsichtigen andrehen und dann das neue Kleid für die Gerti zum Fronleichnamsumzug nicht rechtzeitig fertig machen wollen – so weit kommt's noch.

»Jetz ziehst es aus, aber vorsichtig«, sagte Liesl mürrisch zu ihrer Nichte, »dass du mir die Heftnäht net wieder auftrennst.« Sie nahm das Kleid entgegen und setzte sich an die Nähmaschine. »Wenn ich die Rüschen angsteppt hab«, rief sie über die Schulter, »dann steck ich gleich noch die Rockläng ab.«

Na also, dachte Anna, geht doch.

Laut fragte sie: »Magst a Tass Kaffee, Liesl?«

Die traktierte den Fußantrieb ihrer Singer.

Anna füllte den Wasserkessel. Sie würde für Liesl einen echten Bohnenkaffee kochen. Schließlich war Sonntag. Liesls freier Tag, den sie für Gertis Kleid opfern musste. Morgen in aller Früh würde sie wieder nach Deggendorf radeln müssen, wo sie die Woche über bei Spielwaren-Lindner den Haushalt machte.

Anna gab reichlich Kaffeepulver in den Filter. Liesl sollte ihr Lieblingsgetränk haben, stark und süß und genug davon, um bei der Stange zu bleiben. Nicht dass sie am Ende noch anfing zu pfuschen.

Bei dem Gedanken, das Kleid für ihre Tochter könne misslingen, erschrak Anna richtiggehend. Sie warf einen argwöhnischen Blick auf die Nähmaschine, konnte jedoch nur gebauschten Stoff erkennen.

Die Gerti hat es ja schon angehabt, beruhigte sie sich. Wenn die Liesl im Sinn gehabt hätte, den Stoff zu verderben, dann hätte sie das ja schon beim Zuschneiden tun müssen.

»Lass ihn nicht kalt werden«, rief sie, und die Nähmaschine kam zum Stillstand. Liesl eilte zum Küchentisch hinüber und setzte sich vor ihre volle Tasse.

Anna trug Gerti auf, den Zucker aus der Speisekammer zu holen.

Während Liesl drei Löffel voll in ihren Kaffee rührte, sagte Anna: »Leicht tut sich die Renate nicht grad mit der Hausaufgab. Hat keine Geduld und kein Sitzfleisch. Nicht eine Minute kann ich sie aus den Augen lassen.«

Liesl gab keine Antwort, aber das machte Anna nichts aus. Die Botschaft war abgesandt und angekommen, und sie lautete im Klartext: Gib dir gefälligst Mühe mit dem Kleid, dann sorge ich dafür, dass dein Balg mit anständig gemachter Hausaufgabe in die Schule geht.

Renate war vor zwei Jahren eingeschult worden und befand sich wie zuvor unter Annas Fuchtel, wenn Liesl bei Lindner im Haushalt arbeitete. Zwar stimmte, dass sie sich nur ungern mit Schularbeiten abgab, aber schon jetzt war zu erkennen, dass sie ihrer Mutter in puncto handwerklicher Geschicklichkeit in nichts nachstand. Renate konnte bereits allerliebste Mäusezähnchen häkeln, und wenn sie einen Festtagskuchen verziert hatte, neigte man dazu, dem Ergebnis zu applaudieren. Renates beachtenswertes Geschick verstimmte Anna vor allem deshalb, weil Klein-Gertis Stummelfingerchen oft recht ungelenk waren. Aber was macht es schon, beschwichtigte sie sich wieder einmal. Ihre Tochter würde es niemals nötig haben, Deckchen und Topflappen zu häkeln oder Torten zu verzieren.

»Wo is denn die Renate?«, fragte Gerda.

Liesl gab ein leises Schniefen von sich.

Anna zuckte die Schultern, obwohl sie ahnte, wo Renate sich befand.

Das Balg hockt in der Kammer und schmollt, dachte sie.

»Hättn wir's nicht teilen können, das Stofferl?«, sagte Liesl plötzlich. »Für jedes Kind ein Röckerl wär schon drausgangen, und dazu hättn wir den Mädeln halt weiße Bluserl anzogen.«

Annas Augenbrauen schossen nach oben. »Hat die Gerti den Stoff von meiner Schwester zum Geburtstag kriegt, oder ham mir den von der Caritas?«

Würde es denn nie in Liesls Schädel gehen, dass sie nicht dazugehörte? Dass ihr vom Familienbesitz kein Bröselchen zustand, kein Hälmchen, kein Stängelchen? Jetzt nicht und später schon gar nicht, wenn Willi den Hof übernahm. Max und Anna würden dann wohl eine kleine Abfindung bekommen (nicht viel, wirklichen Gewinn warf der Hof ja nicht ab), aber Liesl würde ganz gewiss außen vor bleiben.

»Die Renate muss am Prangertag das Baumwollkleid aus dem Schürzenstoff anziehn«, beklagte sich Liesl.

Na und, dachte Anna. Das taugt für das Balg.

Liesl trank ihren Kaffee aus und stellte die Tasse ab. Über ihr Gesicht huschte ein triumphierendes Lächeln. »Na, wenigstens hats schöne Schuh fürn Prangertag, die Renate.«

»Was für Schuh?«

»Weiße Stiefeletten von der Gloria.«

Anna kochte. Zuweilen kam es vor, dass die Gräflichen vom Schloss Offenberg etwas von ihrer Garderobe verschenkten. Gloria, die Grafentochter, war zwar ein wenig älter als Renate, aber klein und zierlich. Glorias Stiefeletten (bestimmt nicht öfter als zweimal getragen) mussten Liesls Balg gut passen.

»Hast du die Renate gestern nicht selber zum Milchtragen ins Schloss raufgschickt?«, sagte Liesl. »Da hat ihr die Nandl die Schuh in die Hand drückt.«

Und das Balg hat sie ganz verstohlen in der Schlafkammer verschwinden lassen, dachte Anna aufgebracht. Weiße Stiefeletten! Im nächsten Jahr hätten sie Gerti gepasst.

»Die Nandl hat gsagt: ›Kind, die sind für dich‹«, fügte Liesl an.

Anna musste sich geschlagen geben. Sie hatte sich selbst zuzuschreiben, wie es gekommen war. Gerda war inzwischen groß genug, sich mit Renate beim Milchtragen abzuwechseln, aber Anna hatte wieder Liesls Tochter mit der Kanne zum Schloss beordert, und Nandl, das Faktotum von Schloss Offenberg, hatte die Schuhe eben dem Mädchen gegeben, das gerade da war.

Anna biss die Zähne aufeinander. Das Balg würde sich am Fronleichnamstag (er fiel im Jahr 1951 auf den 24. Mai) auf gräflichen Sohlen in die Prozession einreihen. Die Neuhausener würden statt der Blumenteppiche vor den Feldaltären die gräflichen Schuhe an den Füßen des Bankerts bewundern.

Liesl saß jetzt wieder an der Nähmaschine und steppte die restlichen Rüschen auf Gerdas Kleid.

Anna sah zu, wie sie noch ein paar Ränder versäuberte und anschließend mit dem rechten Fußballen das Zurückschwingen der Tretkurbel bremste. Liesl biss den dunkelroten Faden ab und setzte die hölzerne Haube über die Singer.

»Gertiii! Wo is denn das Dirndl? Geh her jetz, Saum abstecken, oder möchst, dass der Rock hinten und vorn zipfelt?«

Gerda hüpfte von der Herdseite, wohin sie auf Annas Anweisung den Wasserkessel zurückgestellt hatte, zu der Stubenecke, in der die Nähmaschine stand.

»So, und jetz bittschön sei so gut und stell dich ganz grad hin«, ordnete Liesl an. »Nicht nunterschaun, Herrschaftszeiten.«

Sie steckte die letzte Nadel in den Saum, hieß Gerda das Kleid ausziehen und eilte an den Küchentisch, um sich eine zweite Tasse Kaffee einzuschenken.

»Kannst nicht gnugkriegen davon«, sagte Anna spitz.

Insgeheim musste sie zugeben, dass Filterkaffee aus echten Bohnen einfach unübertrefflich war. Liesl hatte bei den Lindners gelernt, wie man ihn aufbrühte, und die Neuheit auf dem Himmelberghof eingeführt. Bei Liesls Herrschaft wurde nämlich das Kaffeepulver nicht einfach ins Wasser gemischt, um dann beim Trinken körnig zwischen den Zähnen zu schmirgeln. Bei Liesls Herrschaft wurde der Kaffeesatz weggefiltert.

»Ein Genuss«, antwortete Liesl, »den kannst du mir ruhig gönnen, bevor ich den Rocksaum in Handarbeit umnäh. Oder möchst, dass die Stiche von außen zu sehn sind?«

Natürlich nicht, dachte Anna und hielt sich zurück. Die is imstand und säumt das Röckl mit einem weißen Sternzwirn ein, wenn ich's ihr zu dumm mach. Sie erinnerte sich an Liesls Blick, der sie am Himmelfahrtstag beinahe in Angst versetzt hatte.

Anna hatte Liesl Zeitung lesend in der Küche angetroffen und sich nicht enthalten können zu sagen:

»Leut gibt's, die sitzen gmütlich in der warmen Stuben und lassen andere schuften. Seit in der Früh um sechse is die Mutter z'Mainkhofen drüben und gibt den Närrischen das Essen ein und die Medizin sowieso. Den Hintern muss sie denen abwischen und die rotzigen Nasen auch. Der Vater is mit dem Willi beim ersten Hellwerden schon aufs Hubinger Feld naus – heut am Feiertag –, weil Regenwetter gmeldet is für morgen und für übermorgen. Mein Sepp hilft auch mit, obwohl er morgen früh um viere wieder in der Backstub stehen muss. Sogar der Max langt zu. Grad hab ich für alle Schmalznudeln rausbracht aufs Feld. Von den unsrigen schaut jeder, dass wir durchkommen, alle miteinander, bloß ...«

Anna hatte das Wort Bankert nicht ausgesprochen. Sie hatte

überhaupt nicht weitergeredet. Es genügte ihr, Liesl in Harnisch zu bringen.

»Weil das net langt«, hatte die geschrien, »dass ich die ganze Wochn über beim Lindner eingspannt bin! Hab eh bloß den Sonntag und ein paar Feiertag frei. Die Mutter, die kriegt für jeden Sonntagsdienst, den wo sie im Irrenhaus ableist, unter der Wochn eineinhalb freie Tag, und der Bauer, der kann sich oft genug ausrasten, wenn's regnet draußen.«

Anna war der Schrecken in die Glieder gefahren, als Liesl schier rasend fortfuhr: »Aber eine ham mir im Haus, die braucht sonst nix tun als wie anschaffen und kommandieren und saublöd daherreden!« Liesls Blick war Anna geradezu irr vorgekommen, als sie leise anfügte: »Aber es könnt der Tag schon noch kommen, an dem es ihr verflixt leidtut, wie sie sich aufgführt hat.«

Abwarten!, befahl sich Anna jetzt, geduldig abwarten, bis das Kleidchen gestärkt und gedämpft auf einem Bügel an der Kranzleiste von meinem Kasten hängt.

Sie presste die Lippen aufeinander, machte sich am Herd zu schaffen, legte zwei Holzscheiter nach, leerte den Wasserkessel über dem Efeustock im Herrgottswinkel aus, zupfte nebenbei drei welke Blätter ab und fuhr abschließend mit dem Schürzenzipfel über die Oberkante des vergoldeten Rahmens, der die Heilige Jungfrau umkränzte.

Liesl steckte die Nadel ins Nadelkissen und warf das Kleid über eine Stuhllehne. »Bügeln wirst es wohl selber können.«

Anna nickte ihr zu, nahm das Bügeleisen, das bereits auf der noch warmen Herdplatte seiner Aufgabe harrte, und begann den Saum zu plätten. Aber schon nach wenigen Minuten stellte sie es wieder ab, rief ihre Tochter und verließ mit ihr die Küche. Als Anna wenig später allein zurückkehrte, plättete sie eine Weile schweigend weiter, bevor sie verkündete: »Ich hab die Gerti ums Bier gschickt.«

Befriedigt registrierte sie, dass Liesl alarmiert aufhorchte.

Jeder im Haus wusste, wie sehr Gerda es hasste, am Sonntagnachmittag für den Bauern einen Krug Bier aus dem Dorfwirtshaus holen zu müssen. Denn dort spielte sich dann immer eine Weil-ich-dich-gleich-packen-werde-Szene wie aus »Rotkäppchen und der Wolf« ab. Das jedenfalls behauptete Gerda, und Renate stimmte ihr darin zu. Beide Mädchen versuchten ständig, sich vor dem Bierholen zu drücken, weil das aber nur selten möglich war, hatten sie sich für diese Aufgabe zusammengetan.

Jeder, der ein Seidel oder eine Kanne voll Bier heimtragen wollte, musste auf einem glitschigen Trampelpfad an der Nordseite des Wirtshauses entlang zu dessen rückwärtigem Eingang vordringen, der stets verriegelt war. Um sich bemerkbar zu machen, war es nötig, hart und beharrlich an das fliegenverschissene Flezfenster zu klopfen. Über kurz oder lang öffnete sich daraufhin die schmutzige Luke, und die schräge Visage des Erwin Streusel erschien.

Dem Erwin wuchsen schwarze und braune Borsten kreuz und quer aus Nase und Ohren. Seine Haut ähnelte einem Reptilienpanzer, seine Augen lagen unter Hautfalten versteckt, aus dem rechten Mundwinkel rann ein beharrlicher Speichelfaden zum Kinn. Erwin pflegte nach dem Öffnen der Luke kurz in Windrichtung zu wittern und sodann seinen Buckel unter dem Fenstersturz durchzuschieben.

Erwin, so sagten die Neuhausener, habe die Euthanasiewellen des Dritten Reiches deshalb unbeschadet überstanden, weil er sich jahrelang im Hinterkämmerchen des Streusel-Wirtshauses verborgen gehalten habe.

Sobald sich Erwins Arme aus dem Fenster streckten, begann für die Himmelberg-Mädchen das Gruseln.

Erwin bleckte seinen einzigen Zahn (prämolar rechts oben) und versuchte, die Hände der Mädchen am Henkel der Kanne zu ergrapschen. Seine zersplitterten Fingernägel schrappten dabei schauerlich über das raue Steingut. Die Mädchenhände machten sich schleunigst davon, und in Erwins Kehlkopf gurgelte es gekränkt.

Es war wohl immer Renate, die couragiert zufasste, wenn

der Krug – inzwischen gefüllt – wieder auf dem Fenstersims erschien. Denn jetzt gab es kein Zurück. Man musste erdulden, dass sich zwei schleimig-feuchte Patscher auf die Handrücken legten, musste stillhalten, bis es in Erwins Kehlkopf einmal befriedigt geblubbert hatte, wonach sich sein Griff löste und das Fensterchen wieder zuklappte.

Die heikle Sonntagsmission war aber damit noch nicht ganz zu Ende. Es erwies sich jedes Mal von Neuem als Kunststück, die randvolle Kanne den Hügel hinaufzubalancieren. Pünktlich um sechs Uhr abends musste sie auf dem Tisch stehen. Denn um diese Zeit pflegten sich Willi und sein Vater die Sonntagsmaß zu teilen.

Anna ließ Liesl eine Zeit lang an der Frage nagen, weshalb sie Gerda wohl allein auf diesen verabscheuten Weg geschickt hatte. Sie prüfte mit der flachen Hand die Platte des gusseisernen Bügeleisens, befand sie für noch nicht zu kalt, plättete weiter und sagte schließlich beiläufig: »Der Vater muss noch aufn Schlossberg zu die Bienenstöck. Ein Schwarm rott sich zamm. Wird seine Zeit dauern, bis er den eingfangen hat.«

Sie ließ auch dieser Botschaft ein bisschen Zeit, sich zu setzen, tupfte mit der Bügeleisenspitze über die Rüschenzeilen und verkündete dann: »Der Willi hat mir heut in der Früh gheißen, dass er die zwei Gickerl abbrackt, die wo mir am Prangertag braten wolln, wenn mein Bruder Michel (sie betonte das »mein«) und meine (wieder deutliche Betonung) Schwägerin Tina aus München zu Besuch kommen.«

Das Bügeleisen schwebte einen Moment lang in der Luft, während Anna gefühlsduselig fortfuhr: »Mei, ham mir den Michel schon lang nimmer gsehn, seit Weihnachten nimmer. Das is mir aber auch einer, der hat sich daheim rar gemacht, seit ich denken kann. Dabei is er mir der allerliebste von meine drei Brüder, immer is der lustig, und knausrig is der überhaupt net. Nobel war des, sehr nobel, wie der Michel und seine Tina der Mutter auf Weihnachten den schönen Mantel gschenkt ham, den mit dem echten Pelzkragen.«

Sie prüfte den Sitz der Volants und fügte hinzu: »Die müssen mir später noch abbrühen und rupfen – die Gickeln, mein ich.«

Daraufhin verschwand sie mit Gerdas neuem Sonntagsstaat in ihrer Schlafkammer, erschien aber bereits eine halbe Minute später wieder auf der Schwelle. »Also, wie gsagt, der Vater is dann bei die Bienen. Aufn Willi warten die Gickerl, und die Gerda is zum Bierholn. Drum muss die Renate mit hinlangen, wenn der Backel ausgschirrt wird.«

Sie beobachtete, wie Liesl erstarrte, hütete sich aber, abzuwarten, bis sie sich so weit erholt hatte, um zurückschlagen zu können.

Anna drehte sich hastig um und strebte über die Flez der Haustür zu. Eine Flut von Schimpfworten drang an ihr Ohr: »Mistmatz, Sautrumm, Pritschen, verreckte …«

Wussten nicht alle in Neuhausen – angefangen von Erwin Streusel, dem Kretin unten im Dorf, bis hinauf zur Schloss-Nandl oben auf dem Hügel –, wie aberwitzig sich Liesls Bankert vor dem Ochsen Backel fürchtete? Niemandem war es bisher gelungen, Renate davon zu überzeugen, dass Backel ein lammfrommes Vieh war, das friedfertig unter seinem Joch dahinzog, wann immer das von ihm erwartet wurde. Ob vor dem Pflug oder vor dem Heuwagen, Backel schien alles gleich zu sein. Kein Kind, kein Besucher, nicht einmal das Hühnervolk musste vor ihm zittern.

Renates Angst vor dem Ochsen war unbegründet, dumm und psychotisch. Doch diese Angst war da, und sie war so echt wie Backel selbst.

»Aber a bisserl verstehn kann man's schon, dass sich das Kind ängstigt«, sagten Nachbarn und Verwandte, »wo doch der Backel so grausig schnaubt und stampft und mit den Glupschaugen rollt – wie es Ochsen halt so machen und wo doch der Backel größer ist als wie ein Holzschuppen.«

Eben. Und deshalb wäre es wohl keinem in den Sinn gekommen, Renate beim An- oder Ausschirren des Ochsen als Hilfskraft heranzuziehen.

Keinem außer Anna.

Sie sah Willi bereits mit dem Ochsengespann auf den Hof einbiegen und wollte eben nach Renate rufen, da entdeckte sie Wolli-Mausgesicht neben dem Fuhrwerk.

»Der is mir grad noch abgangen heut«, murmelte Anna, »der Böhmack mit sein Mausgfries und seine langen Luser, mit denen wo er jeden Rülpser aufschnappt im ganzen Gäu.«

Missmutig sah sie zu, wie Wolli dem Backel ins Geschirr griff. Die Rolle, die sie Renate zugedacht hatte, um dem Balg die Freude an den gräflichen Schuhen zu verderben, hatte der blöde Böhmack an sich gerissen.

Inzwischen waren Max und Rita um den Hollerbusch am Hauseck gebogen. Maxens hohler Jackenärmel steckte elegant in der aufgesetzten Sakkotasche. Rita trug ein schickes Kostüm aus dunkelgrünem Leinenstoff.

Eine Woge aus Neid schwappte über Anna zusammen.

»Gut eingfasst is er, unser Herr Steuereintreiber«, bestätigte sie sich selbst und ließ Maxens jüngst erlangten Besitz vor ihren Augen vorüberziehen: Einen Neubau hat er sich hingstellt, der Herr Max, direkt unterm Bogenberg. Sogar ein Panoramafenster hat er einsetzen lassen, damit die Rita mit ihren fetten Hortensien und Begonien protzen kann. Und letzthin hat er noch eine Blockhütten auf sein Grund bauen lassen – für den Hund.

»Und wo kommt er her, der ganze Reichtum?«, fragte Anna den Türstock, nahm ihm allerdings die Mühe einer Antwort ab. »Von dem ausgekochtesten Leutschröpfen, das wo man jemals erlebt hat. Der Max«, verkündete sie dem rissigen Holz, »der wär ein ganz kleines, harmloses Lichterl blieben in seinem Steuerbüro, wenn ihm nicht dieses verschlagene Flüchtlingsbürscherl ins Haus gflattert wär.«

Wieder einmal stieß es Anna sauer auf, dass der Böhmack im gemachten Nest saß, während die Langmosers noch immer keine eigene Wohnung hatten und auf dem Himmelberghof mit zwei Zimmern vorliebnehmen mussten.

»Aber der Böhmack«, sagte Anna leise, »der bringt dem Max auch einen Haufen ein.«

Genau so war es. Und seiner Karriere sowie all der geschätzten Habe zuliebe konnte Max nicht riskieren, dass ihm Wolli jemals weggenommen werden würde. Deshalb hatte er ihn adoptiert.

Das wurmte Anna am meisten, denn damit standen Wolli die gleichen Rechte am Familienbesitz zu wie Gerda und ihrem kleinen Brüderchen.

»Aber grad alles geht ihm doch nicht so aus, wie er's gern hätt«, vertraute Anna dem Türstock an. »So ausgfuchst, wie das Mausgfries beim Leutausspioniern auch is, so deppert stellt sich's mit dem Lesen und mit dem Rechnen an. Da kann sich der Max noch so einspreizen beim Schulrektor, und die Rita kann dem Böhmack das Einmaleins jede Stund vorbeten, die Mittelschul, die packt der Böhmack nicht, auf keinen Fall packt der die.«

2

In dieser Woche sah Anna die Liesl bereits am Mittwochabend über den Donaudamm zum Himmelberg zurückradeln. Liesl hatte wohl über den Prangertag von den Lindners freibekommen.

Das war zu erwarten gewesen, denn an Fronleichnam ruhte jedweder Geschäftsbetrieb in den römisch-katholischen Sphären.

Seit der versammelte Klerus 1311 auf dem Konzil von Vienne den Begriff »Fronleichnam« kreiert, den ersten Donnerstag nach Dreifaltigkeit zum zugehörigen Feiertag deklariert und als Zeichen des Triumphes der Wahrheit über die Häresie für diesen Tag Prozessionen initiiert hatte, ziehen alle Gläubigen (aber auch die weniger Gläubigen) im Gefolge der geheiligten Monstranz über Wege und Flure. Junge Birkenstämmchen nicken ihnen von Hauseingängen aus zu, gelb-weiße Fähnchen winken aus Fenstern, Wiesenblumen liegen ihnen bei den Feldaltären zu Füßen.

»Was zerst? Wirst dich schon entscheiden müssen«, verlangte Liesl und setzte hinzu: »Weil mehr wie zwei Händ hab ich net.«

Es war eine lange Litanei von Instruktionen, die Anna heruntergerasselt hatte, als Liesl am Fronleichnam-Morgen in der Küche aufgetaucht war.

»Füllst halt zuerst die Gickerl mit dem Knödlteig, dass mir die gleich in die Röhren reinbringen, sonst werdens uns nimmer fertig bis um zwölf. Denk halt selber mit! Das kannst dir sowieso gleich angwöhnen, weils jetz bald aus is damit, dass ich mich da heroben um alles kümmer. Und weißt was, das passt mir gut, hervorragend passt's mir, dass ich mit meiner Familie endlich in eine eigene Wohnung zieh, lang hätt ich das sowieso nimmer durchgstanden, dass die ganze Verwandtschaft an mein Rockzipfel hängt.«

Täuschte sie sich, oder verbiss sich Liesl das Lachen?

Die freut sich diebisch, dass sie mich loswird, dachte Anna. Wird schon sehen, was sie davon hat. Wer soll denn ab jetzt hier die Stellung halten? Wer soll sich darum kümmern, dass im Haushalt alles reibungslos funktioniert; dass die Leut nicht vor verschlossener Tür stehen, wenn sie Milch und Eier und Gemüse holen wollen; dass ihr Balg seine Hausaufgaben macht? Alle werden sie drunter leiden, wenn bald zwei fleißige Hände weniger da sind – zum Obsteinwecken, zum Kartoffelklauben und vor allem zum Gurkenpflücken, wenn quasi von einem Tag auf den andern ein ganzes Feld abgeerntet werden muss, damit möglichst wenig Ausschuss anfällt.

Tatsächlich freute sich Liesl, Anna loszuwerden, aber ihre Belustigung hatte auch noch einen anderen Grund. Es war nämlich eindeutig zu spüren, dass es Anna (was sie nicht einmal vor sich selbst zugeben würde) letztendlich verteufelt schwerfiel, den Himmelberghof zu verlassen.

Aber es war abgemacht. Ende Juni würde Familie Langmoser nach Deggendorf umziehen. Anna sollte künftig mit Mann und Kindern in einer Drei-Zimmer-Wohnung über der Kohlenhandlung Limmer wohnen.

Aus Liesls Kehle drang ein als Schnarchton verkleideter Lacher.

Anna warf ihr einen bitterbösen Blick zu, dann rauschte sie in die Schlafkammer, wo Gerda quengelte, weil sie das neue Kleid schon jetzt anziehen wollte, nicht erst kurz vor der Prozession.

Ja, es war schwer zu schlucken, dass Liesl und ihr Balg unangefochten auf dem Himmelberghof zurückbleiben würden, während Anna selbst eine ärgerliche Schlappe einstecken musste. Denn eine Bleibe nächst der Kohlenhandlung war das Letzte, was sie sich gewünscht hatte.

»Wir können wirklich heilfroh sein«, hatte Sepp Langmoser neulich zu seiner deutlich missgestimmten Frau gesagt, »dass mir der Limmer die Arbeit und die Unterkunft angeboten hat.«

Sepp Langmoser hatte geraume Zeit nach einer neuen Stelle

gesucht, weil der Sohn des Veit-Bäckers inzwischen alt und erfahren genug war, ihn zu ersetzen. Nach und nach hatte Annas Mann in allen Backstuben im Landkreis um Arbeit gefragt, aber keiner der Bäckereibesitzer wollte ihn einstellen. »Ja was meinst denn, Langmoser, wie viel Semmeln ich an ein normalen Werktag verkauf? Zwenig, das kannst mir glauben!«

Da die Antwort überall gleich oder ähnlich lautete, blieb Sepp nichts anderes übrig, als auch bei Fuhrunternehmen, Bauherren und Kaufleuten anzuklopfen. Irgendwann geriet er an den Kohlenhändler Limmer, der zum Koksausfahren einen Gehilfen benötigte. Sepp nahm die Stelle augenblicklich an.

Anfänglich fand Anna auch nichts dagegen einzuwenden. Erst als sie erfuhr, dass Limmer die Bedingung gestellt hatte, sein Angestellter müsse in die Wohnung über dem Kohlenlager einziehen, wurde sie fuchtig.

»Ja, was meinst denn, was mir da für einen Dreck kriegen? Die Fenster, die Wänd, das Gschirr und die Betten, alles wird immer rußig sein von dem Kohlenstaub.«

Sepp Langmoser stritt das nicht ab, machte aber auch keinen Rückzieher. »Der Limmer will, dass Tag und Nacht jemand ein Aug auf die Ware hat, weil die nämlich sonst jede Stund weniger wird. Und ich hab eingeschlagen.«

Es war wie damals in Münzhausen. Anna hatte keine Wahl. Sie machte ein langes Gesicht.

Da versprach ihr Mann, vor dem Umzug die Wände der Wohnung über dem Kohlenlager frisch zu kalken und die rußgeschwärzten Fensterbänke abzuhobeln. Willi kündigte Anna an, er würde ihr für das neue Heim eine Kredenz schreinern, und die Mutter sicherte ihr einen Satz Schmalztöpfe und etliche Kupferkessel zu.

»Ein bisserl musst noch warten«, versuchte Anna ihre Tochter hinzuhalten. »Du möchst doch nicht noch einen Fleck draufkriegen auf den schönen Stoff.« Sie setzte sich zusammen mit Gerda auf die Bettkante und strich ihr über den Rücken.

Wie Gerti es wohl verkraften wird, vom sonnigen Bauernhof in eine rußige Wohnung mitten in der Stadt versetzt zu werden?, fragte sie sich und seufzte.

Aber es hatte keinen Sinn zu hadern. Denn auf dem Himmelberghof hätten die Langmosers sowieso nicht mehr lange bleiben können.

Es hatte sich nämlich gefügt, dass Willi auf Freiersfüßen wandelte. Männer waren knapp in diesen Nachkriegszeiten, deshalb hatte sogar einer mit Dachschaden gute Chancen, eine anständige Frau zu bekommen. Vor allem wenn außer Frage stand, dass er den elterlichen Hof samt etlichen Tagwerk Grund, samt einem halben Dutzend Rindviecher und sieben Bienenvölkern erben würde.

Am Himmelberghof würde sich also demnächst eine junge Hausherrin breitmachen, und Anna hoffte inständig, dass dann auch Liesls Tage hier gezählt seinen würden.

»Meiner Seel«, sagte Liesl, als Gerda zwei Stunden später in ihrem neuen Kleid die Küche betrat. »Die Gerti schaut ja wirklich ganz genauso aus wie das Madl in dem Modeheft.« Sie schien selbst überrascht zu sein, wie gut ihr das Kleidchen gelungen war und wie hübsch sich Gerda darin machte.

»Bist fertig mit die Gickerl?«, drängte Anna. »Is die Renate anzogen? Gehts weiter, kommts jetz, es läut schon zamm.«

Anna hetzte alle aus der Stube, kehrte aber im nächsten Augenblick noch einmal zurück und rannte weiter in die Schlafkammer, weil sie ihre Handtasche auf dem Ehebett liegen gelassen hatte.

Gerda hatte sich inzwischen auf den obersten der drei Granitsteine gestellt, die als Treppe von der Haustür zur Gred hinunterführten. Rechte Schulter, rechte Hüfte und rechtes Bein leicht vorgeschoben, die linke Körperpartie elegant nach hinten geneigt, posierte sie zwischen Tür und Angel. Gemäß der Vorlage aus dem Modeheft winkelte sie nun den linken Ellenbogen an und schob die geöffnete linke Hand zum rechten

Schlüsselbein hinauf, bis sie unter dem Rüschenvolant ruhte. Der luftige Stoff fiel locker darüber und quoll unterhalb der gespreizten Finger wieder heraus. Gerda bekam die Pose laufstegreif hin. Sie feilte gerade an dem dazu passenden Lächeln, als sie ein Stoß von hinten traf und über die Granitsteintreppe hinunterpurzeln ließ.

Mit den Spitzen ihres rechten Schuhs blieb Gerda in einer Spalte des untersten Trittsteines hängen. Ihr Kinn knallte auf ein tückisches Kieselsteinchen und rutschte auf ihm vorwärts. Der rüschenbesetzte Oberkörper schrappte hinterher, bis sich Gerdas Knie ins Erdreich gebohrt hatten. Dann rührte sich nichts mehr. Gar nichts.

Der erste Laut kam von Anna, die aus der Flez trat und Gerda liegen sah. Anna schrie, und sie hatte nicht vor, damit aufzuhören, bis die gesamte Familie herbeigeeilt war.

Als Erstes zeigte sich ihre Mutter, dann Schwägerin Tina, die mit ihrem Mann Michel aus München angereist war, dann aber war Schluss. Die Männer befanden sich bereits unten im Dorf, wo sie sich für die Prozession mit ein, zwei Klaren stärken wollten.

Es war ihre Tante Tina, die Gerda vorsichtig vom Boden pflückte, ihr auf die Wange klopfte und sagte: »Da hast dir das Kinn aber bös aufgschlagen. Tut dir sonst noch was weh, Gertilein?«

Als Antwort kam Annas Kreischen. Sie riss Tina das Kind aus den Armen und begann es abzutasten. Zugegeben, Gerda war übel zerzaust, das schöne Kleidchen ruiniert, zerrissen und verdreckt. An den Rüschen baumelten Erdklumpen wie Troddeln; in Gerdas Haaren nisteten Gräser und Samen, aber bis auf das kleine Loch in ihrem Kinn war ihre Haut unversehrt, ihre Knochen schienen heil. Anna ließ sie zuerst das linke Bein bewegen, dann das rechte, ließ sie den Kopf drehen und mit den Schultern wackeln.

»Schau, Gertilein, bis auf die Blessur da am Kinn is dir gar nix passiert«, zog Tina nach einer Weile Bilanz. »Aber jetz musst was sagen zu uns, du hast dich doch nicht so schlimm erschreckt, dass du nix mehr sagen kannst – oder?«

Offenbar schon. Offenbar hatte der Schock Gertilein die Sprache verschlagen.

»Was tuts denn ihr da in der Nervenklinik, wenn einer nix mehr redt?«, wandte sich Tina hilfesuchend an ihre Schwiegermutter, die ihre Arbeitstage zwischen allen denkbaren zerebralen Insuffizienzen in der Mainkhofener Anstalt zubrachte.

Gerdas Großmutter zuckte jedoch nur entmutigend die Schultern.

Da holte Tina aus und verpasste dem Kind eine Ohrfeige. Leider fruchtete diese Therapie nichts weiter, als dass sie bei Anna neuerliches Kreischen entfesselte.

»Jetz bringen mir dich erst einmal ins Haus rein, Gertilein«, entschied die Großmutter. »Da legst dich aufs Sofa, und dann wird das schon wieder.« Sie nahm das Kind an der Hand und wollte es die Treppe hinaufführen, aber Gerda rührte sich nicht von der Stelle. Kurzerhand lud sich Tina das Kind wieder auf die Arme und trug es über die Granitstufen hinauf. Sie trat durch die offene Haustür und eilte durch den Flur.

Der Schrei brach aus Gerda heraus, als Tina sie im Halbkreis schwenkte, um durch die Stubentür zu steuern. Tina fuhr zusammen und torkelte gegen die Mauer, wobei ihr Gerda aus den Armen rutschte.

Das Kind kam unverhofft gelenkig auf die Füße. Ein Ärmchen suchte sich seinen Weg aus glänzend roten Fetzen und reckte sich anklagend in Richtung Haustür.

»Is ja gut, Gertilein, wir wissens ja, dass du da runtergfallen bist«, versuchte Tina zu beschwichtigen und wollte das Kind in die Stube schieben.

Aber Gerda achtete nicht auf sie. Störrisch hielt sie auf den Spalt zu, den die offene Haustür mit der Flurwand bildete. Ihr Ärmchen stieß dorthinein ins Dunkel, und man ahnte mehr, als man sah, dass sich ein spitzes Zeigefingerchen in Renates Schulterknochen bohrte.

Vielleicht hätte Tina das Schlimmste verhindern können, wenn sie Gerda schleunigst in die Stube geschleift, aufs Sofa gebettet und so getan hätte, als wäre das Kind nur gründlich durcheinander. Doch Tina zögerte eine Spur zu lang.

Anna stand bereits in der Flez. Sie schlug die Haustür zu, sodass sich der Spalt, in den Gerdas Arm wies, in eine weiträumige Ecke verwandelte. Und dort kauerte – eng an die Wand gedrückt – Renate.

»Mistbankert!«, gellte Anna und packte das Kind am Kragen. Als sie anfing, Renate zu schütteln und zu beuteln wie ein Hund das ergatterte Kaninchen, wurde es für Liesl höchste Zeit, ihr eigenes Versteck in der Nische neben dem Bauernschrank aufzugeben.

»Sie kann nix dafür!«, schrie Liesl. »Die Renate is bloß hinter der Gerti gstanden und hat drauf gwartet, dass sie endlich auf die Gred runtersteigt. Ich war dabei, hab der Renate grad noch die Haarschleife gebunden.«

»Glaub ich gern«, schrie Anna zurück, »dass du mitgmischt hast!«

»Hab ich nicht«, plärrte Liesl. »Und die Renate hat der Gerti höchstens ein ganz kleines Schubserl geben, damit sie endlich weitergeht.«

Damit war es heraus. Renate hatte Gerda geschubst.

»Bestimmt ohne böse Absicht«, sagte Tina in dem Bestreben, die Wogen zu glätten, »ganz bestimmt ohne böse Absicht. Die Renate hat doch nur wollen, dass Gerti die Treppe frei macht. Wie hätte sie denn ahnen können, dass Gerti gleich kopfüber runterstürzen würde? Nie und nimmer hätte sie das ahnen können. Aber sie hat sich schuldig gefühlt, nachdem das Unglück geschehen ist, und deshalb hat sie sich rasch hinter der Tür versteckt.«

Anna Langmoser schüttelte auf Tinas Auslegung hin nur den Kopf, packte Renate noch fester am Nacken und ließ sie tanzen wie eine Marionette.

Da versuchte Liesl, Anna in den Schwitzkasten zu nehmen.

Womöglich wäre es zwischen den Halbschwestern zu einer handfesten Prügelei gekommen, hätte die Mutter der beiden nicht mit einer blechernen Schöpfkelle an den Eisenriegel der Haustür geschlagen.

»Schluss! Aus! Aufhörn! Anna, du kümmerst dich jetzt um die Gerti und um sonst nix.«

Ihre Autorität zeigte Wirkung. Liesl lockerte den Griff. Anna ließ Renate los, die ein paar torkelnde Schritte rückwärts machte.

Tina legte Anna den Arm um die Schultern. »Komm, wir waschen der Gerti den Dreck ab und ziehn ihr was Frisches an. Danach kriegt sie ein warmes Hollersaftl und einen Himbeerlutscher.«

Genau so wurde es gemacht. Es änderte allerdings nichts daran, dass der Prangertag ins Wasser gefallen und Gerdas Kleid ruiniert war.

Anna forderte drakonische Bestrafung für Renate. Sie gab keine Ruhe, bis ihr wenigstens Wiedergutmachung zugestanden wurde. Liesl sollte den Kleiderstoff ersetzen, was sie notgedrungen auch tat. Anna sollte nie erfahren, dass ihr die Mutter das Geld dafür zusteckte.

Bis die Langmosers umzogen, kehrte auf dem Himmelberghof kein bisschen Ruhe mehr ein. Am 1. Juli waren sie dann endlich fort.

Anna hockte schmollend in ihrer Wohnung über dem Kohlenlager und verkündete wiederholt, sie würde künftig keinen Fuß mehr auf den Himmelberghof setzen. Dieser Entschluss hielt bis Mariä Himmelfahrt.

Mit moralinsauer verkniffenen Lippen erschien Anna am Nachmittag des 15. August (sie war von Willi und seiner zukünftigen Frau allerfreundlichst dazu aufgefordert worden) in der guten Stube am Himmelberg zum Kaffee, um miesepetrig zu nicken, als das Brautpaar den Heiratstermin bekannt gab, und beizeiten wieder abzudampfen.

»Die Hochzeitsfeier kann mir gestohlen bleiben«, sagte sie zu ihrem Mann.

Dessen ungeachtet rückte das festgesetzte Datum näher.

Zwei Wochen vor dem Termin änderte Anna ihren Standpunkt abrupt und begann sogar, darauf hinzufiebern. Das rührte daher, dass per Paketpost aus München ein gelbes Ripskleid mit Spitzenbesatz für Gerda angekommen war. Quer über das Einschlagpapier schlängelte sich in Endlos-Sequenz der Aufdruck »Geh zu Konen, es wird sich lohnen«.

»Oh ja«, seufzte Anna hingerissen, »das hat sich freilich gelohnt, dass die Tina das teure Pflaster am Marienplatz nicht gscheut hat. Spendabel sinds, die zwei, die Tina und der Michel.«

Gerda hielt ehrfürchtig still, als ihr das Kleid über den Kopf gezogen wurde.

»Mei, das steht dir aber gut«, sagte Anna mit Genugtuung. »Das sitzt wie angegossen. Kein Vergleich zu dem Pfusch von der Liesl.« Überzeugt setzte sie hinzu: »Da werns aber schaun alle.«

Derart imponierend eingeripst würde Gerda bei Willis Hochzeit alle Blicke auf sich ziehen, ja selbst die Braut in den Schatten stellen. Und Anna wollte noch ein Übriges tun, um ihre Tochter ins rechte Licht zu rücken.

»Wennst du in dem schönen Kleid für das Brautpaar auch noch ein Sprücherl aufsagen tätst«, sagte sie zu dem Kind, »dann wärst du der Glanzpunkt vom Tag. Alle tätens dich bewundern und am Schluss sogar Beifall klatschen.«

Erwartungsgemäß versprach Gerda bereitwillig, ein Gedicht auswendig zu lernen und es beim Hochzeitsmahl aufzusagen.

Anna fand den geeigneten Vers in einem alten Readers-Digest-Heft. Zwischen »Heut, an eurem Ehrentag« und »auf all euren Wegen Glück und Segen« fügten sich ein halbes Dutzend Reimpaare zusammen. Sie würden ausreichen, Gerda die ungeteilte Aufmerksamkeit zu sichern.

Es kam sogar noch besser, als Anna es sich ausgemalt hatte.

Willi hob Gerda mitten auf den Brauttisch, wo sie zwischen dem Brautstrauß und der Hochzeitstorte posierend ihr Gedicht fehlerfrei aufsagte.

»Die Gerti, die Gerti«, ließ sich Tina nach dem Applaus zu einer gewagten Prophezeiung hinreißen, »die werden wir noch auf dem Laufsteg erleben.«

»Hast recht«, kam es zustimmend von Rita. »Die Gerti is das geborene Fotomodell, das kann man jetzt schon sehn.«

»Ein Fotomodell wird die Gerti, jawohl«, echote Max.

Wolli gaffte mit weit offener Schnauze.

Doch Onkel und Tanten sollten bald merken, wie sehr sie sich geirrt hatten, und einsehen, dass mit ihrem Auftritt auf dem Brauttisch der letzte Vorhang von Gerdas Karriere als Mannequin bereits gefallen war.

Denn unübersehbar bildete Gerdas Körper im Lauf der folgenden Jahre Merkmale aus, die ihr den so euphorisch prophezeiten Berufsweg gründlich versagten.

Ihre bleibenden Zähne wiesen, nachdem sie sich endgültig etabliert hatten, eine deutliche Krängung auf, ihre Hüften setzten zu viele Fettpolster an, und ihre Körpergröße sollte nie über eins sechsundfünfzig hinausgelangen.

Irgendwann würde auch Anna einsehen müssen, dass es schwierig werden könnte, für Gerda einen Prinzgemahl zu finden.

3

Wie man sich bettet, so liegt man, sagte sich Wollis Erzeuger und faltete die »Passauer Neue Presse« zusammen, die ihn täglich wissen ließ, was in der Bundesrepublik und auch außerhalb vorging.

Dieser Tage berichtete sie vom Goggomobil, von der Mecki-Frisur, vom vollautomatischen Geschirrspüler und von der Fünftagewoche, die der DGB gestern, am 28. April 1955, gefordert hatte.

Wollis Erzeuger konnte sich gratulieren. Er schwamm in der warmen Strömung des deutschen Wirtschaftswunders, und er wusste, welche Schalter er umlegen musste, um Minna sorgend und hegend, beschirmend und pflegend täglich neu auf sich einzuschwören. Solange er ihr regelmäßig ein reichliches Quantum Honig ums Maul schmierte, konnte er hier am Lusenhang – keinen Katzensprung vom Eisernen Vorhang entfernt – wie im Paradies leben.

Es fiel ihm nicht immer leicht, aber es lohnte sich, Minna den liebenden Ehemann vorzuspielen. Zugegeben, an unguten Tagen trieb ihm diese Strapaze Tränen in die Augen, die er jedoch vor Minna nicht zu verbergen brauchte. Im Gegenteil. Für sie spiegelten seine Tränen Ergriffenheit, Rührung, Zuneigung, und sie ließen ihr das Herz aufgehen wie eine Butterblumenblüte.

In den vergangenen Jahren hatte sich Wollis Erzeuger oft gefragt, ob Minna wirklich so dämlich sein konnte, tagein, tagaus auf seine Schmierenkomödie hereinzufallen. Deshalb war er eine Zeit lang vorsichtig zu Werke gegangen. Sorgfältig hatte er Minnas Stimmungen sondiert, auf ihren Tonfall gehorcht, ihre Miene studiert. Doch nie hatte er ein einziges Anzeichen dafür entdecken können, dass Minna ihm auf die Schliche gekommen war. Da wurde er dreister. Bald leistete sich Wollis Erzeuger Extravaganzen, wie sie der Lusen noch nicht gesehen hatte.

Unermüdlich als Schriftführer im Dienste des VdK-Ortsverbandes (ein ehrenvoller Posten, den ihm Minna durch penetrantes Bequatschen des Vorsitzenden verschafft hatte), hatte er sich im Laufe der Jahre unter die Röcke sämtlicher Weiber seines Bezirks gearbeitet. Ob verwitwet oder verheiratet, ob alt oder jung, ob hübsch oder schiech, er nahm sie alle. Jede kriegte er herum, spätestens dann, wenn er sich die Tränen in die Augen steigen ließ.

Er ging stets nach dem gleichen System vor. Er betrat das Haus, in das sein Amt ihn führte, und fand den Weg in die gute Stube. Dort hockte er sich in den Herrgottswinkel und füllte den Rentenantrag, den Änderungsbescheid oder sonstige Formulare aus, die da auf ihn warteten. Anschließend verzehrte er den Schmalzkrapfen und trank den Kaffee, aß das Schnitz vom Schwarzgeräucherten und kippte den Schnaps, je nachdem, was ihm angeboten wurde. Dabei begann er Süßholz zu raspeln, bis die Hausherrin dahinschmolz. Pro Woche kam Wollis Erzeuger im Durchschnitt auf ein halbes Dutzend Schäferstündchen.

Außerdienstlich hielt er sich ein ganz spezielles Gspusi in Ringelai. Mehr als zwei Wegstunden waren es bis zu dem abgelegenen Weiler zu laufen, aber die Mühe lohnte sich jedes Mal. Unter der Südflanke des Lusen, gleich hinter dem Karbidwerk, wohnte nämlich ein Weibsstück, das sich von Wollis Erzeuger mit dem Hosengürtel traktieren ließ. Sie wehrte sich nicht, wenn er ihr mit der scharfen Klinge seines Federmessers Symbole und Ornamente in die Haut ritzte, und sie fand sich mit den Bisswunden ab, die sich nach seinen Besuchen wie ein Häkelmuster um ihr Dekolleté reihten.

Das erregende Spiel mit diesem Weib gönnte sich Wollis Erzeuger vor allem dann, wenn ihm beim bloßen Gedanken an Minnas schwabbelige Umarmung der Weg von St. Oswald nach Waldhäuser hinauf wieder einmal viel zu steil erschien.

»Wer ein schwaches Herz hat«, erklärte er Minna, »sollte lieber den gemütlichen Umweg über Ringelai nehmen.«

Er nahm ihn immer öfter, vor allem an den Tagen, an denen er von Minna den verhassten Satz zu hören bekommen hatte: »Morgen musst dem Vatern im Holz helfen.«

Wollis Erzeuger verabscheute Minnas Vater, dieses vermaledeite Lusenfossil. Seit zehn Jahren, seit jener Stunde, in der er sich auf dem Guglerhof eingenistet hatte, hoffte er jede Sekunde, dass sich das Fossil hinlegen würde, um abzukratzen.

Schon 1945 war ihm Minnas Vater älter erschienen als die verhutzelten und verknorzten Fichten an den steilen Lusenhängen.

Das kann ja wohl nicht mehr lang dauern, hatte er sich damals gesagt, bis der Waldschrat seinen Löffel abgibt.

Aber jetzt, zehn Jahre später, lebte das Fossil immer noch, wohnte mit Minna und ihm im gleichen Haus, still präsent wie die Reliquien des heiligen Oswald und ebenso irritierend.

Seit jenem Tag, als Wollis Erzeuger am Guglerhof einen rupfenen Sack voll Stroh stopfte, um weich und warm darauf zu schlafen; als er sich an den Vorräten für den Winter satt fraß und dabei den Alten musterte, war er allmählich zu dem Schluss gekommen, dass dem Fossil wesentliche Attribute des Menschseins fehlten.

Als Erstes hatte Wollis Erzeuger festgestellt, wie sehr es bei Minnas Vater mit dem sprachlichen Ausdruck haperte. Seine Wortfindung schien sich auf »sä«, »hä« und »gä« zu beschränken.

Etwas später wurde ihm klar, dass sich aus der Miene des Fossils kaum mehr herauslesen ließ als aus der eines Grottenolms.

Und schließlich, nach Monaten, fand er das bemerkenswerteste Manko, das ihn letztlich davon überzeugte, Minnas Vater müsse ein Fall für die Zoologen sein: Das Fossil war nicht imstande zu lachen.

»Bedauerlich«, pflegte Wollis Erzeuger beim jährlichen Treffen des Bataillons 101 im Jägerhaus am Tegernsee zu HSSPF Benz und den paar noch lebenden Gefährten zu sagen. »Wirklich bedauerlich, dass man seinerzeit die wohltätige Aktion zur Ausrottung minderwertiger Rassen vorzeitig abbrechen musste.«

Die Kameraden beeilten sich dann betrübt zu nicken und ihm vehement zu bestätigen, dass durch diesen Rückzieher großer Schaden angerichtet worden sei.

»Immenser Schaden«, ließ es sich Wollis Erzeuger daraufhin nicht nehmen zu bekräftigen, »kaum zu verkraften.« Eines Tages fügte er hinzu: »Das abrupte Anhalten der heilsamen Säuberungswellen rettete beispielsweise einem Fossil das Leben, das sich nun herausnehmen kann, hochverdiente Personen nach seiner Pfeife tanzen zu lassen.«

»Ein Skandal«, bekam er zur Antwort.

Weiß Gott, Herbst für Herbst konnte es Wollis Erzeuger schwerer verkraften, dass er dem Alten bis hinauf in die unzugänglichsten Gehölze folgen musste, um dort Holz zu machen. Er sah sich von Minnas Vater dazu gezwungen, an steilen Lusenhängen spröde Stämme zu fällen, ihnen die Äste abzuhacken, sie in Stücke zu sägen und das Reisig zu bündeln.

»Wir brauchen halt Brennholz für den Winter«, säuselte Minna in aller Herrgottsfrühe an jenen Tagen, die dem Holzeinschlag vorbehalten waren. Dann packte sie ihrem Mann Hasenöhrl aus Mürbteig als Wegzehrung ein. »Die magst du doch so gern.«

Wollis Erzeuger schaute jedes Mal weg, wenn er den Brotbeutel entgegennahm, sonst hätte er seine Frau ins Gesicht schlagen müssen. Und mit Mordgelüsten in der Brust folgte er dem Fossil.

Das Ächzen und Stöhnen der Baumstämme ängstigte Wollis Erzeuger. Er gruselte sich vor dem bedrohlichen Rauschen in den Gipfeln. Vor allem aber fürchtete er das Splittern der Äste, das den Sturz eines gefällten Baumes begleitete und den Aufschlag ankündigte.

Anfangs hatte er sich gefragt, woher zum Teufel das Fossil wissen konnte, wie und wo der gefällte Stamm aufkommen würde. Später hatte er sich dann mit der Antwort begnügt, dass wohl irgendein animalischer Instinkt das Fossil instand setzte, den Fallwinkel auf die Bogenminute genau zu erschnüffeln. Demnach hätte er sich eigentlich bei der Waldarbeit mit Minnas Vater sicher fühlen können, aber die Hände zitterten ihm bei jedem Laut, und die Achselhöhlen produzierten unaufhörlich Schweiß.

Erst wenn die gefällten Stämme kreuz und quer über ihren eigenen Stümpfen lagen, begann die Angst langsam zu schwinden. Doch gleichzeitig loderte der Hass auf.

Wollis Erzeuger hasste es, tückisch wegschnellende Äste abzuhacken, er hasste es, arglistig kippende Bloche auf Meterstücke zurechtzusägen, und er hasste es, boshaft davonrollende Rundlinge zum Fuhrwerk zu schleifen.

Einmal, im vergangenen Herbst, war Wollis Erzeuger in seiner Wut drauf und dran gewesen, das Fossil zu Brei zu schlagen. Er hatte die Axt bereits gedankenvoll in der Hand gewogen. Aber dann hatte er sich doch nicht getraut, hatte Furcht gehabt, den Kürzeren zu ziehen. Denn obwohl alt wie ein vermoderter Wurzelstrang, war das Fossil wendig, durchtrieben und zäh. Wollis Erzeuger wagte zu bezweifeln, dass er, obwohl jünger und ein gutes Stück größer als der Alte, ihn so einfach überwältigen konnte. Und außerdem: Wohin dann mit der Leiche? An Ort und Stelle verscharren war keine Lösung, weil sie der Hund des Försters noch am selben Tag ausbuddeln würde. Und selbst wenn nicht. Wie sollte Wollis Erzeuger das Verschwinden des Gugler-Bauern erklären?

Er hatte die Axt weggelegt und sich zur Besänftigung ein Schäferstündchen ausgemalt. Ein ganz spezielles Stelldichein in Ringelai.

Wem war also die Schuld dafür anzulasten, dass Wollis Erzeuger das Weibsstück in Ringelai von Mal zu Mal heftiger schlug, wilder biss, tiefer ritzte?

Dem Fossil natürlich. Dem Fossil. Aber nicht nur ihm, sondern auch Minna – und Carmen.

4

An dem Tag, an dem Carmen zum ersten Mal das Wort »Papa« brabbelte (Minna hatte ihr die beiden Silben zuvor eingetrichtert), hatte Wollis Erzeuger mit einem Ritual begonnen, das er all die Jahre über beibehalten hatte.

Pünktlich nach dem Abendbrot pflegte er mit viel Brimborium eine Leckerei aus der Hosentasche zu zaubern – einen Lakritzstängel, ein Tütchen mit Minzkugeln, ein paar Kekse –, Süßigkeiten, die er im Laufe des Tages aus den Stuben seiner Klienten mitgehen ließ.

Carmen scharrte immer schon während des Essens aufgeregt mit ihren Füßchen über den groben Bretterboden der Wohnküche, weil sie es kaum erwarten konnte, sich auf ihren Vater zu stürzen und nach dem Mitbringsel zu grapschen. Sobald die Teller abgeräumt waren, hüpfte sie ungestüm in seinen Schoß. Und dann begann die Balgerei.

Wollis Erzeuger ließ seine Tochter von Mal zu Mal länger zappeln. Auf der Jagd nach der Schleckerei musste sie sich winden und strecken, sich an seinen Hals hängen, quer über seinen Bauch robben. Erst wenn Minna mahnte: »Jetz hör halt wieder mal auf mit derer Tratzerei«, überließ er Carmen die Beute.

Seit einigen Monaten fiel es ihm jedoch Abend für Abend schwerer, mit der Rangelei aufzuhören und seine eigenen grapschenden Finger im Zaum zu halten. Um sich daheim zügeln zu können, musste er nun häufiger den Umweg über Ringelai nehmen. Ahnungslos goss Minna eines Tages Öl ins schwelende Feuer.

»So wie das Madl herwächst«, schwatzte sie, »wird unsere Carmen gwiss dreimal so schön wie die echte, die wo ich gsehn hab, seinerzeit in der Oper in Berlin.«

Wollis Erzeuger nickte mit trockenem Mund, und Minna fuhr schwärmerisch fort: »Ein Gsichtl hats wie gmalt, eine Anmut wie ein Reh, und die roten Haar lassen jeden zweimal auf sie hinschauen. Und – hast es gspürt, was sich schon formt?«

Wollis Erzeuger hatte. Und er wollte Minna nicht wissen lassen, wie sehr. Deshalb versuchte er es mit einem Ablenkungsmanöver.

»Ah«, rief er, »ich hab nie vergessen, wie begeistert du damals aus Berlin ins Lager zurückgekommen bist. 1943 muss das gewesen sein.«

»1942, im Sommer«, berichtigte Minna, »und von da an hab ich gwusst: Sollt ich jemals ein Madl kriegn, dann tauf ich's Carmen. Aber nie hätt ich mir träumen lassen, dass mein Kind mal eine solche Schönheit wird.«

Es war wahrhaftig verblüffend, erstaunlich und unglaublich, wie sich Minnas vorstehender Unterkiefer mit dem Überbiss ihres Mannes beim gemeinsamen Kind zu einem klassischen Profil vereinigt hatte. Es war beispiellos, wie Minnas Fettwülste und die recht dürren Knochen von Wollis Erzeuger beim gemeinsamen Nachwuchs zu einer wohlproportionierten Figur verschmolzen waren.

Minna hatte vollkommen recht. Carmen wuchs zu einer Schönheit heran. Einer wirklichen Schönheit. Und Wollis Erzeuger fragte sich eines Tages ernsthaft, warum es ausgerechnet ihm versagt bleiben sollte, sie zu vernaschen. Immer öfter ließ er von da an bei der abendlichen Balgerei seine Finger an Orte gleiten, wo sie nicht hingehörten. Aber klammheimlich musste das sein. Minna durfte nichts merken, und das Fossil sollte besser auch nichts mitkriegen.

Nachdem Wollis Erzeuger die Zeitung zusammengefaltet hatte, überlegte er wieder einmal, wie er es nur anstellen könnte, mit Carmen längere Zeit allein zu sein.

Man müsste, schwebte es ihm durch den Sinn, die abendliche Rangelei nach draußen verlegen, müsste sie zu einem Versteckspiel machen.

Just in dieser Woche (es ging stracks auf den Mai zu) hatte die Kälte spürbar nachgelassen. Graspolster fanden sich schon hier und dort. Versteckspielen war ein guter Plan.

Wollis Erzeuger grinste. Heute noch, nahm er sich vor und gierte dem Abend entgegen.

Sie waren mitten im schönsten Herumalbern, und Wollis Erzeuger sagte sich: Jetzt!

Er wollte soeben »Fang mich doch« rufen und machte sich schon bereit, aus der Stube zu rennen, da öffnete das Fossil plötzlich das zahnlose Maul. Von etlichen Grunzern unterbrochen, holperte ein vollständiger Satz heraus.

»Blutige Hennerkröpf, hab da so ein Klachel Tannerbaum droben an der Steinfelsenhäng, den kann ich net umlegen, net ums Verrecken.«

Wollis Erzeuger ließ die Hand vollends aus Carmens Höschen gleiten. Was quatschte der Alte da für einen Bockmist? In dem Waldstück am Steinfelsen hatten sie noch nie Holz gemacht. Und überhaupt, das vermaledeite Bäumefällen stand doch erst im Herbst an, in vier Monaten frühestens. Die Zeit bis dahin sollten die Sägeblätter geölt und in Sackleinen gewickelt gefälligst im Schuppen verbringen.

Bevor er aber eine einzige Frage stellen konnte, meinte Minna: »Is schon lang nimmer vorkommen, dass der Vater einen gsunden Stamm fürs Sägwerk gschnitten hat.« Daraufhin wandte sie sich an das Fossil. »Willst die Tanne fürs neue Stadeldach in Zahlung geben?«

Der Gugler-Bauer nickte.

Da sagte Minna zu ihrem Mann: »Die Sach is wichtig. Gleich morgen in der Früh gehst mit dem Vater aufn Steinfelsen und hilfst ihm beim Holzschlag.«

Wollis Erzeuger war die Lust, mit Carmen draußen im Freien Verstecken zu spielen, vergangen.

Am Morgen warf sich das Fossil – statt wie sonst ein Getue um Sägen und Äxte, um Schleifsteine und allen möglichen Kram zu machen – nur eine einzelne starke Axt über die Schulter und stiefelte los.

Eineinhalb Stunden lang wanderten sie bergwärts.

Weit oben am steinigen Lusenhang steuerte das Fossil dann einen bemoosten Felsbrocken an, röchelte ein »Sitz di nacher her da« und klopfte mit der flachen Hand auf den weichen Bewuchs. Wollis Erzeuger interpretierte das als Aufforderung, an dieser Stelle auf ihn zu warten.

Der Alte verschwand zwischen den Bäumen.

Sonderbar, wunderte sich Wollis Erzeuger, gewöhnlich scheißt und pinkelt die Sau doch genau auf den Fleck hin, auf dem sie gerade steht.

Vom Alten war nun nichts mehr zu sehen.

Wollis Erzeuger fläzte sich rücklings über den gepolsterten Stein, sah die Tannen- und Fichtenwipfel über seinem Kopf tanzen und wünschte sich, Minnas Vater würde beim Scheißen der Schlag treffen.

Nach einigen Minuten hörte er ganz in der Nähe einen scharfen Knall, entschied jedoch, dass ihn Schüsse im Wald nichts angingen. Sollten Förster und Wilderer doch abknallen, was sie wollten.

Gedankenverloren starrte er in die Gipfel, die auf einmal schwankten, als wäre Sturm aufgekommen. Sie ächzten und jammerten, stöhnten und knarzten.

Plötzlich hörte er Holz splittern. Der Laut klang hell und scharf aus dem Felsennest, in dem sich eine riesige Tanne verwurzelt hatte, die keinen Steinwurf weit von dem Plätzchen aufragte, auf dem er lümmelte. Verdammt, was fuhrwerkte denn der Alte da herum?

Es war längst zu spät, als Wollis Erzeuger begriff, was das Splittern zu bedeuten hatte. Der Gipfel jener großen Tanne schwankte bereits auf ihn zu. Ihr Stamm schnitt eine Schneise durch die Äste der benachbarten Bäume.

Im selben Moment, in dem Wollis Erzeuger zu ahnen begann, wo die Tanne aufschlagen würde, brachen bereits seine Rippen. Sein sich trübender Blick fand noch mal hinauf in die schwingenden Wipfel. Plötzlich schob sich die Fratze des Fossils vor seine Augen. Mit dem letzten Atemzug fragte sich Wollis Erzeuger erstaunt, wann das Fossil grinsen gelernt hatte.

»Genau so ghörts ihm, dem Hurenbock, dem dreckigen«, schnaufte Minnas Vater befriedigt. »Fünf Ster Holz hat's ihm auf den Ranzen droschn, fünf Ster Holz, die wo ihm die Luft abdruckt und ihm seinen Schweinigel derbazt ham.«

Der Gugler-Bauer tätschelte anerkennend den Baumstamm, der so vorzügliche Arbeit geleistet hatte.

»Ja, ja, so ghörts einem«, murmelte er, »einem, der wo kein Gnugkriegen hat mit der Hurerei, der wo am End noch aufs eigene Kind hinlangen tät.«

Er warf einen letzten verächtlichen Blick auf seinen soeben verblichenen Schwiegersohn und trollte sich.

Mit dem Rückweg ließ sich der Gugler-Bauer Zeit. Er pfiff ein Liedchen, paffte ein Pfeifchen und lachte sich ins Fäustchen. Als das erste der Waldhäuser in Sicht kam, blieb er stehen, hielt gut vierzig Sekunden lang die Luft an, um glaubwürdig außer Atem zu sein, dann stolperte er auf die offene Haustür zu.

»Helfts!«, schrie er in schrillem Diskant. »Mei, helfts mir halt – der Minna den Ihren … den derdruckts … das Bloch derdrucktn … kommts ausser … helfts!«

Weil sich auf diese Darbietung hin nichts rührte, hüpfte der Gugler-Bauer über die Schwelle in die Flez.

Minnas Vater hatte alles minutiös geplant. Wochenlang hatte er darüber gebrütet, wie der Ehemann seiner Tochter am geschicktesten aus dieser Welt zu schaffen wäre.

Natürlich hätte er ihm einfach hinterrücks eins über den Schädel geben können. Er hätte ihm das Brotmesser bis zum Ansatz in den Wanst rammen können, weil Minnas Ehemann, dieser Saubeutel, sein Leben endgültig verwirkt hatte.

Aber der Alte wollte sich nicht damit zufriedengeben, ihn bloß aus dem Weg zu räumen. Sein Tod sollte nicht nur größtmöglichen Nutzen bringen, sondern auch dem Gugler-Bauern nicht zur Last gelegt werden können.

Womöglich hätte er Wollis Erzeuger die Hurereien stillschweigend durchgehen lassen, hätte sogar geschluckt, was über dessen Aktivitäten während des Krieges langsam durchsickerte. Aber für die Eskapaden seines Schwiegersohnes in Ringelai fehlte ihm jegliches Verständnis. Und als ihm aufging, wohin die abendliche Schoßhopserei mit Carmen führen würde, musste er das Todesurteil fällen.

Die Hinrichtung war also beschlossene Sache, aber sie musste eben wie ein Unglück aussehen – schon allein deshalb, weil dann weitere Zahlungen vom Staat garantiert waren.

Und alles lief wie geschmiert.

Die große Tanne hatte Wollis Erzeuger plattgemacht, und der Gugler-Bauer konnte im Grunde sicher sein, dass niemand daran zweifeln würde, es hätte sich um einen Unfall gehandelt. Nicht der kleinste Fehler war ihm unterlaufen.

Als der Bauer über die Schwelle des Waldhauses hüpfte, schien es, als wäre sein Plan in jeder Hinsicht aufgegangen. Wie hätte er auch ahnen können, dass die Posthalterin just an diesem Vormittag (in einem Anfall von Reinlichkeitswahn) den Fußboden ihrer Flez mit konzentrierter Schmierseifenlauge gewaschen hatte.

Die schlüpfrig-nassen Fliesen machten die Flez zu einer Schlittschuhbahn.

Und so kam es, dass Minnas Vater nach seinem übermütigen Sprung in den Hausflur auf seinen genagelten Schuhen etliche Pirouetten drehte, mit Schwung bis zu dem steilen Treppenaufgang aus kantigen Quarzsteinen segelte und dort mit dem Hinterkopf auf die zweitunterste Stufe schlug.

Die Posthalterin, die aus der Waschküche kam, wo sie Eimer, Schmierseife und Wischmopp verstaut hatte, erschien gerade rechtzeitig zu seinem letzten Atemzug.

Ein, zwei Stunden nach ihrem ersten Aufschrei begann es im Dorf bereits zu flüstern. Es tuschelte auf der Weide, wisperte über die Äcker; es mauschelte in den Häusern und hörte nicht mehr auf. Tag um Tag, Woche um Woche redeten die Waldhäusler von nichts anderem als von dem Fluch überm Gugler-Hof.

Weil so ein Fluch imstande war, auch den Hartgesottensten zu vertreiben, verkaufte Minna drei Monate später den gesamten Besitz, raffte ihr Kind und ihre Habe zusammen und zog davon.

»Rufmord war es, was mich aus dem Elternhaus getrieben hat«, berichtete sie zwischen St. Oswald und Grafenau jedem, der ihr zuhörte. »Statt mich und mein armes Kind zu bedauern, zu trösten und zu stützen, haben die Waldhäusler meinen Vater einen Schlawiner und meinen Mann einen Schweinehund geheißen. Ein Frevel ist so was, wo uns doch so ein großes Unglück getroffen hat. Bei der Holzarbeit hat ihn ein Bloch erschlagen – meinen lieben, guten Mann, und wie der Vater Hilfe holen wollt, hat er sich's Genick gebrochen.«

So stellte sich die Sache dar, kein Zweifel. Die Behörden mussten nicht lange nachforschen, um in beiden Todesfällen, dem des Gugler-Bauern und dem seines Schwiegersohnes, zu dem Resultat »Unfalltod« zu gelangen.

Die Waldhäusler waren allerdings zu einem verfeinerten Ergebnis gelangt.

5

Das Gros der Alteingewurzelten da oben an den Lusenhängen hatte die Weisheit gewiss nicht mit Löffeln gefressen. Die meisten von ihnen waren weder gebildet noch belesen, manchmal klappte selbst das Schreiben mehr schlecht als recht. Aber sie waren schlau – bauernschlau, wie es so schön heißt.

Zugegeben, anfangs konnten sie sich nicht recht entscheiden, wen sie mehr verdammen sollten, das Opfer oder den Täter. Mord war schließlich Mord, auch wenn es der Ermordete dreimal verdient hatte, hingerichtet zu werden, denn mit der Zeit kamen immer mehr Schandtaten von Wollis Erzeuger ans Licht.

Für die Gewitztheit der Waldhäusler sprach, dass sie schnell damit aufhörten, die Schandtaten aufzuzählen, und sich stattdessen auf die Kernfrage konzentrierten: Wie hatte es der Gugler-Bauer geschafft, in Windeseile die enorme Tanne zu fällen und punktgenau auf den Rippen seines Schwiegersohnes zu platzieren? Denn eines war klar: Der Gugler-Bauer hatte vorsätzlich fünf Ster Holz auf dem Brustkasten von Minnas Mann abgeladen. Ein Versehen, ein Missgriff, ein Schnitzer konnte ihm nicht unterlaufen sein. Das war ganz und gar unmöglich, weil nämlich der Gugler-Bauer als der versierteste Holzfäller zwischen Arber und Dreisessel galt.

Die Waldhäusler redeten einige Zeit hin und her, stellten diese und jene Theorie auf, und eines Abends hatten sie es.

Die Ausgabe der »Passauer Neuen Presse«, in der die Todesanzeigen für Minnas Ehemann und Minnas Vater erschienen waren, lag seit Tagen auf dem Tresen des Dorfwirtshauses.

»Gott sprach das große Amen«, hatte Minna unter eine Fotografie von Wollis Erzeuger drucken lassen. »Er holte meinen lieben Mann viel zu früh heim in sein himmlisches Reich.«

»Das Amen für der Minna den Ihrigen, das hat der alte Gugler gsprochen«, feixten die Waldhäusler am Wirtshaustisch.

»Der Gugler, der alte Sakra, der hat immer ganz genau gwusst, wo er sein Bloch hinlegt. Aufn Millimeter hat er's hinzirkelt.«

»Freilich, freilich, keiner von uns hat da mithaltn können.«

»Aber interessieren tät's mich schon, wie er den dicken Stamm heimlich durchsägen hat können. Der Minna der Ihre müsst das doch mitkriegt ham.«

Schweigen in der Runde.

»Der alte Sauhund hat beizeiten einen Keil aus derer Tanner rausgsägt.«

»Schmarrn, dann wär die ja gleich umknickt.«

»Er hat den Keil stecken lassen, deswegn hat sich die Tanner net grührt. Am Tag drauf nimmt er den Schwiegersohn mit ins Holz und zeigt ihm ein Rastplatzl direkt unterm Stamm.«

»Wird nix gegen eine Verschnaufpause ghabt ham, der Minna der Ihre.«

»Gwiss net, gwiss net.«

»Dem is jedes Platzl recht gwesen zum Niederhockn und Faulenzen.«

»Ja, und das hat dem Gugler Zeit geben, dass er um die Tanner rumschlupft und den Stamm von der anderen Seiten her ansägt. So was dauert net lang. Dann is er wieder auf die herübere Seiten und hat den Keil rausghaut.«

»Freilich, und dann hat's duscht.«

»Wenn er's so gmacht hätt, hätt's ihn selber derwischt, wo er doch genau in der Falllinie gstanden wär.«

»Mei, der is halt gstutzelt.«

»So schnell stutzelt der net.«

Der Wirt gab eine Runde Schnaps aus und meinte: »Das Risiko hat er eben eingehn müssen.«

»Niemals! So bled war der Gugler net, der hat immer schon Nägel mit Köpf gmacht.«

»Jawohl, der hat nämlich den Keil an einen Strick anbunden, an einen langen Strick. An dem hat er dann zogen, bis der Keil heraußen war.«

»Geh, wast net sagst. Das wennst mir vormachst, wie er einen Keil, der wo im Stamm steckt, anbunden hat, dann zahl ich dir bis auf Weihnachten jeden Tag eine halbe Bier und einen Schnaps.«

»Dann is er halt doch gstutzelt.«

»Is er net!«

Wieder breitete sich dumpfes Schweigen aus, der Pegel in den Gläsern sank dramatisch.

»Wissts, was schon komisch is?«

Stumme, fragende Blicke.

»Dass grad einen Atemzug bevor das Bloch der Minna den Ihren derdruckt hat, ein Schuss gfalln is. Knallt hat's wie beim Hochzeitschießen, aber bloß ein einzigs Mal.«

Die Waldhäuslerköpfe zuckten hoch, als es ihnen wie Schuppen von den Augen fiel.

»Karbid!«

»Herrgott, Karbid.«

»So ein Sakra, der Gugler, schießt der den Keil mit einer Karbidbomben ausser.«

»Freilich, freilich, so hat er's gmacht. Mit dem Pulver hat nie nicht keiner so gut umgehn können wie er. Wissts es noch, wie er den Riegel vom Posthalter sein Schnapslager weggschossen hat?«

»Mit dem Stopsel von einem Flachmann.«

»Herrgott, beim Karbidschießen hat dem Gugler keiner ankönnen, ganze Nächt lang hat der gschossn, wenn eine Hochzeit angsagt gwesen is.«

Das Rezept, nach dem die Waldhäusler von jeher ihre Böller bastelten, die ein halbes Dutzend Hochzeitsglocken akustisch weit in den Schatten stellen konnten, war denkbar einfach:

Man nehme einen stabilen Blechbehälter mit einer Öffnung vorne und bohre ihm hinten ein kleines Loch hinein. Man fülle etwas Wasser in das Bömbchen und gebe ein Karbidwürfelchen dazu. Sodann verschließe man die vordere Öffnung fugenlos mit einem Stöpsel. Man lasse das Ganze eine Weile ruhen.

Alsdann führe man sachte einen entzündeten Holzspan an das hintere Löchlein. Man halte sich dabei sorgfältig aus der voraussichtlichen Flugbahn des Stöpsels.

»Der hat den Keil rausgschossen«, echote der Wirt hinter der Theke.

»Herrgott, mit einem Stopsel aus Blei.«

»Aus Eisen.«

»Aus Kruppstahl.«

»Meinst, hat der Gugler, der Sakra, die Karbidbomben in dem Baumstamm innen drin einbaut?«

»Ah wo, da hätt er ja so ein Trumm Loch reinbohrn müssen. Na, das wär net gangen.«

»Der Gugler hat die Ladung außen an die Fichten angschraubt oder am Baum daneben, und so einwandfrei hat er das Gschoss ausgricht, dass es den Keil mit einem Volltreffer rausdroschen hat – wumm!«

»Sakrament, schießt der Gugler mit dem Karbid den Keil aus dera Fichten.«

Der Coup brachte dem Gugler-Bauern posthum ein minutenlanges ehrfurchtsvolles Schweigen um den Wirtshaustisch ein.

In der Küche murmelte die Wirtin: »Karbidgschoss, so ein Schmarrn. Der Gugler hat den Keil rausgschlagen, und dann hat er den Stamm von hinten angsägt. Wie sie's halt immer machen. Warum sollt er denn die Sach auf einmal umkehrn?«

»Weil«, meldete sich da ihr zwölfjähriger Sohn zu Wort, der längst im Bett sein sollte, »sogar ein Blindgänger wie der Minna der Ihre gspannt hätt, dass da was im Busch is, wenn er die Säg ghört hätt und gleichzeitig das Knarzn und Stöhnen von dem Tannerbaum. Der hat nämlich gwusst, wie sich's Baumfälln anhört.«

»Schaust net gleich, dass du ins Bett kommst, Rotzlöffe, siebengscheiter!«, stauchte ihn die Wirtin zusammen.

»Auf den Gugler, den Sakra«, prostete der Wirt im Schankraum seinen Gästen zu und spendierte ihnen noch eine Runde

Schnaps. Damit löste er ihre Zungen wieder. Die Waldhäusler begannen, in Erinnerungen zu schwelgen.

»Vorm Krieg is des gwesen, lang vorm Krieg, wo ich mit dem Gugler jeden Tag in aller Früh auf Ringelai gangen bin und dann weiter an der Wolfsteiner Ohe entlang und über die Hängebrücken rüber zum Karbidwerk.«

»Herrgott, pfundweis ham mir die Karbidwürfel damals heimbracht.«

»Freilich, freilich, ohne unsere Karbidlampen wärn mir Bayerwäldler im Dunkeln ghockt.«

»Sakrament, ich hab noch ein ganzes Sackl voll Karbidwürferl daheim.«

»Ich und der Gugler, mir ham fuffzehn Jahr lang mit der Spitzhacken den Kalkstein ausm Felsen brochen und in Schmelzofen reingschaufelt. Tag für Tag bei der Hitz und bei der Kälten.«

»Herrgott, bei der Hitz is am härtesten gwesen.«

»Freilich, freilich, die Arbeit war im Winter leichter. Dafür is oft kein Durchkommen mehr gwesen zwischen Ringelai und Waldhäuser.«

»Ich hab eine Tant ghabt im Dorf, die hat mich auf der Ofenpritschen schlafen lassen, wenn der Schnee zwei Meter hoch glegen is.«

»Der Gugler is meistens bei der Dorfflitschen unterkrochen.«

»Die hat jeden reinlassen in ihre Kammer.«

»Am öftesten war der Gugler drin.«

»Herrgott, und dann is die Dorfflitschen schwanger wordn.«

»Wann is denn des gwesen, wo die schwanger wordn is?«

»'33, das weiß ich gwiss. Weil genau in dem Sommer, wo die Dorfflitschen entbunden hat, hats der Guglerin den linken Haxen abdruckt.«

»Das war, wo am Gugler-Hof des Schupfendach einbrochen is.«

»Drei Stund is die Guglerin daglegn, mit dem Haxen unter etlichen Zentner Holz.«

»Herrgott, ja, und nimmer is die wordn.«

»Da is fürn Gugler aus gwesen mit der Arbeit im Karbidwerk. Hat net mehr wegkönnen von sein Hof.«

»Und die Dorfflitschen is ihn um Alimente angangen fürs Kind.«

»Aber der Schnabel is derer sauber blieben. Is ja schier jeder in Frage kommen für die Vaterschaft, der wo einen hochkriegt hat zu der Zeit.«

»Was is denn eigentlich wordn aus dem Kind?«

»Herrgott, a Flitschen, was sonst. Is noch keine vierzehn gwesen, da hat die schon aufspringen lassen.«

»Freilich, freilich. Die lasst sich auf alles ein. Der Minna der Ihrige solls mit dem Ochsenziemer verdroschen haben, geht die Red.«

»Herrgott, der Minna der Ihrige is eine Drecksau gwesen.«

»Sakrament, dem hat's nicht anders ghört.«

Damit gelangten die Waldhäusler wieder in die Gegenwart, die Faszination der Erinnerungen verzog sich, und zurück blieb das Wissen um einen Mord, kaltblütig vorbereitet und unbarmherzig ausgeführt. Zurück blieb auch die unbeantwortete Frage: Rechtfertigte der Tod eines Hurenbockes, Saubeutels, Schweinehundes solch ein heimtückisches Verbrechen?

Der Wirt gab eine letzte Runde Schnaps aus.

»Sowie der Rotschädel auf die Welt kommen is«, tratschten unterdessen die Weiber in den Stuben, »hat man sich's denken können, dass der Minna der Ihre ein schlechter Mensch is.«

»Keinen straft der Herrgott umsonst, schon gar nicht mit einem Kind, wo feuerrote Haar hat.«

»Ein Zeichen is das, ein Omen.«

»Ja, ja, eine Signatur vom Teufel.«

»Wenn die Minna net so stur gwesen wär, dem Kind ein Amulett (die Posthalterin sprach es »Namenedl« aus) mit dem Bildnis der Heiligen Jungfrau umghängt und das Madl auf einen christlichen Namen tauft hätt, dann wär vielleicht alles noch gut ausgangen.«

»Glaub bloß des net. Wenn der Teufel wo drinsteckt, is kein Auskommen mehr.«

Minna konnte die scheelen Blicke nicht übersehen, das böse Raunen nicht überhören, und sie wusste sehr wohl, dass sich das Gerede so bald nicht legen würde.

Es wurde deshalb Zeit für sie, von hier zu verschwinden.

»Eine Schönheit wie Carmen«, sagte sie großsprecherisch und in geschliffenem Hochdeutsch zu der Fotografie ihres Mannes, die über der Kredenz hing, »deren glänzend rotes Haar dem Reiz des ebenmäßigen Gesichts und dem Zauber der vollendeten Figur das i-Tüpfelchen aufsetzt, ist hier draußen am öden Lusenhang die sprichwörtliche Perle vor den Säuen.«

Daraufhin schrieb sie den Gugler-Hof zum Verkauf aus.

Es traf sich günstig, dass im Fahrtwind des Wirtschaftswunders allmählich wieder Sommerfrischler in den Bayerwald kamen. Sie reisten mit der Bundesbahn an, durchstreiften die Gegend um Rachel und Lusen und bestiegen dann wieder Züge zurück in Richtung Berlin oder Düsseldorf.

Ab und zu blieb allerdings einer der Feriengäste unterm Lusen hängen. Wie beispielsweise der Dichter, der sich irgendwann in Waldhäuser angesiedelt hatte. Er reimte »Tannengrund« auf »Zauberstund« und »Lusengestein« auf »immer mein«. Die Waldhäusler wussten damit nichts anzufangen, aber solange er die Milch und die Eier nicht schuldig blieb, ließen sie ihn zufrieden.

Minna konnte den Gugler-Hof zu einem annehmbaren Preis an einen Aquarellmaler verhökern, der sich wie der Dichter hier ansiedeln wollte. Als sie ihm den Hausschlüssel aushändigte, schenkte er ihr ein Bild des Anwesens in Öl und Tempera.

Der Erlös für den Hof gestattete Minna ein paar Extravaganzen. Als Erstes mietete sie eine schmucke Wohnung in der Kreisstadt Grafenau. Dann meldete sie Carmen zum Klavierunterricht und zur Singstunde an, und mit der Suche nach einer Arbeitsstelle ließ sie sich Zeit.

Nach einigen Wochen bewarb sie sich beim Städtischen Krankenhaus in Passau und bei den Atex-Werken in Neuschönau als Sekretärin. Während sie vergeblich auf eine Zusage wartete, studierte sie täglich die Stellenanzeigen in der »Passauer Neuen Presse«. Eines Tages fand sie eine, die ihr außerordentlich zusagte. Das Direktorat der Knabenrealschule in Plattling schrieb den Posten einer Bürokraft aus.

»Hundertzwanzig Schreibmaschinenanschläge pro Minute – blind«, nickte der Schuldirektor anerkennend. »Erfahrung mit Statistik und Erfassungsbögen. Sehr schön. Zu Beginn des neuen Schuljahres können Sie bei uns anfangen.«

Eilig kündigte Minna die schmucke Wohnung in Grafenau und zog mit Carmen nach Plattling. Am 1. September 1955, zwei Wochen nach dem Umzug, trat sie den Posten an.

Ulrich Scheller und Gerhard Schwarz sollten den Personalwechsel im Schulbüro nicht mehr mitbekommen. Beide hatten Ende Juli ihre Abschlusszeugnisse mit sehr bescheidenem Notendurchschnitt entgegengenommen.

Unter der Rubrik »Betragen« stand bei Ulrich allerdings ein bemerkenswerter Passus: »Scheller hatte während seiner gesamten Realschulzeit das Amt des Klassensprechers inne. Er stand seinen Mitschülern in vorbildlicher Weise zur Seite, und es gelang ihm, das Schüler-Lehrer-Verhältnis stets positiv zu gestalten.«

Genau das sagte der Rektor auch bei der Abschlussfeier, zitierte Ulrich aufs Podium und überreichte ihm als Anerkennung den Buchband »Niederbayerische Heimat«, herausgegeben vom Bayerischen Staatsministerium für Unterricht und Kultus.

In Ulrichs Zeugnis glänzte zwar eine Eins in Mathematik, die jedoch seine schlechten Bewertungen in Erdkunde und Geschichte nicht recht wettmachen konnte. Er hatte sich leider nie dafür interessiert, welche der heimatlichen Hügel aus Lehm, welche aus Löß bestanden; er wollte sich nicht merken müssen, ob das Dörfchen Teisnach am Weißen oder am Schwarzen Regen lag.

Mit dieser Verstocktheit hatte er sich im Lehrerkollegium nicht nur Freunde geschaffen.

Eines Vormittags war er gerade darin vertieft gewesen, korrespondierende Zahnräder in sein Geschichtsheft zu malen, als ihn der Lehrer fragte, aus welchen Motiven Erzherzog Ferdinand im Jahre 1771 Maria Beatrix, die Erbin des Herzogtums Modena, geehelicht hatte. Ulrich antwortete, das sei ihm egal. Er malte auch dann noch weiter, als ihm der Lehrer, während er das Wort »Staatsräson« an die Tafel schrieb, einen Verweis androhte.

Letztendlich kam Ulrich doch ohne Verweis davon, weil sich später der Chemielehrer für ihn starkmachte. Bei ihm hatte Ulrich einen großen Stein im Brett, seit er es (nach drei vergeblichen Versuchen des Lehrers) geschafft hatte, der Klasse den Ablauf der Kalksteinreaktion begreiflich zu machen.

Der Chemielehrer war von Ulrichs Erläuterung jenes chemischen Vorgangs so angetan gewesen, dass er sie den Kollegen im Lehrerzimmer (in Schriftdeutsch allerdings) wörtlich wiedergegeben hatte: »Kalzium reagiert leidenschaftlich gern mit Sauerstoff – unbestritten. Sooft als möglich krallt es sich ein Sauerstoffatom und vernascht es. Was dabei herauskommt, heißt CaO. Das ist gebrannter Kalk – kennt jeder, der sich schon mal auf einer Baustelle herumgetrieben hat. Das CaO dampft dort in einer Grube. Und warum dampft es? Weil es die Maurer mit Wasser vermischt haben – mit H^2O. Wasser verwandelt gebrannten Kalk in $Ca(OH)^2$, eine Lauge, die der Maurermeister in seinen Mörtel mischt. Er darf sich aber nicht ewig Zeit dazu lassen, weil in der Luft Kohlendioxidmoleküle herumschwirren, auf die das $Ca(OH)^2$ scharf ist. Sobald der Wind ein Molekülchen CO^2 aus der Luft in die Kalkgrube bläst, gibt das erstbeste $Ca(OH)^2$-Molekül seinen beiden Wasserstoffatomen und einem der Sauerstoffatome den Laufpass – die drei plätschern wieder als H^2O davon – und liiert sich mit dem CO^2. Das Ergebnis heißt Kalkstein, $CaCO^3$. Ganz einfach – unbestritten.«

Ebenso simpel erschienen Ulrich die Mathematikaufgaben. Er brauchte selten mehr als zehn Minuten, um Rechnungen zu lösen, für deren Bearbeitung Studienrat Zahn eine volle Stunde vorgesehen hatte. Kaum waren alle Resultate aufs Papier gekritzelt, gab Ulrich das Blatt ab und machte sich davon. Er warf die Schultasche nicht vorher durchs Fenster hinaus, wie er es bei Kuchler in der Neuhofkaserne getan hatte, sondern nahm sie ganz offiziell mit durch die Tür.

Zahn brauchte Ulrichs Arbeit nicht lange zu prüfen. Ein kurzer, scharfer Blick genügte, um zu wissen, dass sie eine Eins verdient hatte.

Vom entrüsteten Geschichtslehrer bissig zur Rede gestellt, weshalb er diesem renitenten Bürschchen die Freiheit durchgehen ließ, aus der Klasse zu verschwinden, wann es ihm passte, hatte Zahn geantwortet: »Ich weiß, was flottes, präzises, eigenständiges und unkonventionelles Arbeiten wert ist, ich honoriere es und schränke einen klugen Kopf nicht ein. Mit Rommel in der Wüste haben nur die überlebt, die Grips in der Birne hatten und eigene Entscheidungen trafen.«

Was das schulische Ghetto der Neuhofkaserne in sechs langen Jahren nicht zustande gebracht hatte, geschah postwendend, als Ulrich und Gerhard Schwarz im Herbst 1952 in die Mittelschule überwechselten: Die Hafenbande zerbröselte wie ein trockener Keks.

Sabe und Bulli blieben im darauffolgenden Volksschuljahr sitzen, weil die rettenden Kügelchen mit den gelösten Rechenaufgaben ausblieben.

»Der Gripskopf«, hatte Bulli in den zuletzt gemeinsam verbrachten Sommerferien einmal gefragt, »warum geht denn der nicht gleich in die Oberschul? Die tät der doch leicht packen, so gscheit, wie er is, der Gripskopf.« Obgleich Ulrich neben ihm stand, hatte sich Bulli an Gerhard gewandt.

»Weil er daheim keinen Geldscheißer hat«, hatte er zur Antwort bekommen.

Bulli hatte daraufhin nur verständnislos in die Runde und letztendlich zu Ulrich hinübergeschaut, der jedoch Bullis Frage als ausreichend beantwortet betrachtete und seine Aufmerksamkeit einem Stück Feinblech schenkte, weshalb sich Gerhard, der Chef, zu einer Erklärung herbeiließ.

»Meinst du vielleicht, dass ein böhmischer Schreiner, der wo in einer ausrangierten Blechbaracken wohnt, seine Buben durchfuttern kann, bis sie ein Diplom in der Taschen ham? Das kann der net. Der muss schaun, dass ganz schnell was aus denen wird, egal, was die alles ...«

»Aber der Gripskopf kann doch so saumäßig gut rechnen«, hatte Bulli insistiert.

»Genau«, hatte ihm Gerhard zugestimmt, »und weil er's gar so gut kann, schickt ihn sein Vater eh auf die Mittelschul. Das kommt den Scheller gwiss hart genug an. Und wenn er net seit Lichtmess in der Schreinerei Mohring Arbeit hätt, wär's sowieso unmöglich.«

Bald nach diesem Gespräch hatte es auf ganzer Wegeslänge zwischen der Pferdemetzgerei Fenzl und der Brauerei Keisling zu munkeln begonnen, dass die Schellers den Gestank ihrer Nissenhütte bald zurücklassen würden.

»Der Mohring, der hat dem Scheller für etliche Monat den Lohn vorgstreckt.«

»Für wasn? Für wasn?«

»Für die Wohnbaugenossenschaft, die wo einen Wohnblock baut, draußen aufm Baggerfeld.«

»Jetz derraufen sich die Flüchtling Boden unter die Füß!«

»Wenn einer tüchtig is, warum nachher net?«

»Baggerfeld« nannten die Deggendorfer das Terrain, das zurückgeblieben war, nachdem das Stadtbauamt an der Ruselstraße etliche Kilotonnen Erdreich für den Bau der Bogenbach-Dämme abgegraben hatte. Als Folge davon lag das Areal nun gut vier Meter unter dem Niveau der Ruselstraße. Dafür floss der Bogenbach bereits den zweiten Frühling gut eingedämmt dahin und überschwemmte außerhalb seines Bettes kein Hälmchen mehr. Das Baggerfeld jedoch starrte öde, sumpfig und anklagend zur Ruselstraße hinauf. Da erklärte man es eilig zu Bauland.

Teil V

1

Der Wind, der sich bereits Anfang der fünfziger Jahre zu kräuseln begonnen hatte und später unter dem Namen »Deutsches Wirtschaftswunder« berühmt werden sollte, blies Bilder von Waren in die Köpfe der Deutschen, von nagelneuen Erzeugnissen, die man unbedingt zu brauchen meinte. Aber um sie bezahlen zu können, musste man sich mächtig anstrengen. Viele sahen sich bald in der misslichen Lage, sich immer mächtiger anstrengen zu müssen, weil sie angefangen hatten, Ratengeschäfte abzuschließen.

Kaufen wurde leicht gemacht. Schon ab Juni 1951 bediente das Versandhaus Neckermann all diejenigen, die dabei zu Hause bleiben wollten. Ein böiges Lüftchen hatte bereits den zweihundertfünfzigtausendsten Käfer aus der Wolfsburger Werkshalle gepustet, und ein kräftiger Windstoß hatte den zukunftsträchtigen Hartschaum »Polystyrol« (von den BASF-Werken entwickelt) unter dem Markennamen »Styropor« in sämtliche Industriebereiche gefegt. Ein kecker Wirbelwind hatte sich der Bild-Zeitung angenommen, und eine solide Strömung hatte der jungen Bundesrepublik Deutschland die wirtschaftliche und politische Souveränität gewährt.

In den Turbulenzen der sich vereinigenden Winde waren die Schellers während des Sommers 1952 ein großes Stück aufwärtsgetrudelt.

Für Vater Scheller hatte ein strammer Luftzug die lang erhoffte Arbeitsstelle gebracht, was für die Familie die letzten Tage in der Nissenhütte eingeläutet und Ulrich den Übertritt in die Realschule gestattet hatte.

Der Aufschwung wehte Ulrich aus der doppelten Diaspora von Neuhofkaserne und Nissenhütte mitten in die soziale Integration. Nach diesem Sommer fand er sich nur noch dann als Außenseiter und Abweichler gebrandmarkt, wenn katholische Religionslehre auf dem Stundenplan stand. Denn so einträchtig in der Mittelschule beide Konfessionen in allen anderen Fächern ihr Unterrichtssüppchen löffelten, so streng wurde gesiebt, sobald die katholische Geistlichkeit auftrat. Dann mussten sich sämtliche Protestanten in die Besenkammer verziehen.

Drei Stunden Exil pro Woche, das konnte Ulrich verschmerzen. Sehr gut sogar, denn die unterrichtsfreie Zeit im Abstellraum ließ sich zum Nachholen ungeschriebener Aufsätze und nicht gepaukter Vokabeln nutzen.

Die wirbelnden Winde hatten jedoch wie gesagt die Hafenbande zerstreut. Auch die Sommerferien nach Ulrichs erstem Mittelschuljahr konnten da nichts mehr zusammenschweißen.

In diesen Ferien fegte Ulrich sechs Wochen lang in Mohrings Schreinerei Sägespäne zu stattlichen Haufen zusammen, ölte Gewinde und drehte Schrauben irgendwo hinein oder von irgendwo heraus, je nach Order. Bulli und Sabe schienen verschollen, ebenso Chef Gerhard. Ulrich konnte sich allerdings denken, dass man Gerhard in der Brauerei des Onkels festgenagelt hatte. Um eines Tages Nachfolger des kinderlosen Keisling zu werden, musste er sich ganz schön ins Zeug legen.

»Wo wern denn bloß der Sabe und der Bulli gsteckt ham den ganzen Sommer über?«, fragte Ulrich, als er Mitte September zusammen mit Gerhard wieder in den Sieben-Uhr-Zug stieg, der sie nach Plattling zur Realschule brachte.

Gerhard zuckte die Schultern. »Was weiß denn ich, wo die ihre Lumpereien angestellt haben. Heut werns jedenfalls wieder auf der hintersten Bank hockn.«

»Sin mer nich een eenziges Mal vor die Linse gekommen, die zwee beeden«, sagte Ulrich und grinste breit. Seit ihn keiner mehr als Böhmack verhöhnte, kehrte er manchmal mit voller Absicht den Dialekt heraus, den er sich in den vergangenen Jahren mit viel Mühe ausgetrieben hatte. Daraufhin fuhr er in flüssigem Bairisch fort: »Der Vater vom Bulli, der taucht hin und wieder beim Mohring-Schreiner auf. Die zwei trinken ein Flaschl Bier miteinand und politisiern. Neulich aber hat sich die Red um den Bulli dreht. ›Den Bubn schlag ich noch mal zum Krüppel‹, hat der Alte vom Bulli plärrt.«

Gerhard zuckte zum zweiten Mal die Schultern. »Wär ihm nicht zu verdenken: blaue Briefe vom Lehrer Rimböck, Beschwerden von den Nachbarn, Scherereien mit der Polizei … Der Bulli macht sich langsam einen Namen.«

Es war abzusehen gewesen, dass Bulli und Sabe binnen Kurzem aus der Spur trudeln würden, wenn ihnen Chef Gerhard (dem sie jahrelang bedingungslos gefolgt waren wie der Hund seinem Herrn) nicht mehr zeigte, wo es langging, und vor allem, wo nicht. Sabe und Bulli, jeder auf seine Weise, brachten sich seither am laufenden Band in die Bredouille. Es war kein Geheimnis, dass Bulli wegen seiner Raufereien (für die er sich Gegner aussuchte, die nur halb so groß waren wie er) in den Sommerferien mehr Tage Hausarrest abgesessen hatte, als er zählen konnte. Und ebenso wenig unbekannt war, dass Sabe nicht nur um die Brauerei Keisling, sondern auch um etliche Läden und vor allem um den Kiosk große Bögen schlagen musste. Sein Aktionsradius schränkte sich dadurch mehr und mehr ein.

Die Gefährten der Hafenbande haben sich aus den Augen verloren – unbestritten, dachte Ulrich an diesem Morgen, an dem er das zweite Jahr in der Mittelschule begann, das ähnlich ereignislos verlaufen sollte wie das erste.

In den darauffolgenden Sommerferien avancierte Gerhard zur rechten Hand seines Onkels, und Ulrich arbeitete bei Schreinermeister Mohring, der ihn von der Hobelbank ans Sägeblatt hetzte, von der Schleifmaschine zum Leimtopf und dazwischen zum Abladen der rohen Bretter und Aufladen der fertigen Ware.

Anfang September 1954 klopfte sich Ulrich ein letztes Mal die Sägespäne von der Hose. Das dritte und letzte Mittelschuljahr sollte beginnen.

Die Meute der Schüler stürmte den Zug, drängte in die Abteile, verstopfte die Gänge. Als Ulrich endlich zu sitzen kam, sah er sich Sabe und Bulli gegenüber.

»Da schau her«, schrie Sabe, »der Schellerschädl!«
»Mi leckst«, wieherte Bulli, »der Gripskopf!«
»He, hockst du immer noch auf der Schulbank?«
»Mir fei nimmer! Mir ham eine Lehrstell!«
»Eine richtige Lehrstell.«
»Gell, da bist baff.«
»Wo habts denn eine Lehrstell?« Ulrich musste dreimal nachhaken, bevor die Antwort kam.
»Der Wankel z'Plattling, der hat uns alle zwei eingstellt. Mir wern Heizungsbauer – wern mir.«

Ulrich fragte sich, wie lange es die Firma Sanitär-Wankel wohl verkraften konnte, dass ab sofort betriebseigene Rohrzangen, Schraubenschlüssel und sonstiges Gerät mit Sabes Hilfe das Weite suchen würden. Er überlegte, ob es in dem Betrieb wohl jemanden gäbe, der es Bulli beizubringen schaffte, wie man mit Schublehre, Tiefenmaß und Lochlehre umging. Und er malte sich besorgt aus, wie Sabes Dreistigkeit vereint mit Bullis Beschränktheit künftig die Zugfahrten nach Plattling gestalten würde.

De facto rechnete er mit Krawall in den Abteilen, mit Keilerei und mit Gezänk, und er stellte sich auf einen Haufen Schlamassel ein.

Es war Bulli, dem Ulrich am Ende die schlimmsten Kalamitäten seines Schülerdaseins zu verdanken hatte. Bulli und Dr. Dirs, Abteilungsleiter bei »Installation & Heizgeräte Wankel«.

Dr. Dirs fuhr (wie sämtliche Schüler, Lehrlinge, Angestellte und sonstige Pendler, die in Deggendorf wohnten, ihrem Beruf jedoch in Plattling nachgingen) jeden Morgen mit dem Sieben-Uhr-Zug in die Nachbarstadt. Er war bekannt dafür, dass er immer erst angesichts der zur Abfahrt mahnenden Signalscheibe in den Waggon drängte und dennoch einen freien Sitz vorzufinden erwartete. Dr. Dirs konnte sehr, sehr ungemütlich werden, wenn ihm nicht schleunigst Platz gemacht wurde.

Kurz nach den Weihnachtsferien, so um den 10. Januar 1955

herum, geriet ihm Ulrich ins Visier, weil der sich genötigt fühlte, Bullis Haut zu retten.

Es hatte die ganze Nacht geschneit, weshalb wohl Dr. Dirs noch einen Schritt später als sonst ankam und auf den bereits anfahrenden Zug aufspringen musste. In den Gängen krakeelten die Schüler, ihre feuchte Atemluft machte die Scheiben blind.

Dirs wand sich zwischen müffelnden Schafwollpullovern und dampfenden Lodenjacken zum nächstbesten Abteil durch, wo er hechelnd die voll ausgelasteten Sitzgelegenheiten in Augenschein nahm. Niemand schenkte ihm Beachtung. Das ärgerte ihn natürlich beträchtlich, und erbost rief er in die Runde: »Weiß denn die Jugend heutzutage überhaupt nicht mehr, was sich gehört? Wir zu unserer Zeit haben den Erwachsenen Platz gemacht, stracks und unaufgefordert!«

Bulli grinste dreckig, machte aus seiner rechten Hand eine lockere Faust mit senkrecht nach oben zeigendem Daumen und streckte sie Dr. Dirs entgegen.

»Herr Dokter, ein Drehstuhl wär noch frei!«

Dirs wertete den hochgereckten Daumen, der ihm als Sitzplatz angeboten wurde, durchaus zu Recht als Affront. Bulli hatte jedoch Glück, weil Dirs den Daumen im Gemenge von Mützen, Armen und Schulranzen weder identifizieren noch zuordnen konnte. Andererseits war der Doktor keiner, der schnell aufgab, und die Schulranzen schienen deutlich den Weg zum Übeltäter zu weisen. Sofort nach Ankunft des Zuges in Plattling schlug Dirs deshalb den Weg zur Realschule ein.

Ulrich sah kommen, dass Dirs den Direktor aufsuchen würde, um sich über die Despektierlichkeit der Realschüler einer angesehenen Persönlichkeit gegenüber zu beschweren. Womöglich würde er verlangen, ein Exempel zu statuieren, und der Direktor würde keine Wahl haben, denn Dr. Dirs – beliebt oder nicht – war als angesehene Persönlichkeit zu betrachten. Als Klassensprecher fühlte sich Ulrich einerseits verpflichtet, seine Mitschüler vor falschen Anschuldigungen zu bewahren, andererseits wollte er Bulli nicht verraten. Sie waren in schlechten Zeiten Freunde gewesen und würden es auf Gedeih und Verderb bleiben. Bulli *und* sämtliche Realschüler herauszuhalten konnte nach Ulrichs Dafürhalten wenn überhaupt, dann nur glücken, wenn er den Direktor über den Sachverhalt informieren würde, bevor Dirs eintraf.

Hastig rannte er über den Bahnsteig auf die Unterführung zu, die zur Straße führte. Dort fing ihn Bulli ab und hielt ihn fest.

»Scheller, du darfst mich net aufbringen! Wennst mich aufbringst, dann hast mein Leben aufm Gwissen. Weil dann is die Lehrstell hin, sagt der Sabe. Und wenn die hin is, derschlagt mich der Vater.«

Ulrich vermochte Bullis Angst recht gut nachzufühlen, doch genau das komplizierte ja alles. Er bohrte die Schuhspitze in den Schnee und fragte sich, ob er für Bulli die Kastanien aus dem Feuer holen konnte, ohne sich Brandwunden einzuhandeln. Dann bat er Bulli, ihn loszulassen, nickte ihm ernst zu und ging langsam davon. Er hatte nun keine Eile mehr. Dirs war sowieso nicht mehr einzuholen.

Als Ulrich ins Schulgebäude trat, stand der Direktor, umgeben von einem bestürzten Lehrkörper, auf dem Siegerpodest in der Pausenhalle und wetterte auf die Köpfe der vor ihm versammelten Schüler hinab. Es war also gekommen, wie Ulrich befürchtet hatte. Dirs wollte Blut sehen. Zum einen weil er sich beleidigt, gekränkt und geschmäht sah, zum andern weil er seit Jahren über das Gewimmel von Realschülern in Zugabteilen giftete.

Die Verdorbenheit der Jugend ruiniere den guten Ruf der Schule, schrie der Direktor, Sitte, Anstand und Respekt würden mit Füßen getreten und so weiter und so fort. Irgendwann schloss er mit den Worten: »Derjenige, der unsere Erziehungsanstalt heute Morgen in Misskredit gebracht hat, meldet sich jetzt auf der Stelle!«

Stille. Keine einzige Fingerkuppe regte sich. Dem Direktor entschlüpfte ein Ächzen. Im Lehrkörper fing es an zu knistern.

Ulrich kämpfte sich zum Podest durch.

»Herr Direktor.«

Die beiden Worte blieben einsam über den Atemluftwolken aus sechsundneunzig Schülermündern hängen. Nichts rührte sich. Ulrich seufzte. Würde er hier sprechen müssen, hier, vor allen anderen?

Als Ulrich neu ansetzte, kam plötzlich Leben in den Direktor. Er scheuchte die Schülerschar zu den Klassenzimmern, Ulrich zitierte er ins Direktorat.

Erstaunlicherweise gelang es Ulrich recht schnell, den Direktor davon zu überzeugen, dass der Übeltäter nicht unter den Schülern zu suchen war.

Er könne das beschwören, sagte Ulrich und hob beide Hände, als hätte ihm jemand ein Gewehr auf die Brust gesetzt.

»Gut, gut«, beschwichtigte der Direktor. »Nenn mir einfach den Schuldigen. Ich werde Dr. Dirs davon in Kenntnis setzen, und damit ist die Sache für unsere Schule erledigt.«

Es war ein hartes Stück Arbeit (Ulrich klebte am Ende das Hemd am Rücken), dem Direktor klarzumachen, dass er niemanden verpfeifen würde – unbestritten.

Der Direktor drohte mit Beugehaft in der Besenkammer.

Ulrich antwortete, er würde lieber in der Besenkammer Schimmel ansetzen, als zum Verräter zu werden.

Der Direktor sprach von Rauswurf aus der Schule.

Das wäre unbesonnen, sagte Ulrich.

Erst beim Klingelzeichen zur ersten Pause lenkte der Direktor ein. Er ruderte zurück, weil Ulrich anbot, Dr. Dirs aufzusuchen und die Sache mit ihm zu bereinigen.

Auf der Stelle, verlangte der Direktor und stellte Ulrich eine Unterrichtsbefreiung für zwei Stunden aus.

Ulrich machte sich sogleich auf die Socken.

»Unbestritten«, sagte er zu Dr. Dirs in dessen Büro im Obergeschoss der Firma Installation & Heizgeräte Wankel, »ist die Tat ungehörig und unverzeihlich. So etwas darf einfach nicht vorkommen, das ist rüpelhaft und garstig, vorlaut und unverschämt.«

Dr. Dirs nickte vehement.

»Doch«, fuhr Ulrich fort, »es ist leider vorgekommen. Und niemand kann mit Sicherheit sagen, wer der Schuldige ist. Im Zug stecken jeden Tag Dutzende von Pendlern, Lehrlinge aus der Zuckerfabrik, Mechaniker vom Rangierbahnhof, sogar Hausierer – alles mögliche Gelichter. Für die Freveltat kommen viele in Frage.«

Ja, las Ulrich aus dem Blick von Dr. Dirs, das mag schon sein, aber ich will Satisfaktion um jeden Preis, und am leichtesten bekomme ich sie über die Schule.

Da erbot sich Ulrich, die Strafe auf sich zu nehmen.

Dr. Dirs sah ihn eine Weile nachdenklich an, dann akzeptierte er. Alles Weitere wolle er lieber mit dem Direktor besprechen, gab er Ulrich daraufhin zu verstehen und entließ ihn.

»Ja kann man noch dümmer sein?«, rief Gerhard, nachdem ihm Ulrich nach seiner Rückkehr in die Schule flüsternd berichtet hatte. »Wer weiß, was dir der Dirs dafür aufbrummen lasst. Und außerdem, da hast deinen Kopf für nix und wieder nix hinghalten. Den Bulli könnens doch eh net brauchen beim Sanitär-Wankel. Die merken sowieso bald, dass er zu allem zu blöd is, und schmeißen ihn raus.« Gerhard stöhnte. »Was machst denn, wenn der Dirs verlangt, dass du von der Schule fliegst? He, was machst denn dann, he? Wartst, bis du dem Bulli seine Lehrstell kriegst? Meine Herrn, bist du ein Hornochs.«

Ulrich fühlte sich kläglich furchtsam, als er kurz vor Schulschluss zum zweiten Mal an diesem Tag vor dem Direktor stand. Gerhards »Was machst denn, wenn …?« kreiste in seinem Kopf.

Der Direktor hatte eine steinerne Miene aufgesetzt, die Lippen aufeinandergepresst und öffnete sie nicht einmal dann, als er Ulrich einen gelben Zettel mit dem Stempel des Direktorats aushändigte.

Ulrich nahm den Wisch entgegen, fasste das steinerne Nicken des Direktors als Entlassungsgeste auf und schlich sich. Erst auf dem Weg zum Bahnhof wurde ihm bewusst, wie glimpflich alles ausgegangen war. Der gelbe Zettel, der nun in seiner Hosentasche steckte, war nichts als ein läppischer Verweis, für den sich nie mehr jemand interessieren würde.

Gut sechs Monate danach bekam Ulrich sein Abschlusszeugnis samt Buchpreis. Er präsentierte beides seinem Vater und äußerte optimistisch seinen Berufswunsch.

»Mecht ich dir solche Flausen gleich austreibn«, polterte Vater Scheller, dass die Hobelspäne stoben und die Leimtöpfchen hüpften. »Keen eener geht mir zu die Flieger bei die Lufthansa. Mechst een anständichen Beruf lernen.«

Ulrich blieb nichts anderes übrig, als sich in das zu fügen, was der Vater unter einem anständigen Beruf verstand. Und so kam es, dass er keine zwei Wochen später von einem mürrischen Heimleiter eine zehnseitige Hausordnung ausgehändigt bekam und daraufhin ein oft geflicktes Laken über eine durchgelegene Matratze in einem schäbigen Wohnheim am Münchner Harras breitete. Am Morgen darauf stieg er in die Trambahn zum Westpark und hielt dort Ausschau nach der Großhandelsfirma Klein & Klein.

Die Gebrüder Klein hatten in der »Passauer Neuen Presse« eine kaufmännische Lehrstelle annonciert, die von Vater Scheller für Ulrich als goldrichtig beurteilt worden war. Auf der anderen Seite hielten die Herren Klein und Klein offenbar Ulrich ebenfalls als goldrichtig für ihr Kontor, denn sie sagten ihm (kaum dass sein Bewerbungsschreiben bei ihnen eingetroffen war) die Stelle zu.

Die Handelsgeschäfte der Kleins befassten sich mit winzigen Kondensatoren und Lötkölbchen. Ulrichs Tätigkeit sollte vorerst darin bestehen, die von einer Spedition in großen Kisten angelieferte Ware stückweise zu verpacken. Tag für Tag tat er nichts anderes, als Tütchen zu füllen. Nachdem seine Aufgabe vier Monate später noch immer keinen Wandel erfahren hatte, entschied er, die ganze Großhandelssache abzublasen.

Er kaufte sich ein Zugbillett nach Deggendorf und kam in den letzten Adventstagen des Jahres 1955 spätabends zu Hause an.

»Wenn schon keine Flugzeuge«, sagte er zu seinem Vater, »dann wenigstens Schiffe.« Unverzüglich setzte er sich an den Küchentisch und verfasste ein Bewerbungsschreiben an die Deggendorfer Werft.

Als Ulrich längst an einem Reißbrett im Zeichenbüro der Werft saß (er hatte eine Lehrstelle als Technischer Zeichner bekommen), konnte man Vater Scheller noch immer schnauben hören. Er schnaubte gut drei Jahre lang, bis Ulrich seine Lehrzeit erfolgreich beendet hatte.

2

Anna Langmoser beobachtete ihre Tochter, wie sie sich vor dem dreiteiligen Spiegel (den sie unbedingt hatte haben wollen) hin und her und rundherum drehte.

Anna musste zugeben, dass dieser Spiegel hielt, was Gerda sich davon versprochen hatte. Seine Seitenflügel ließen sich in jedem beliebigen Winkel zum Mittelteil fixieren, sodass man alle Körperpartien genauestens begutachten konnte – und zwar dreifach. Leider bescheinigte er aber auch dreifach und drastisch, was Gerda wohl nicht wahrhaben wollte: Eine Karriere als Fotomodell würde ihr versagt bleiben.

Anna dagegen wusste um die Unerbittlichkeit des Schicksals. Sie ahnte, ein Wachstumswunder, das Gerdas Beine strecken, ihre Hüften schmälern, ihre Schultern straffen und ihre Zähne gerade rücken würde, war nicht zu erwarten. Deshalb hatte sie sich schon vor einiger Zeit darangemacht, sämtliche Visionen von Gerda auf dem Laufsteg zu verscheuchen, und war dabei, sich wieder der Option zuzuwenden, die sie schon favorisiert hatte, als ihre Tochter noch ein Wickelkind gewesen war.

Schon damals hatte Anna in ihren Träumen Gerda mit einem Prinzen verheiratet gesehen. Jene Träume hatten jedoch nie etwas mit Märchen und Sagen zu tun gehabt. Dafür war Anna viel zu sehr Realistin. Der Wunschprinz brauchte nicht einmal blaublütig zu sein, beileibe nicht. Was nützte ein »von«, wie es die Bray-Steinburgs vom Offenberger Schloss im Namen hatten, wenn sie es sich nicht leisten konnten, ihre Besitzungen zu erhalten, wenn der Putz von den Türmen bröselte und die Nebengebäude einstürzten? Die Bray-Steinburgs, das wusste Anna von Max, blieben sogar ihre Steuern schuldig. Nein danke.

Was sich Anna für ihre Tochter vorstellte, war ein gut aussehender Mann mit Geld und Ansehen beziehungsweise (weil Gerda ja gerade mal zwölf Jahre alt war) mit der Aussicht auf Geld und Ansehen. Und Anna Langmoser war bereits fündig geworden.

Der Auserkorene hieß Gerhard Schwarz. Er kam regelmäßig in den Gemischtwarenladen seiner Tante Burgel, um zusammenzurechnen, was von der Brauerei Keisling angeliefert worden war, und den fälligen Betrag einzukassieren.

Der ganze Landkreis, wenn nicht halb Niederbayern wusste inzwischen, dass Gerhard eines Tages seinen Onkel Keisling beerben würde. Schon jetzt habe er in der Brauerei eine Menge zu sagen, hatte Anna läuten hören. Sie selbst war sich dessen sicher, denn wo Gerhard früher Sirupkanister und später KeiLimo-Kästen geschleppt hatte, trat er nun als Geschäftsmann auf.

Auf Gerdas Prinzen wartet ein Braureich, sagte sich Anna lächelnd und fand, ein Braureich sei gar nicht zu verachten.

Umgehend begann sie, Gerda um jeden Würfel Hefe, um jedes Stück Seife und um jede Haarklammer eigens zu Burgels Laden zu schicken. Obwohl ihre Tochter noch weit vom heiratsfähigen Alter entfernt war, konnte es ja wohl nicht schaden, den Keisling-Erben schon mal auf sie aufmerksam zu machen.

Geschwindes Handeln hielt Anna zudem deshalb für dringend erforderlich, weil es offensichtlich eine Rivalin gab. Renates erstaunliches Geschick für feine Handarbeiten hatte ihr eine kleine Einkommensquelle beschert. Auf Bestellung stickte sie Monogramme in Taschentücher oder Bettlaken, versah Tischdecken und Servietten mit elegantem Hohlsaum. Die Aufträge liefen über Burgels Geschäft, weil man dort auch die Bett- und Tischwäsche beziehen konnte. Zähneknirschend musste Anna Langmoser zuhören, wie Renates Arbeiten gelobt wurden, zähneknirschend musste sie zusehen, wie sich das Balg ein nettes Taschengeld verdiente, und zähneknirschend musste sie feststellen, dass Renate um Gerhard Schwarz herumscharwenzelte, wenn er zum Abrechnen kam.

Gerda lief also zu Burgels Laden, sooft ihre Mutter es von ihr verlangte. Sie schien es gern zu tun, und sie hatte es auch gar nicht weit, weil die Langmosers vor einiger Zeit wieder nach Neuhausen gezogen waren.

Zu Neujahr 1957 war der Kohlenhändler Limmer verstorben. Einen Tag später erschien seine Witwe in der Wohnung der Langmosers und verkündete, dass es ab sofort mit dem Kohlegeschäft ein Ende habe. Langmoser müsse sich nach einer anderen Stelle umsehen – und nach einer anderen Wohnung.

»Schad is ja nicht grad um die drei rußigen Zimmer«, vertraute Anna ihren Verwandten an, als alle zusammen am Dreikönigstag bei Kaffee und Kuchen in der guten Stube am Himmelberghof saßen. »Dem Kohlnstaub wirst einfach nicht Herr. So schnell kannst du den nicht wegwischen, wie der wieder da is.«

Ihre Schwägerinnen nickten verständnisvoll.

»Kohlnstaub hin oder her«, sagte Annas Mann, »wir brauchen eine Bleibe. Wie kann die Limmerin bloß meinen, ich könnt holterdiepolter eine Arbeitsstell und eine Wohnung herzaubern?«

Die Gesichter der Verwandten spiegelten unterschiedliche Gemütsbewegungen wider. Mutter und Vater sahen besorgt drein. Max schien intensiv über eine Lösung nachzudenken. Hinter Liesls ernster Miene glaubte Anna Schadenfreude zu lesen. Und Willi, lieber Himmel, Willi grinste übers ganze Gesicht.

Jetzt ist er komplett übergeschnappt, dachte Anna.

Im selben Moment hob Willi den Zeigefinger und deutete nach Süden. »Die Villa Katherina is genau das Richtige für euch. Im ersten Stock könnts wohnen, und im Erdegeschoss könnts einen Laden betreiben.«

Depp, dachte Anna.

Die sogenannte Villa hatte ihre guten Zeiten weit hinter sich. Verwittert und verwahrlost stand sie am Ortsrand von Neuhausen, nicht weit von der Landstraße nach Metten entfernt. Die Offenberger Schlossherrschaft versuchte seit Jahren, diese Besitzung, die ihr bloß noch eine Last war, zu verkaufen oder wenigstens zu verpachten. Bisher ohne Erfolg.

»Keine schlechte Idee«, meldete sich Max zu Wort.

»Spinnst du?«, schrie Anna. »Selbst wenn der Kasten nicht so runtergekommen wär, wie sollt sich da ein Laden rentiern, wo doch die Burgel keine hundert Meter weiter unten eh einen betreibt?«

Willi grinste noch breiter als zuvor. Anna hätte ihm am liebsten eine gelangt. Erneut hob er den Zeigefinger und deutete aufs Tellerbord. »Haushaltswaren.«

»Ideal«, lachte Max.

Es dauerte eine Zeit lang, bis in Annas Hirn sank, dass Willis Einfall wirklich genial zu nennen war. Denn was den Neuhausenern seit jeher fehlte, war ein Geschäft, in dem sie – von der Wäscheleine bis zum Nudelholz – Artikel für den täglichen Gebrauch kaufen konnten.

Genial, aber leider nicht durchführbar, dachte Anna.

Sie fasste zuerst Willi, dann Max scharf ins Auge und sagte: »Ein sauberer Laden wär das, wo es die Mauerbrösel und das Holzwurmmehl auf die Ware und auf die Kunden regnet.«

»Lasst sich alles richten«, murmelte Willi daraufhin schläfrig und machte die Augen zu.

Anna schüttelte ihn wach. »Was du net sagst. Von was denn und von wem denn?«

Willi straffte sich und antwortete: »Wenns auch von der Weiten ausschaut wie ausbombt, die Villa Katherina. Glaub's mir, die Mauern sind trocken, der Dachstuhl is gsund, die Dachziegel halten dicht. Was ihr brauchts, sind neue Fensterstöck, die setz ich euch ein. Jetz im Winter, wo ich Zeit hab, is das überhaupt keine Sach. Nachher müssts halt noch neu verputzen und alles runterweißen.«

»Über dem Laden«, ließ sich Max hören, »habts eine Fünf-Zimmer-Wohnung mit Aussicht aufs Schloss.«

Anna sah, wie ihr Mann nachdenklich den Kopf wiegte, merkte, wie Gerda die Ohren spitzte.

»Villa Katherina!« Das klang nicht nur viel schöner als »Kohlenhandlung Limmer«, es ließ an Samtsofas denken, an Kristallschalen und silberne Kerzenleuchter. »Villa Katherina«

hörte sich unheimlich vornehm an. War die Sache nicht eventuell einen Versuch wert?

Bevor Anna wusste, wie sie umschwenken könnte, ohne sich dabei etwas zu vergeben, sagte ihr Mann: »Vielleicht sollten wir uns den Kasten mal von der Näh anschaun.«

Das taten sie bereits am nächsten Tag mit Willi als Fachmann und Max als Berater im Gefolge.

Auch aus der Nähe besehen zeigte die Villa Katherina mit einem herrschaftlichen Besitztum genauso wenig Ähnlichkeit wie das kohlenstaubige Limmer-Anwesen. Doch Willi gab sich begeistert. Die Langmosers schauten eher skeptisch drein. Selbst Annas Mann, der letztendlich jedoch feststellte, dass sie eine andere Wahl ja nicht hatten, wirkte pessimistisch.

In den folgenden Wochen brachte Willi seine schlaflosen Nächte in der Schreinerwerkstatt zu, die er sich in einem Anbau am Himmelberghof eingerichtet hatte, und zimmerte Fensterstöcke. Sepp werkelte in der Villa, schlug losen Putz von den Wänden, brach verfaulte Fenster- und Türstöcke heraus, schliff Holzböden ab.

Als Willi an Lichtmess mit den Schreinerarbeiten fertig war, sagte Anna: »Was helfen denn die neuen Stöck, wenn mirs nicht einmauern können? Weit unter null Grad hats, wie soll denn da der Mörtel fest wern?«

Willi grinste wieder einmal. »Wenn im Januar die Kälte kracht, der Februar es wärmer macht!«

Am Morgen darauf fing es an zu regnen. Das Thermometer zeigte plötzlich elf Grad plus. Willi begann, die Fensterstöcke einzusetzen. Annas Mann rührte den neuen Verputz an.

Bald nach Gerdas zwölftem Geburtstag konnten die Langmosers in die Villa umziehen.

Gerda bekam das Zimmer mit dem Erkerfenster, und darin stand nun jener dreiteilige Spiegel.

3

»Laufst zur Burgel runter, holst vier Brathering fürs Nachtessen und bringst ihr gleich die Pfann mit, wo sie bstellt hat«, hörte Gerda ihre Mutter rufen.

Also griff sie sich ihren abgetragenen Anorak und eilte in den Laden hinunter.

Die Mutter wollte ihr eben eine in Wellpappe eingeschlagene Bratpfanne reichen, da fiel ihr Blick auf den Anorak. »Ziehst net gleich das alte Trumm aus. Hab ich dir nicht extra den Bisampelz an den Saum vom Mantel von vorigs Jahr gnäht, damit die Läng passt? Sogar die Liesl hat zugeben müssen, dass du damit ausschaust wie die Piroschka im Kinofilm. Und kämm dir die Haar.«

Gerda tat, wie ihr geheißen.

Als sie wenige Minuten später bei Burgels Geschäft ankam, parkte ein Lieferwagen der Brauerei Keisling vor der Tür.

Gerda betrat den Laden und sah Burgel neben einem jungen Mann am Tresen stehen, der Zahlen in ein Heft eintrug.

Burgel nickte ihr zu. »Bin gleich so weit.«

Während Gerda wartete, bis Burgel Zeit für sie haben würde, betrachtete sie die Süßigkeiten, die Burgels Geschäft anzubieten hatte. Schokolade von Sarotti, Waffelbruch, Lakritzstangen – Gerda schluckte –, Butterkekse, Malzbonbons … Ihr Blick tastete das attraktive Angebot mehrmals ab, verschwendete jedoch keine Sekunde an den jungen Mann, der mit Burgel am Tresen stand.

Es wäre allerdings falsch, daraus zu folgern, dass sie sich für das andere Geschlecht grundsätzlich nicht interessierte. Nur der, für den Gerda schwärmte, würde in Neuhausen nicht anzutreffen sein. Zu hören war er jedoch täglich im Radio. Sein Name war Peter Kraus.

Die Ladenklingel, die anzeigte, dass der junge Mann soeben das Feld räumte, riss Gerda von den Dropsrollen weg. Sie hätte sich wirklich gern eine gekauft, hatte aber das Fünferl, das ihr die Mutter jeden Morgen gab, bereits am Vormittag in der Pausenhalle für eine Hefeschnecke ausgegeben.

Gerda war nach dem Unzug von Deggendorf nach Neuhausen in die sechste Klasse der dortigen Volksschule eingetreten, deren Unterrichtsräume praktischerweise keine fünfzig Meter von der Villa Katherina entfernt lagen. Sie hatte bisher noch keinen Moment lang bedauert, dass ihr der Ortswechsel die Möglichkeit genommen hatte, in die Deggendorfer Mittelschule überzuwechseln. Gerda auf eine weiterführende Schule zu schicken war ohnehin einzig und allein Tante Tinas Idee gewesen.

Tina hatte eines Tages verkündet, dass sich Gerdas Chancen mit einer höheren Schulbildung vervielfachen ließen. Sicherlich dachte sie dabei an Berufschancen. Anna hatte ihr zugestimmt, wohl aber Gerdas Heiratsaussichten im Auge gehabt und gehofft, dass sich das Fehlen der klassischen Maße neunzig-sechzig-neunzig mit Kenntnissen in Buchführung aufwiegen ließ.

»Ich geb ja zu«, hatte Tina zu Gerda gesagt, »Mittelschule in Deggendorf, das bedeutet Nonnen in allen Fächern, Morgenandacht und Mittagsgebet und statt Armreifen Rosenkranzperlen ums Handgelenk. Aber was sind schon drei Jahre für einen anständigen Schulabschluss? Und wenn du die freien Nachmittage, die Wochenenden und die Ferien abziehst, bleibt gar nicht viel Schulzeit übrig. Die mittlere Reife, glaub mir, die is sogar ein paar Frühmessen wert.«

Gerda hatte das eingesehen. Die Nonnen würde sie schon verkraften.

Aber dann war es ja anders gekommen.

»Das mit der Mittelschul wird halt nichts werden«, hatte Anna Langmoser zu ihrer Tochter gesagt, »wenn mir von Deggendorf wegziehn. Du kannst die Streck ja nicht Sommer wie Winter mit dem Radl fahren.«

Gerda hatte bloß genickt. Fehlen würden ihr die Nonnen ganz gewiss nicht.

Anna hatte geseufzt. »Musst halt in die Neuhausener Volksschul gehn, wie die Renate. Wennst dann die Schulzeit rumhast, wern mir schon eine Lehrstell für dich finden, sind ja noch fast drei Jahr hin.«

Für Renate lief bereits das letzte Schuljahr, und Gerda war neugierig, wo ihre Cousine eine Lehrstelle antreten würde.

Als sie aus Burgels Laden trat, sah sie, dass Renate am Kotflügel des Keisling-Lieferwagens lehnte.

4

»Wirklich gut hat uns der Willi graten, wie er uns vergangenes Jahr die Villa Katherina ans Herz glegt hat«, gab Anna am Neujahrstag 1958 vor versammelter Verwandtschaft zu.

Vater und Mutter nickten fröhlich. Willi lachte übers ganze Gesicht. Max gratulierte, denn bis zum Bogenberg hatte sich bereits herumgesprochen, wie der Haushaltswarenladen seiner Schwester florierte.

Anna hatte das Sortiment erst neulich erweitert. Den Adventsmonat über hatte sie Geschenkartikel im Angebot gehabt (Spielsachen, Püppchen, Kerzenleuchter, Bilderrahmen, Kristallvasen und so weiter) und dabei festgestellt, dass der Verkauf dieser Dinge lief wie am Schnürchen. Da hatte sie beschlossen, das ganze Jahr über solchen Krimskrams anzubieten. Außerdem hatte sie ihren Mann dazu überredet, dem Warensortiment Handwerksartikel hinzuzufügen: Nägel, Schrauben, Sandpapier ...

»Wir müssen eine Ladenhilfe einstellen«, verkündete Anna stolz.

Liesl zuckte kurz hoch, sank aber sofort wieder in sich zusammen.

Nein, *ihr* würde Anna die Stelle auf keinen Fall anbieten.

Das hatte Anna auch nicht vor, und wenn sie geahnt hätte, dass es darauf hinauslaufen könnte, hätte sie bestimmt keine Silbe verlauten lassen.

»Da wär ja die Liesl goldrichtig!«, rief die Mutter begeistert. »Das brauchts doch net, dass sie die ganz Woch in Deggendorf unten in Stellung is, wenn mir bei uns selber einen Arbeitsplatz für sie ham.«

Die gesamte Verwandtschaft stimmte ihr zu.

Anna presste die Lippen aufeinander und hätte sich ohrfeigen mögen, weil sie den Mund nicht gehalten hatte. Sie war in eine selbst gelegte Falle getappt.

Ab Lichtmess stand Liesl hinter dem Tresen in Annas Laden.

»Mei, bin ich froh, dass ich nimmer auf Deggendorf runterradeln brauch, dass ich den Lindner-Bankerten nimmer den Deppen machen muss«, sagte sie zu jedem, der ihr zuhörte.

Anfangs grollte Anna wie eine Gewitterfront. Doch mit der Zeit musste sie widerwillig zugeben, dass sie keine bessere Arbeitskraft hätte finden können als die Liesl. Allerdings konnte sie das nicht so einfach eingestehen, und Liesl gebührend würdigen konnte sie schon gar nicht.

»Schwirrt im Laden rum und macht sich wichtig«, sagte Anna am Faschingsdienstag beim Krapfenessen zu Tina. »›Gertilein, gell, du bedienst eine halbe Stund die Kundschaft, bis ich deiner Mama in der Wohnung oben einen Rocksaum absteckt hab. Schau, ich hab grad ein neuen Karton mit Gummiring und einen mit Stopseln aufgmacht, dass dir nix ausgeht. Tüterln sind auch noch gnug da. Und weißt schon, wenn einer zwanzig Nagerl verlangt, lieber eins mehr draufgeben, dann kommen die Leut auch wieder‹«, äffte sie Liesls Stimme nach.

In Wahrheit imponierte es Anna enorm, wie Liesl es fertigbrachte, dass die Kunden vom Einkaufen bei Langmoser nicht nur mit dem benötigten Besen oder Staubwedel nach Hause kamen, sondern auch mit Eimer, Schubber und Sidol, oder dass sie zum Kochlöffel noch einen Suppentopf erstanden oder zum Brotmesser ein Schneidebrett.

Auch Gerda schien von Liesls Verkaufsstrategie geradezu fasziniert, denn Anna beobachtete eines Tages, was ihre Tochter vor dem Spiegel probte.

Gerda hatte ein erwartungsvolles Lächeln aufgesetzt und erweckte tatsächlich den Eindruck, als gäbe es nichts Wichtigeres auf der Welt als den unsichtbaren Kunden ihr gegenüber. »Bittschön, was darf's denn sein?«, fragte sie zuvorkommend und mit treuherzigem Augenaufschlag. Dann tat sie so, als würde sie Ware auf dem Ladentisch auslegen, und fuhr fort: »Unsere neuen Salatschüsseln aus Plastik lassen sich kein bisserl mehr von einer aus Porzellan unterscheiden, und sie haben den einmaligen Vorteil, dass sie nicht zerbrechen – nicht mal wenns auf einen Steinboden aufschlagen.«

Gerda probierte noch dies und das, lächelte ermunternd, lächelte dankbar, knickste und sagte: »Geht vielleicht sonst noch was ab?«

Anna war beeindruckt, wie perfekt Gerda in die Verkäuferrolle schlüpfte. Sie honorierte ihr Bemühen, indem sie ihr an sonnigen Nachmittagen, an denen wenig Kunden zu erwarten waren, den Laden für ein, zwei Stunden allein überließ und Liesl wegschickte, um das Lager aufzuräumen oder gelieferte Ware auszupacken. Anna selbst saß während solcher Flauten über der Buchhaltung oder ging mit ihrem Mann die Bestelllisten durch.

Gerda weinte ihrem verpassten Bildungsweg keine Träne nach. Wer wollte schon den Tresen in der Villa Katherina gegen ein Schülerpult bei den Nonnen eintauschen? Wer wollte, statt hübsch zurechtgemacht Botengänge zu Burgels Geschäft zu erledigen, im tristen Nonnenkloster Altartücher besticken?

Aber so eifrig Gerda auch losmarschierte, wenn ihre Mutter sie zu Burgels Laden schickte, so wenig beachtete sie nach wie vor den Keisling-Erben, der seltsamerweise immer dann mit Burgel Abrechnungen machte, wenn Anna Langmoser gerade dringend ein Säckchen Mehl, ein Tütchen Zucker, ein Päckchen Reis brauchte. Gerda vertrieb sich die Wartezeit lieber bei den Brausewürfeln und den Zuckerstangen.

Im Laufe des Sommers 1958 fiel ihr allerdings auf, dass sie nicht die Einzige war, die immer dann auf Burgels Laden zusteuerte, wenn der Keisling-Lieferwagen vor der Tür stand. Regelmäßig traf sie dort mit Liesls Tochter Renate zusammen. Eigenartigerweise schien aber Renate selten wegen eines Auftrags für Handarbeiten hier zu sein, denn meist trat sie gar nicht in den Laden, sondern lungerte vor dem Schaufenster herum. Manchmal lehnte sie auch am Kotflügel des Lieferwagens und quatschte mit dem Kerl von der Brauerei, wenn Gerda mit ihrem Einkauf wieder herauskam. Ja, es war unfein, taktlos und unschicklich, und Gerda hatte kein gutes Gewissen dabei, aber eines Tages siegte die Neugier. Was in Gottes Namen hatte Renate mit dem Brauereiheini zu schaffen?

Als die beiden wieder einmal neben dem Lieferwagen beisammenstanden, lief Gerda um den Kombi herum und verbarg sich zwischen den geöffneten Hecktüren. Was sie jedoch von dem Gespräch zwischen Gerhard und Renate erlauschen konnte, ließ sie kopfschüttelnd nach Hause gehen. »Das Wichtigste beim Hohlsaum ist das Fadenzählen«, hatte Renate gesagt. »Wenn du das gescheit machst, kannst du dir eine Aussteuer anfertigen, um die dich sogar die von Bray-Steinburg beneiden.« – »Das Ausschlaggebende beim Saxophonspielen ist das Atmen«, sagte der Brauerei-Kerl. »Das Atmen und eine natürliche Spieltechnik.« Gerda fragte sich, wie man sich an einen schlammbespritzten Kotflügel lehnen und solchen Stuss reden konnte.

Dann kam jener Samstag im Juli, an dem nicht Renate, sondern Gerda am Kotflügel lehnte.

Gerda strebte mit der Einkaufstasche in der Hand auf Burgels Geschäft zu.

»Rasch«, hatte Anna gerufen, »hol ein Packerl Zündhölzer bei der Burgel, ein Pfund Kaffee und fünf Knackwürscht fürs Nachtessen.«

Wie immer, wenn Anna »rasch« etwas aus Burgels Laden brauchte, stand der Keisling-Lieferwagen vor der Ladentür. Beim Näherkommen konnte Gerda durch das Schaufenster Burgel und den Brauburschen – Renate hatte ihr erzählt, sein Name sei Gerhard – hinter dem Tresen stehen sehen.

Wo ist denn die Renate heut?, fragte sich Gerda und sah sich um. Sie äugte gerade ums Heck des Lieferwagens, als der sich plötzlich in Bewegung setzte und auf die kleine Böschung zusteuerte, unterhalb der Burgels Gemüsebeet lag.

Gerdas Mund klappte auf und blieb offen stehen. Wie konnte der Wagen, während der Fahrer …?

Die Bremse, zuckte es ihr durch den Kopf, die muss sich irgendwie gelöst haben. Und im nächsten Augenblick ging ihr auf, wo der Wagen zum Stillstand kommen würde: mitten im Hühnerstall, der sich gleich hinter dem Gemüsebeet befand.

Gerda schrie auf.

Wie auf Kommando bremste der Lieferwagen, die Fahrertür öffnete sich, und ein kleiner Bursche hüpfte heraus.

Gerda starrte ihn an.

Wäre sie nicht so erschrocken gewesen, hätte sie gegrinst. Der Kerl sah so lustig aus. Auf einem dünnen Hälschen saß ein kugelrunder Kopf, aus dem aufgeweckte braune Äuglein blinkten. Für den soliden Körper schienen Gerda die Arme und Beine des Burschen ziemlich unterentwickelt. Er war keine fünf Zentimeter größer als sie selbst. Zu Gerhard fehlten ihm mindestens zwei Kopflängen.

»Du schaust mir gelinde erschreckt«, sagte er.

Gerda nickte.

»Hast du gmeint, ich fahr mit dem Gerhard sein Auto auf und davon?«

»Ich hab mir denkt«, korrigierte Gerda, »es is von selber gehend wordn.«

Ulrich vermaß die Strecke, die der Lieferwagen genommen hätte, wäre er herrenlos weitergerollt, und feixte. »Dann hätt die Burgel eine Hendlbraterei aufmachen können – unbestritten.«

Gerda musste lachen. »Bist du auch einer aus der Brauerei?«, fragte sie dann.

Er schüttelte den Kopf. »Ich bin ein guter Freund vom Gerhard – Ulrich, wenn's genehm is.«

Gerda kicherte ihren Namen heraus.

»Es liegt am Unterbau«, sagte Ulrich.

Gerdas Blick flackerte zu ihren Hüften und weiter zu ihren Beinen.

»Da muss was locker sein«, fügte Ulrich hinzu, ließ sich auf die Knie fallen und reckte den Hals unter den Lieferwagen.

Erst nach einer ganzen Weile tauchte sein Kopf wieder auf

und nickte bestätigend. »Stell dir vor, das Schaltgestänge wackelt wie ein Kuhschwanz.«

»Bist du ein Automechaniker?«, fragte Gerda.

Wieder schüttelte Ulrich den Kopf. »Technischer Zeichner im Werftbüro.«

Daraufhin nickte er in Richtung von Burgels Laden. »Der Gerhard sagt, er wüsst keine Maschine, die ein Geheimnis vor mir hüten könnt, deswegen bin ich heut mit ihm mitgfahrn. Er wollte, dass ich mir das Scheppern mal anhör, das der Lieferwagen seit einer Woche von sich gibt.«

»Und das Scheppern hat dir ein Geheimnis verraten?«, staunte Gerda.

»Unbestritten«, antwortete Ulrich.

Gerda lehnte sich an den Kotflügel des Wagens und fragte: »Was zeichnest du denn für Schiffe?«

Einen Moment lang starrte Ulrich sie verständnislos an, dann begriff er. »Schiffe werden anderswo konstruiert«, murmelte er in den Ton der Ladenglocke, »ich darf bloß Bauteile herauskopieren.«

Gerhard schoss aus Burgels Geschäft und ließ eine Hand auf Ulrichs Schulter fallen. »Weißt schon, an was es liegt?«

Ulrich sagte es ihm, und sie begannen zu debattieren.

Gerda kehrte ihnen den Rücken und betrat den Laden. Ein paar Minuten später kam sie mit ihren Einkäufen wieder heraus. Der Lieferwagen war verschwunden. Noch immer keine Spur von Renate.

Gerda fragte sich, weshalb sie heute nicht aufgetaucht war. Als es ihr einfiel, fing sie an zu rennen.

5

Am Himmelberghof sollte an diesem Tag erstmals die neue Maschine für die Gurkenernte zum Einsatz kommen, die Willi gebaut hatte, und die alle künftigen Gurkenernten revolutionieren sollte.

Im Gäuboden, im Zellertal, im Lallinger Winkel, überall pflegten zur Zeit der Gurkenreife ganze Heerscharen von Erntehelfern durch die Gurkenfelder zu krabbeln. Sie ruinierten sich dabei die Bandscheiben, die Knie, die Halswirbel und kamen trotzdem viel zu langsam voran. Denn die Gürkchen wuchsen schneller, als man sie pflücken konnte. Für ihre Bestimmung als Essiggurken durften sie aber eine Länge von zehn Zentimetern keinesfalls überschreiten. Sobald sie das taten, waren sie nicht mehr viel wert.

Im Gäuboden, im Zellertal, im Lallinger Winkel, überall hatten sich die Bauern mit diesem Übelstand abgefunden. Sie nahmen die Lage hin, wie sie Frost im Mai und Hagelstürme im August hinnahmen, und dachten nicht weiter darüber nach.

Auch Willi hatte sich wohl keine Gedanken darüber gemacht, bis er eines Tages in einer Zeitschrift das Prinzip eines Gurkenfliegers abgebildet sah. Er brauchte vermutlich zwei, drei Nächte, um dahinterzukommen, wie zweckdienlich dieses Gerät war, dann erklärte er öffentlich, dass es sich als bahnbrechend erweisen würde.

Statt im Kriechgang von Pflänzchen zu Pflänzchen zu robben, konnten Saisonarbeiter auf einem Gurkenflieger die Früchte bequem im Liegen ernten. Bäuchlings nebeneinander auf die Tragflächen eines ausgedienten Flugzeugs gereiht, mussten sie nur die Finger ausstrecken, um ein Gürkchen zu pflücken. Willi hatte die Abbildung in der Zeitschrift wieder und wieder studiert, er hatte sie Rita und Max gezeigt, Anna und Sepp und sogar Gerda.

Die Tragflächen waren auf einen Traktor montiert, der sie durchs Gurkenfeld zog. So schwebten die Gurkenpflücker luftig über jede einzelne Pflanze hinweg. Sie knipsten mühelos Gürkchen für Gürkchen vom Stängel und ließen es in eine Rinne unter den Tragflügeln plumpsen, durch die es in einen Auffangbottich kollerte.

Auf die Frage, wie zwei Fliegertragflächen zu beschaffen seien, fand sich allerdings lange keine Antwort. Bis Willis Frau Ella eines Abends sagte:

»Du musst mit dem Max seinem Bub reden, dem kommt nicht leicht was aus. Der Wolli bringt's fertig und treibt dir das Nachthaferl vom Konig Ludwig auf, wenn's sein muss.«

Willi sprach bei Max vor, und eine Woche später wurde ihm ein ausgedientes Flugzeugtragwerk geliefert – gratis und in der für sein Projekt optimalen Größe.

Wie sich jedoch herausstellte, war das nicht Wollis Verdienst gewesen.

Max brauchte Wollis Hilfe nun nicht mehr, um verheimlichte Sachverhalte zu klären oder unterschwellig Schlummerndes aufzustöbern, denn er pflegte mittlerweile seine eigenen Kontakte. Die kleinen Steuerfischchen wie den Bäcker Veit oder den Metzger von Neuhausen hatte er längst an einen jungen Kollegen abgetreten. Max selbst machte jetzt Betriebsprüfungen bei Leuten mit signifikant höheren Umsätzen.

Viele seiner Klienten hatten eine Cessna im Hangar am Sportflugplatz stehen oder zumindest einen Geschäftsfreund bei Messerschmitt. Deshalb war es für Max ganz einfach gewesen, seinem Bruder das benötigte Tragwerk zu beschaffen.

Die neue Klientel hatte Max mächtige Trümpfe in die Hand gegeben, die er vorsichtig und planvoll ausspielte und ansonsten eisern hütete.

Als Gerda beim Gurkenfeld ankam, tuckerte der Traktor bereits durch die zweite Schneise. Die Tragflächen waren voll besetzt. Etliche Saisonarbeiter und die halbe Verwandtschaft lagen eng nebeneinander bäuchlings auf den Flügeln und pflückten Gurken. Es bot sich ein ganz anderes Bild als das, welches Gerda aus ihrer Zeit am Himmelberghof kannte. Bisher hatte das Gurkenfeld während der Ernte von Weitem immer ausgesehen wie ein Teller voll Spinat, in dem Käfer herumkrabbelten. Und in den vergangenen Sommern hatte sich Gerda oft selbst mitten im Gekrabbel befunden, war extra mit dem Fahrrad aus Deggendorf hergekommen, um beim Gurkenpflücken zu helfen.

Gerda ließ den Kopf hängen. Schade, sie war zu spät dran. Wirklich schade. Aber leider nicht mehr zu ändern.

Sie beschloss, trotzdem zu warten, bis der Traktor vom anderen Ende des Feldes zurückkehrte. Wenn sie schon nicht mitmachen konnte, wollte sie wenigstens aus der Nähe sehen, wie die Sache funktionierte.

Sie beschirmte die Augen mit der flachen Hand und blickte dem Traktor nach. Er fuhr viel langsamer als Schritttempo, was bedeutete, dass gut eine halbe Stunde vergehen würde, bis er wieder näher kam.

Schön, dann würde sie sich die Zeit eben mit Gurkenmessen vertreiben.

Gerda angelte eines der Maßstöckchen aus der Kiste, die Willi am diesseitigen Feldrand abgeladen hatte, und nahm es fachmännisch in die Hand. Gebückt eilte sie von Pflanze zu Pflanze und legte das Normmaß an jedes Gürkchen an. Von fünfzig fand sie nur ein Einziges, das die vorgeschriebene Länge bereits überschritten hatte.

Genau der richtige Zeitpunkt für die erste Ernte, nickte Gerda sachverständig.

Der Traktor tuckerte inzwischen langsam auf sie zu. Sie konnte Liesl auf der Tragfläche erkennen, neben ihr Renate und neben Renate – ganz außen am Rand des Flügels – Wolli. Er hatte seine Finger in Renates linke Pobacke gekrallt.

Is es so rutschig da oben?, dachte Gerda. Kann man da vielleicht runterfallen? Aus welchem anderen Grund sollte sich Wolli wohl sonst so an Renate festklammern? Gerda ließ den Blick über die Tragflächen schweifen und registrierte, dass sich sonst niemand festhalten musste. Alle pflückten mit beiden Händen.

Der Traktor kam ein paar Schritte vor Gerda zum Stehen. Wolli sprang ab. Gerda hörte ihn das Wort »Zapfenstreich« rufen und sah ihre Chance. Sie lief hin, um Wollis Platz einzunehmen.

»Da hab ich aber Glück ghabt«, rief sie.

Renate hielt ihr die Hand entgegen, um ihr auf die Tragfläche zu helfen. Ihre Wangen glänzten tiefrot.

Der Traktor ruckte an.

Gerda hatte sich bäuchlings ausgestreckt und fand, dass es sich hier oben eigentlich recht bequem lag. Ungefähr zwanzig Zentimeter vor dem Flügel hatte Willi eine Art Geländer angebracht. Gerda tat es den anderen nach und ließ ihr Kinn darauf ruhen. Unterhalb des Geländers verlief die Rinne, die das Erntegut aufnahm und zum Auffangbehälter beförderte. Man brauchte nur die Arme zu senken, zu pflücken und die Gürkchen in die Rinne fallen zu lassen.

Die Position, in der sie sich befand, schien Gerda stabil und sicher. Warum bloß hatte sich Wolli so heftig an Renate geklammert?

Wolli hatte dem Gurkenfeld den Rücken gekehrt und hielt auf das Dorfwirtshaus zu. Zapfenstreich war erst um zehn Uhr abends, noch etliche Stunden bis dahin. Er wusste nicht so recht, wie er sich die Zeit dazwischen vertreiben sollte. Der Gurkenflieger kam jedenfalls nicht in Frage. Wolli war ja nur deshalb aufgestiegen, weil er die Möglichkeit nutzen wollte, Renate zu begrapschen. Sie hatte recht nette Rundungen entwickelt.

Er setzte sich in den Streusel'schen Biergarten und dachte vor einem Bier darüber nach, bei welchem Mädchen er – wenn möglich heute noch – landen könnte.

Von klein auf hatte er gelernt, sich zu beschaffen, was er haben wollte. Er hatte die Habendorfer beklaut, um an die

Modelle der Scheller-Jungen zu kommen, er hatte die Neuhausener ausspioniert und damit seinem Ziehvater zu einer Position verholfen, die letztendlich ihm selbst zugutekam.

Unglücklicherweise konnte zwar Max, was Wollis Bildungsweg betraf, trotz aller Günstlingswirtschaft nichts für ihn tun, aber für Schulfächer interessierte sich Wolli ohnehin nicht besonders. Obwohl Max weiß Gott an sämtlichen Fäden gezogen, ja schier gezerrt hatte, obwohl Rita mit der Geduld eines tibetanischen Mönchs versucht hatte, Wolli das Bruch- und Dezimalrechnen einzupauken und ihm die Rechtschreibfehler auszutreiben, die er massenhaft in einem einzigen Satz produzierte, obwohl Max Hunderte von Nachhilfestunden bezahlt und eine Schwadron von Privatlehrern beschäftigt hatte, war es nicht gelungen, Wolli in einer höheren Schule unterzubringen, nachdem er im Herbst 1954 die Volksschule mit einem abgrundtief schlechten Zeugnis beendet hatte. Sosehr Max sich auch den Kopf darüber zerbrach, wie Wolli eine anständige Ausbildung oder eine geeignete Lehrstelle zu verschaffen wäre, sowenig tat sich auf. Bis Anfang 1958 der Einberufungsbefehl ins Haus flatterte.

Die Bundeswehr, 1955 geborene Tochter der so unrühmlich aus dieser Welt gegangenen Wehrmacht, verlangte nach Rekruten. Es hatte eine Weile gedauert, alle Wehrpflichtigen zu erfassen, aber seit April 1957 rückten sie ein. Auch Ulrichs Name war gelistet, er sollte jedoch freigestellt werden, weil schon Anton Wehrdienst leistete. Gerhard, Bulli und Sabe waren auch eingezogen worden. Alle vier hatte man für das Jahr ihrer Dienstpflicht in die Bundeswehrkaserne Regen abkommandiert. Wolli dagegen sollte in Bogen stationiert werden.

Als er zum ersten Mal in Uniform am Himmelberghof auftauchte, dämmerte wohl allen, dass er seinen vorbestimmten Platz gefunden hatte.

Staunend sagte Anna Langmoser: »Wer hätt sich des denkt, dass sich der Galgenvogel in einer Uniform so fein macht.«

Schon einige Zeit bevor sich Wolli militärisch aufputzen durfte, hatte er angefangen, seine zweifelhafte Gabe darauf zu verwenden, an etwas zu gelangen, auf das er inzwischen viel mehr scharf war als auf Flugzeugmodelle oder sonst irgendetwas. In Wolli hatte sich bald nach der Pubertät eine Tag und Nacht schwelende Geilheit ausgebreitet.

Nun hockte er also im Streusel'schen Biergarten und ließ die Töchter von Beamten, Bauern und sonstigen Neuhausenern Revue passieren. Er vergaß weder die Bäckerstochter noch das Mädel vom Metzgerladen, sogar Gloria von Bray-Steinburg zog er in Betracht. Nach einer Weile musste er sich jedoch seufzend eingestehen, dass er in diesem Kaff hier an keine rankommen würde. Selbst wenn eine davon leichfertig genug gewesen wäre, sich mit ihm einzulassen, wie hätte sie der Kontrolle ihrer Eltern entschlüpfen sollen?

Außerdem, sagte sich Wolli einsichtig, ist es nicht ratsam, mit einer Hiesigen was anzufangen – was das anbelangt. Es kommt nämlich raus. In Neuhausen kommt alles raus, und dann muss man mit Konsequenzen rechnen.

Es sei denn, überlegte er weiter, das Mädchen wäre Freiwild.

Dieser Gedanke brachte ihn zu Renate zurück. Die inzwischen fünfzehnjährige Quasi-Verwandte zählte mitnichten als angesehene Bürgerstochter, auch wenn sie gar zu gern als solche gelten wollte. War es nicht geradezu albern, wie sie mit ihren Konditorkünsten und ihren Handarbeiten Eindruck schinden wollte? Doch sosehr man sie auch dafür lobte, sosehr man ihr auch schöntat (wenn man etwas von ihr wollte), sowenig gehörte sie dazu, auch wenn sie nichts lieber wollte als das. Und das machte sie verwundbar. Natürlich hatte Wolli schon früher ein paarmal versucht, an ihr herumzufingern, aber sie war ihm immer entschlüpft. Auf dem Gurkenflieger war sie ihm ausgeliefert gewesen, und sie hatte nicht gewagt, seine Hand abzuschütteln, um keine Aufmerksamkeit zu erregen.

Wolli grinste dreckig. Renate war wirklich die beste Option. Schöntun konnte er ihr mindestens so gut wie alle anderen. Er konnte ihr sogar allerlei Versprechungen machen. Es musste doch in drei Teufels Namen etwas geben, womit sie herumzukriegen war. Und notfalls konnte Wolli sogar handgreiflich werden. Wer würde dem Bankert schon glauben, wenn Wort gegen Wort stand.

Der Traktor hielt am Ende der letzten Schneise.

Gerda sprang von der Tragfläche und lockerte ihre Schulterblätter. Beide Arme taten ihr weh, es stach und kribbelte im Nacken, ihre Hände fühlten sich taub an. Trotzdem lachte sie übers ganze Gesicht. Auch alle anderen strahlten. War es nicht unglaublich? Innerhalb weniger Stunden hatten sie ein Gurkenfeld abgeerntet, für das sie im Jahr zuvor drei Tage gebraucht hatten.

Der alte Himmelberg-Bauer schlug seinem Sohn Willi wieder und wieder auf die Schulter. »Wer sich so was ausdenken kann … Wer sich so eine Maschin ausdenken kann …«

Es war ihm nicht leichtgefallen, Willi und Ella den Hof zu überschreiben. Würden die beiden zu wirtschaften wissen?, hatte sich der Himmelberg-Bauer oft gefragt. Dennoch hatte er den Schritt getan – letztendlich tun müssen. Und er brauchte seine Entscheidung, sich auf den Austrag zurückzuziehen, keine Sekunde lang zu bereuen.

Am Himmelberghof wartete ein gedeckter Tisch auf die Erntehelfer. Ella, die neue Bäuerin, hatte eine Porzellanplatte mit Nussecken in die Mitte gestellt, die von zwei Schüsseln voll Zwetschgenbavesen (eine Spezialität der Austragsbäuerin) flankiert wurde. An der Herdseite standen mehrere gefüllte Kaffeekannen. Doch von den beiden Frauen, die daraus einschenken sollten, fand sich keine Spur.

Als Gerda in die Stube kam, sah sie sich vergeblich nach Ella und der Großmutter um. Wieso ließen die beiden ihre Gäste im Stich? Hinter Gerda war Liesl eingetreten, die sich ebenfalls kurz umschaute, plötzlich aufhorchte und sich dann auf den Weg zu den Schlafkammern machte. Gerda folgte ihr eilig.

In einer der Schlafstuben saß die Austragsbäuerin weinend auf dem Bett. Ella streichelte ihre Hand.

»Das Dirndl is tot«, schluchzte sie, als sie Liesl mit Gerda in der Tür stehen sah.

Ella stand auf, nahm ein schwarz umrandetes Kuvert von der Kommode und reichte es Liesl, die eilig den Briefbogen herauszupfte, der sich darin befand. Gerda stellte sich auf die Zehenspitzen und reckte den Hals, während Liesl das Anschreiben entfaltete.

»Münzhausen, den 20. Juli 1958« stand in der Kopfzeile. Alles Weitere vermochte Gerda nicht zu entziffern. Das musste sie auch nicht, denn es wurde ohnehin schon kommentiert.

»Was schreibt der Helga ihr Bub«, schnaufte der Austragsbauer, »der Schlag hat das Dirndl troffen? Ja wie denn, sie is doch, war doch …«

»Erst zweiundvierzig«, beendete Max den Satz. Er war gekommen, um den erfolgreichen Einsatz des Gurkenfliegers mitzufeiern.

Gerda starrte Liesl an, die das Kuvert in den Händen drehte, als warte sie auf eine Botschaft, die die eben erhaltene rückgängig machen würde. Von Liesl irrte Gerdas Blick zu Max und dann weiter zum Großvater. Redeten die drei wirklich davon, dass Tante Helga gestorben war? Tante Helga aus Münzhausen, die ihr erst neulich einen Schottenrock genäht hatte?

»Aus heiterem Himmel hat sie's scheints troffen«, sagte Liesl. Dann fasste sie Gerda am Arm. »Wir zwei kümmern uns um die Gäst.«

Es war sehr still in der Stube. Die Erntehelfer aßen schweigend die Bavesen, tranken stumm den Kaffee. Rita und Max hatten sich dazugesetzt, ein wenig später auch der Austragsbauer.

Gerda dachte an Münzhausen.

Die Mutter hatte ihr oft von den Kriegsjahren erzählt, die sie im Haus ihrer Schwester verbracht hatte: »Keinen Tag is es uns schlecht gangen, damals im Sauwald.«

Damals nicht.

Aber Gerda hatte durchaus mitbekommen, dass die Verwandten in Münzhausen nach dem Krieg weniger gute Tage gesehen hatten. Helgas Schneiderarbeiten hatten sie nur mühsam über Wasser gehalten. Ohne regelmäßige Naturalienlieferungen vom Himmelberghof (anfangs mit dem Fuhrwerk, später mit Maxens Opel, den Rita chauffierte) hätten sie nicht aus noch ein gewusst.

Im vergangenen Jahr hatte Helga ihre Schneiderwerkstatt schließen müssen, weil sie mit der Konfektionsware, die neuerdings den Markt überschwemmte, nicht mehr konkurrieren konnte. Sie hatte eine Stelle bei der Textilfabrik »TEBA« angenommen und von Stund an in Akkordarbeit Ärmel in Blusen eingesetzt. Aber so fix Helga auch nähte, in der Lohntüte sah es am Monatsende mager aus. Zum Glück konnte der älteste Bub kürzlich seine Schreinerlehre beenden, der jüngste hatte im vergangenen Herbst als Lehrling bei einer Baufirma angefangen.

Gerda und ihre Mutter waren hie und da mitgefahren, wenn Max und Rita zur »Kampagne gegen den Hunger in Münzhausen« ausgerückt waren, wie Max die Versorgungsfahrten in den Sauwald seit einigen Jahren nannte.

Gerda hatte ihre Tante Helga sehr gerngehabt, freilich nicht ganz so gern wie ihre Tante Tina. Helga hatte oft schwermütig, bekümmert und erschöpft gewirkt. In Annas Gegenwart war sie allerdings immer ein wenig aufgeblüht, aber das lag vermutlich daran, dass sich Anna geradezu enthusiastisch gebärdete, wenn sie mit Helga zusammentraf. Für einen Besuch auf dem Himmelberghof hatte Helga nie Zeit gehabt, und es wäre ihr wohl auch schwergefallen, das Geld für die Eisenbahnfahrt aufzubringen.

»Wer soll's denn der Anna sagen?«, fragte Liesl plötzlich in die Runde. Außer ihr war offenbar niemandem eingefallen, dass sich Anna heute selbst um den Laden kümmern musste, weil sich Liesl und Gerda zum Gurkenpflücken abgemeldet hatten.

Weil Liesl bloß Schweigen als Antwort auf ihre Frage bekam, fuhr sie fort: »Einer muss in die Villa rüber und es der Anna sagen.«

Daraufhin machte sie Anstalten zu gehen. Max hielt sie zurück. »Ich mach's schon«, sagte er und setzte zögernd hinzu: »Dich brauchens jetz da.«

Liesl nickte und begann, den Tisch abzuräumen. Gerda wollte schon hinter Max herlaufen, überlegte es sich aber anders. Grübelnd stapelte sie benutzte Teller aufeinander und dachte darüber nach, wie ihre Mutter die Nachricht wohl aufnehmen würde.

»Gott sei Dank«, flüsterte sie plötzlich.

Was Gerda so spontan danksagen ließ, war der Umstand, dass ihre Mutter durch Max von Helgas Tod erfahren würde – und nicht durch Liesl.

Liesl konnte Anna ja schon mit ihrer bloßen Gegenwart zur Raserei bringen, als Unglücksbotin wäre sie Zündstoff, Brandbeschleuniger, Sprengsatz. Max dagegen würde wie eine warme Umarmung auf Anna wirken.

Er sah deutlich angeschlagen aus, als er zurückkehrte. Kurz darauf begann er, mit Rita zu flüstern.

Gerda spitzte die Ohren.

»Nicht die Helga«, hatte Anna geheult und mit ihren Fäusten auf seine Brust getrommelt. »Wie kann mir der Herrgott die Helga nehmen und mir die Liesl dalassen? Wie kann er denn das?«

6

»Meine Renate hat beim Nothaft – Druckerei und Zeitschriftenverlag Nothaft – eine Lehrstell angnommen«, berichtete Liesl im Sommer 1959 der im Moment einzigen Ladenkundin. »Am 1. September wills anfangen.«

»Ah«, sagte die Metzgerin und schichtete zum dritten Mal die Kaffeehaferln um, ohne sich für eines entscheiden zu können. »Hat sich ja Zeit lassen. Und was lernts jetz in derer Druckerei?«

Statt auf die Frage zu antworten, begann Liesl eifrig, die Einkäufe der Metzgerin in Zellulosepapier einzuschlagen. »Fünfzig Weckglaslgummi, zehn Weckglasldeckel, ein Sieb grob, eins fein. Hamer's dann?«

Die Metzgerin nickte, trennte sich sichtlich schweren Herzens von den Kaffeehaferln und legte einen Zehn-Mark-Schein auf den Tresen.

Liesl gab das Wechselgeld heraus. »Dank Ihnen recht schön und kommen S' fei bald wieder.«

Als das doppelte »Bing« der Ladenglocke angezeigt hatte, dass die Kundin außer Hörweite war, beschwerte sich Liesl bei den Kaffeehaferln: »Manche Leut können schon saublöd fragen, dermaßen saublöd können die fragen …«

Gerda, die seit einer halben Stunde Rouladenspieße zählte und zu Fünferpäckchen bündelte, hätte eigentlich auch gern gewusst, welche Arbeiten Renate als Lehrling in einer Druckerei aufgetragen werden würden.

Aber weder die Metzgerin noch sie sollten es je erfahren, denn so weit sollte es gar nicht kommen.

Das nächste »Bing« der Ladenglocke kündigte Ella, die Himmelberg-Bäuerin, an. Sie kaufte einen neuen Handbesen und ein Paket mit fünfzig Stück Wäscheklammern, dann wandte sie sich an Gerda.

»Hättst du morgen Nachmittag Zeit zum Gurkenmessen? Der Radio sagt schöns Wetter voraus, deswegen möcht der Willi am Freitag am Hubinger Feld die erste Gurkenernte einfahrn.

Aber es is net gwiss, ob die Gurkerl aufm Hubinger draußen schon weit gnug sind.«

Gerda nickte begeistert.

Gurkenmessen war Gerdas Passion, und zudem war es ein äußerst verantwortungsvolles Amt, denn de facto leitete derjenige den Countdown für den Start des Gurkenfliegers ein, der berechnen konnte, wann die kritische Gurkenmasse die Längenmarke erreicht hatte.

Wie zu erwarten gewesen war, hatte Willis Beispiel die Gurkenernte rund um den Himmelberg revolutioniert. Einer nach dem andern hatten ihn die Bauern der benachbarten Höfe gebeten, Gurkenflieger für sie zu bauen. Im Winter 1958/1959 hatte er drei davon angefertigt, und jeder wies gegenüber seinem Vorgänger Verbesserungen auf. Bei Willis neuestem Modell mussten die Tragflächen nicht mehr am Traktor befestigt werden. Sie liefen auf eigenen Rädern, sodass sie ganz bequem an jedwede Zugmaschine angehängt werden konnten.

Gerda arbeitete sich seit einer halben Stunde konzentriert an den Reihen der Gurkenpflanzen entlang, legte ihr Maßstöckchen akkurat an, schaute scharf hin. Die Gurkenernte würde nur dann den maximalen Gewinn einbringen, wenn das Gros der Gürkchen nicht mehr als zehn und nicht weniger als fünf Zentimeter maß. Gerda kontrollierte und prüfte so vertieft, dass sie nicht mitbekam, wie Renate plötzlich davonsprang. Sie hätte wohl selbst nicht sagen können, weshalb ihr auf einmal ins Bewusstsein drang, dass Renate das Maßstöckchen fallen lassen hatte und zu den Hagebuttenstauden am Feldrain gerannt war, hinter denen Wolli stand und ihr offenbar Zeichen gemacht hatte. Die beiden steckten für ein paar Minuten die Köpfe zusammen, schienen über etwas zu verhandeln, dann kehrte Renate zu den Gurken zurück, und Wolli machte sich über die Landstraße davon.

Eine ganze Zeit lang schien es, als sei Wollis Plan aufgegangen. Er hatte allerdings irgendwann handgreiflich werden müssen, weil Schöntun und Versprechungen nichts fruchteten. Ja, nicht einmal Einladungen zum Tanztee im Café Mitterwallner brachten bei Renate den gewünschten Erfolg, und bald war Wolli auch aufgegangen, warum, denn auf dem Tanzboden des Mitterwallner hatte Renate nur Augen für diesen Brauerei-Kerl gehabt, der generell ziemlich begehrt schien. Die beiden hatten sich auch ein paarmal unterhalten und sogar miteinander getanzt. Nun gut, hatte Wolli gedacht, dann eben auf die harte Tour, und er war damit durchgekommen. Auf seine Drohungen hin hatte es Renate nicht gewagt, ihn auch nur mit einem Sterbenswörtchen anzuschwärzen.

»Du wirst schön den Mund halten«, hatte er ihr eingeschärft, »wenn du nicht willst, dass die Neuhausener mit dem Finger auf dich zeigen, wenn du die Kundschaft für deine Handarbeiten nicht verlieren und dein Wohnrecht auf dem Himmelberghof nicht einbüßen willst. Denn all das wirst du erleben, wenn du nicht spurst. Die gesamte Verwandtschaft und jeder einzelne Neuhausener würden sich wie die Bluthunde darauf stürzen, wenn es hieße: Renate wirft sich schamlos dem Brauereierben an den Hals. Sowieso treibt sie es mit jedem, der ihr in die Quere kommt. Nicht einmal vor einem Mitglied der Familie macht sie halt.«

Renate glaubte ihm, und daher war sie ihm zu Willen gewesen. Eine Zeit lang. Aber dann mehrten sich die Anzeichen dafür, dass sie ihm durch die Finger schlüpfen wollte. Sie begann nämlich – was Wolli nicht verborgen blieb –, sich um eine Lehrstelle zu bemühen. Wolli folgerte daraus, dass sie nach einem Sprungbrett suchte, von dem aus sie sich von den Neuhausenern und den Verwandten vom Himmelberghof wegkatapultieren konnte, und seien es nur ein paar Kilometer. Er ahnte, dass es ihr nicht leichtgefallen sein dürfte, den Traum von einem eigenen Handarbeitsgeschäft am Himmelberg aufzugeben. Aber offenbar war es ihr das Opfer wert. Renate würde sich ihm also langsam, aber sicher entziehen. Nun gut. Sollte sie. Er würde schon eine andere finden. Im Übrigen hatte er Renates zunehmende Niedertracht sowieso allmählich satt. Ständig widerfuhren ihm Missgeschicke: Brandlöcher in der Uniformjacke, aufgeschlitzte Fahrradreifen, Jauche in den Kampfstiefeln … Wolli zweifelte nicht daran, dass Renate hinter all dem steckte.

Gerda war in ihrem Abschnitt des Feldes erst zur Hälfte fertig, als Renate ihr zurief: »Ich hab's dann, ich geh heim.«

So schnell geht's bloß, wenn man schlampt, dachte Gerda.

Laut sagte sie: »So schnell geht's bloß, wenn man das Steckerl auf Armläng ans Gurkerl hält und von der Weiten einen Blick draufwirft.« Dabei fiel ihr gar nicht auf, dass Renate längst weg war und sie nicht mehr hören konnte. Als sie es bemerkte, fuhr sie zu sich selbst fort: »Bei so einer wichtigen Arbeit darf man nicht schludern. Man darf sich nicht beirren lassen, muss alles sorgfältig messen.«

Trotz (oder gerade wegen) Gerdas löblicher Arbeitsmoral wurmte es sie, dass Renate den gleichen Lohn einstreichen würde wie sie. Willis Nichten brauchten nämlich nicht umsonst zu arbeiten. Der Onkel zahlte fürs Gurkenmessen in barer Münze, und seine Frau Ella steuerte gewöhnlich noch eine Dropsrolle oder ein Tütchen Waffelbruch bei.

Früher hatte Gerda auch die Münzen in Süßigkeiten und in Brausewürfel umgesetzt. Doch seit einiger Zeit investierte sie jede einzelne in ein lebensgroßes Hochglanzplakat von Peter Kraus. Die Zeitschrift »Bravo« (bei Burgel am Tresen erhältlich) lieferte zuverlässig jede Woche ein Beiblatt mit einem Stückchen davon. Erst neulich hatte Gerda die berühmte Haartolle über der Stirn festgeklebt, der Rest des Gesichts fehlte noch.

»So«, sagte Gerda, »jetz is es geschafft. Und die Gurkerl, ja, die sind so weit. Die kann der Willi morgen schon einbringen.«

Als sie später am Himmelberghof in die Wohnküche trat, um ihren Lohn abzuholen, hing Renate über dem Ausguss und kotzte den Caro-Instantkaffee hinein, den sie soeben getrunken hatte.

»Gerti«, sagte Liesl in der Woche darauf zu ihrer Nichte, »nach der Schul musst gleich in den Laden runterkommen. Die Anna und der Sepp sind doch heut bei der Haushaltswarenausstellung, und ich muss dann auch fort.« Sie warf einen prüfenden Blick aufs Thermometer und fügte hinzu: »Mit viel Kundschaft is ja nicht zu rechnen bei derer Hitz. Aber einer muss parat stehn, falls sich doch wer einfind. Kannst ja die Schrauben sortiern und die Tontöpf abstaubn, damit dir net langweilig wird.«

Gerda war schon fast aus der Tür, als sie Liesl noch rufen hörte: »Vor Ladenschluss komm ich gwiss nicht heim, bin froh, wenn mir den Sechs-Uhr-Bus noch erwischen.«

Auf dem Schulweg nickte Gerda wissend vor sich hin. Es hatte längst die Runde gemacht, dass Liesl an diesem Nachmittag mit Renate nach Deggendorf zum Arzt fahren wollte. Fast eine Woche lang hatte sie zugesehen, wie ihre Tochter regelmäßig Instantkaffee auskotzte, bis Ella eines Morgens sagte: »Soll *ich* mit der Renate mal zum Doktor gehn?«

Das hatte Liesl offenbar auf Trab gebracht.

Aber was hatte sie so lange zögern lassen? Eine böse Ahnung, die in wenigen Stunden zur Gewissheit werden sollte?

»Hab ich mir ja gleich dacht«, sagte Anna Langmoser süffisant, als nach Liesls und Renates Rückkehr aus Deggendorf die Ursache für die Übelkeitsattacken feststand. »Hat man sich ja denken können.«

»So«, schnappte Liesl, »und kann man sich auch denken, wer das angricht hat?«

Da musste Anna passen.

Weil Renate auf die Frage, wer sie geschwängert habe, verstockt schwieg, nahmen Anna und Liesl (erstaunlicherweise einträchtig) Gerda ins Verhör. Aber Gerda konnte sich von allen am wenigsten denken, wieso Renate ein Kind bekam. Da wandten sich Anna und Liesl wieder der werdenden Mutter zu, und im Laufe der Woche eilte ihnen die ganze Verwandtschaft zu Hilfe.

Gerda hörte mit, wie Liesl flehend auf Renate einredete, wie Anna ihr drohte, wie Ella ihr schöntat, wie Max versuchte, ihr mit Vernunft beizukommen. Irgendwann tauchte sogar Wolli am Himmelberghof auf. Er begleitete Renate ins Dorf hinunter, weil Willis Sonntagsschuhe, die neu besohlt worden waren, vom Schuster abgeholt werden mussten.

Kaum waren die beiden zurück, tat Renate den Mund auf.

»Der Streusel Erwin war's«, sagte sie, »am Sonntag vor Peter und Paul is er aus seiner finstern Flez krochen, grad wie ich mich mit zwei Flaschen Bier fürn Großvater aufn Heimweg machn wollt. Der Erwin hat mir den Mund zughalten und hat mich ins Gebüsch zerrt. Ich hab überhaupt keine Luft mehr kriegt, und deswegen is mir schwarz vor Augen worden. Wie ich wieder zu mir kommen bin, is der Erwin fort gwesen.«

Liesl begann auf der Stelle, alle Qualen der Hölle »für Erwin, das Sauviech« heraufzubeschwören.

»Langsam, langsam«, mischte sich da die Austragsbäuerin ein. »Vielleicht hat die Renate die Gschicht erfunden, vielleicht auch nicht, aber eins is gwiss, der Vater von dem Kind kann der Erwin net sein.«

»Wie kannst denn so was daherreden?«, fauchte Liesl ihre Mutter an. »Woher möchst denn das wissen, warst dabei?«

»Am Sonntag vor Peter und Paul bin ich net dabei gwesen«, sagte die Austragsbäuerin darauf ernst, »aber 1938 war ich dabei, wie der Erwin auf Mainkhofen kommen is. Er hat damals zwei Möglichkeiten ghabt, der Erwin: kastrieren lassen oder vergast werden.«

Liesl presste die Lippen aufeinander.

In den folgenden Monaten wurde Renate immer mal wieder ins Gebet genommen, doch sie blieb stoisch bei ihrer Geschichte.

Das Kind der nun knapp siebzehnjährigen Renate kam im Frühling 1960 zur Welt und überführte den Schuldigen postwendend.

Renate hatte im Geburtenregister »Vater unbekannt«

eintragen lassen, aber jedem, der das Kind ansah, musste die Ähnlichkeit mit Wolli ins Auge springen.

Aus dem Steckkissen reckte sich ein spitzes Schnäuzchen, schwarze Knopfäuglein blinkten in einem dreieckigen Gesicht.

Wie so was bloß sein kann, sinnierte Gerda mit der Taufkerze in der Hand, das Kind is dem Wolli wie aus dem Gsicht gschnitten. Dabei is der Wolli gar net richtig verwandt mit uns. Der Max hat doch den Wolli bloß an Kindes statt angenommen.

Arglos schrieb sie die auffällige Ähnlichkeit von Renates Tochter und Wolli einer Laune der Natur zu. Der skandalösen Wahrheit sollte sie erst später auf die Spur kommen.

Anna Langmoser reagierte – wie viele andere eingesessene Neuhausener auch – blitzschnell. Falls überhaupt jemand aus Annas Generation eine Familienähnlichkeit in Betracht zog, weil er vergessen hatte, dass Wolli ein Adoptivkind war, sah er sich eiligst aufgeklärt.

»Hat doch die Ziefer ...«, murmelte Anna nach der Rückkehr von der Tauffeier beim Begutachten der neuen Kollektion von Schmortöpfen, unterbrach sich jedoch schnell und klappte den Mund wieder zu. Gerda hatte vom Sortieren der Flaschenverschlüsse aufgesehen und allzu offensichtlich zugehorcht.

»Ziefer« – dem Wort »Ungeziefer« entliehen – hatte nichts Gutes zu bedeuten. Es war ein übles Schimpfwort für leichtfertige Frauen (für die man den Ausdruck »Flittchen« als für zu geschmeichelt hielt), und ihre Mutter benutzte es eigentlich recht selten.

Gerda beugte sich wieder über die bunten Verschlüsse und hoffte, dass die Mutter ihre Anwesenheit vergessen und Selbstgespräche führen würde, wie sie es manchmal tat. Denn irgendetwas war ans Licht gekommen. Gerda konnte geradezu sehen, wie die Mutter darauf herumbiss. Es schien dabei um Renate, das Kind und den unbekannten Vater zu gehen.

So war es. Und Anna führte gründliche Selbstgespräche zu

diesem Thema. Doch ab jetzt achtete sie darauf, dass Gerda kein Sterbenswörtchen davon mitbekam.

Hat doch die Ziefer mit dem Böhmacken-Schlawiner umeinandergeranzt, sagte sie, ohne einen einzigen Ton zu produzieren. *Möchst ja net für möglich halten. Und keiner von uns hat was gspannt.*

In Gedanken ließ Anna vergangene Familienfeiern Revue passieren. Nein, Renate und Wolli hatten weder verräterische Blicke getauscht, noch hatten sie unterm Tisch gefummelt. Anna hätte das bemerkt – ganz gewiss.

Da ham sich die Richtigen zammtan, zwei ganz abgfeimte sind das, dachte sie ausnehmend missgestimmt.

Wollis offensichtliche Vaterschaft machte nämlich eine von ihren Optionen hinsichtlich Gerdas Zukunft zunichte.

Mit wachsendem Unmut hatte Anna beobachten müssen, dass sich Gerda und der für sie bestimmte Prinz, Gerhard Schwarz, im Lauf der Jahre kein bisschen nähergekommen waren.

»Es is, als wär einer für den andern Luft«, hatte sie oft heimlich gestöhnt und wohl oder übel begonnen, ihre Ambitionen herunterzuschrauben.

Wenn schon kein Prinz, dann aber wenigstens ein Ritter, hatte sie sich eines Tages gesagt und sofort damit angefangen, sich neu zu orientieren.

Leider waren nach dem Aussortieren von gewöhnlichen Arbeitern, einfachen Handwerkern, Bauersleuten und unbedeutenden Angestellten nur drei Kandidaten übrig geblieben: der Sohn vom Sparkassenfilialleiter (schlecht beleumundet, weil regelmäßig besoffen), der Junge vom Apotheker (von allen belächelt, weil dünn wie ein Spitzwegerichstängel) – und Wolli.

Wolli, hatte Anna widerwillig gedacht, war unbedingt in Betracht zu ziehen. Wenn auch kein Adonis, wirkte er in Uniform durchaus stattlich. Und – was wesentlich bedeutsamer war – Max, Wollis Adoptivvater, würde nicht nur dafür sorgen, dass Wolli seinen Weg machte, sondern auch etliche Immobilien und ein fettes Bankguthaben an ihn vererben.

»Vielleicht wäre Gerda mit Wolli recht gut beraten«, hatte Anna einer Fotografie zugeflüstert, die Gerda als Sechsjährige zeigte.

Und nun das.

Weil ihre Mutter kein Wort mehr entschlüpfen ließ und auch die restliche Verwandtschaft das Thema Renate-Kind-Vater in den kommenden Wochen aus ihren Gesprächen aussparte, vergaß Gerda die ganze Angelegenheit. Bis Anna bei einer Familienzusammenkunft anlässlich der Einweihung einer neuen Scheune am Himmelberghof (die Wolli einfach verließ, bevor der Pfarrer den Segen gesprochen und Weihwasser an das Tor gesprengt hatte) plötzlich rief: »Ja darf sich das Böhmacken-Gschwerl denn alles herausnehmen?«

Max verbat sich derartige Beleidigungen, erntete dafür jedoch vorwurfsvolle Blicke quer über den Tisch, die gleichzeitig eine eindeutige Aufforderung zum Ausdruck brachten.

Da blieb ihm nichts anderes übrig, als Wolli endlich ins Gebet zu nehmen.

Einige Zeit später erfuhr die Verwandtschaft, was dabei herausgekommen war.

»Was das anbelangt«, hatte Wolli gesagt, »bin ich längst nicht der Einzige, mit dem sie's in den Büschen trieben hat. Das Kind schaut mir gleich? Mag sein, aber es könnt grad so gut jedem andern Neuhausener gleichschaun.«

Max erklärte seinen Verwandten, er sehe keinen Grund, Wollis Aussage anzuzweifeln, und riet Liesl, besser keinen Wirbel um die Vaterschaft zu machen.

Liesl brach in Tränen aus. »Wie soll ich die zwei denn durchbringen von dem Lohn, was mir die Anna zahlt?«

Max sagte ihr Unterstützung zu.

»Aber«, meinte er, »in spätestens drei Monat muss sich die

Renate eine Arbeit suchen. Auf dem Hof is ja eh immer einer da, der ihr aufs Kind aufschaut.«

So kam es, dass Renate ab dem Peter-und-Paul-Tag des Jahres 1960 an einem Packband in der Strumpffabrik von Heinrich Kunert stand – sechs Tage die Woche, acht Stunden pro Tag. Ihr Kind lag währenddessen in einem Körbchen in der Wohnstube am Himmelberghof.

Im Herbst ersetzte Ella das Körbchen durch ein Ställchen. Am Weihnachtstag durfte Renates Tochter kreuz und quer durch die Stube krabbeln. Im kommenden Jahr, so um Christi Himmelfahrt herum, machte sie die ersten Schritte auf der Gred.

7

»Hast so ein gutes Abschlusszeugnis ghabt«, sagte Liesl, »zwei Einser und sonst lauter Zweier. Überall tätst mit so einem Zeugnis eine Lehrstell kriegen.«

Gerda nickte. Seit einem halben Jahr half sie nun ganztags im Laden ihrer Eltern, und ihr war klar, dass sich Liesl inzwischen große Sorgen um den eigenen Arbeitsplatz machte.

Was, wenn die Mutter letztendlich entschied, dass Gerda im Haushaltswarengeschäft Langmoser am besten aufgehoben war, weil sie es ja ohnehin irgendwann einmal übernehmen würde? Dann stünde Liesl auf der Straße. Und Anna wäre die Letzte, die sich darüber grämen würde.

Gerda wollte zwar Liesl keinesfalls um den Arbeitsplatz bringen, aber sie schreckte noch immer davor zurück, sich um eine Lehrstelle zu bewerben. Und ganz besonders schreckte sie davor zurück, womöglich eine in München antreten zu müssen.

Doch Tante Tina ließ nicht locker. Seit Monaten bedrängte sie Gerdas Mutter. »Anna, schick mir das Mädel her. Ich kann der Gerda bei Siemens eine Lehrstell im Büro verschaffn, wohnen kann sie bei uns. Das Mädel muss weg von Neuhausen. Willst du sie versauern lassn in dem Kaff?«

Anna schien unschlüssig.

Tina insistierte wöchentlich. Sie hatte die Austragsbäuerin auf ihrer Seite, die allerdings mehr um Liesls Arbeitsplatz fürchtete als um Gerdas Gefühlsleben.

»Nach München traust dich nicht, gell«, stellte Liesl jetzt fest. »Weil wenn dir da wirklich was dran liegen tät, dann hätt die Anna längst nachgeben müssen.«

Gerda nickte wieder.

»Die Burgel hat mir neulich erzählt«, fuhr Liesl fort, »dass beim Deggendorfer Arbeitsamt zwei Lehrstellen ausgschrieben sind.«

Gerda horchte auf.

»Zum einen«, erklärte Liesl, »suchens in der Nordsee-Halle

ein Ladenmädchen für Fisch und Delikatessen, zum andern tät der Herrenausstatter Bekkler eine Verkäuferin für Beinbekleidung einstelln.«

Plötzlich hielt sie sich die Hand vor den Mund und prustete. »Da wüsst ich aber jetz net, sollt ich dir die Fischschwänz antragn oder …«

»In einem Modegschäft täts mir schon gfallen«, sagte Gerda.

»Dann stell dich halt vor beim Bekkler«, drängte Liesl. »Steig aufs Radl, fahr auf Deggendorf runter und stell dich vor beim Bekkler.«

Es hörte sich so einfach an, dass Gerda gar nicht anders konnte, als Liesls Rat zu befolgen.

Tags darauf stand sie vor der Schaufensterfront des Herrenausstatters und fragte sich, ob sie nicht lieber wieder umkehren und nach Hause radeln sollte. Doch irgendwie zog es sie magisch hinein.

Frau Bekkler erwies sich als freundlich und umgänglich, führte Gerda durch das Geschäft und erzählte ihr von den Aufgaben, die bei Bekkler auf sie warten würden. »Du kannst am Ersten bei uns anfangen.«

Gerda schluckte. Damit hatte sie nicht gerechnet. Und was würde ihre Mutter dazu sagen?

Anna Langmoser schien hin- und hergerissen. Das Modehaus Bekkler erfreute sich eines hervorragenden Rufes. Die Deggendorfer Hautevolee ging dort aus und ein, betuchte Männer noch und noch. Doch denen sollte ihre Gerda an den Schritt fassen? – Nein.

Annas Konflikt löste sich auf, als sich herausstellte, dass ihre Tochter vorerst nicht am lebenden Objekt arbeiten würde. Wie eine Hose zu sitzen hatte, sollte Gerda an den Schaufensterpuppen lernen, die sie täglich neu einkleiden musste.

»Kind, du hast Geschick und auch Geschmack«, sagte Frau Bekkler bereits nach der ersten Arbeitswoche zu ihrem neuen Lehrmädchen, wobei der kreisrunde Schönheitspunkt auf ihrem linken Wangenknochen im Sog der hochgezogenen Augenbraue ein gutes Stück höher wanderte. Und sie nahm sich ein halbes Stündchen Zeit, Gerda persönlich zu unterweisen.

»Wir«, erklärte sie mit Nachdruck, »führen in unserem Geschäft nur beste Qualität! Hier bei uns findet der anspruchsvolle Kunde Beinkleider aus Tweed, Shetland und Merino. Ich will nicht näher auf die verschiedenen Stoffe eingehen, denn in der Berufsschule wirst du noch genug darüber lernen. Aber merk dir schon jetzt: Qualität hat ihren Preis! Und das muss dem Kunden im Verkaufsgespräch unbedingt verständlich gemacht werden. Der Kunde muss begreifen«, sprach sie eindringlich weiter, »dass er mit einer hochwertigen Hose aus unserem Geschäft am besten fährt.«

Während Frau Bekkler redete, hüpfte der Schönheitspunkt, flatterten die lila Augenlider, lockten die glänzend roten Lippen.

Qualität hin oder her, sagte sich Gerda, ich wette, niemand kann Frau Bekkler widerstehn.

Die Chefin führte sie indessen zu den Musterkatalogen und erklärte ihr die unterschiedlichen Schnitte diversester Beinkleider. Als Frau Bekkler ans Telefon gerufen wurde, beauftragte sie Gerda, sämtliche leeren Hosenbügel von den Ständern einzusammeln.

»Ich bin der Didi, erster Stock, Mäntel, Sakkos, Westen – drittes Lehrjahr. Und du bist unser neuer Lehrling. Hab dich letzte Woch schon gsehn, aber ich hab keine Zeit ghabt, dass ich mal runtergschaut hätt zu dir.«

Ein pickeliger Blondschopf in einem vornehmen Anzug samt geschmackvoller Krawatte streckte die Hand aus. Gerda ergriff sie und starrte ihn an.

Didi grinste. »Elegante Arbeitskleidung. Da legen die Bekklers ganz großen Wert drauf.« Er musterte sie von oben bis unten. »Du solltest dir einen von den modischen Plisseeröcken zulegen. Gelb tät dir gut stehn. Bei Krauth is so einer in der Auslag. Aber wart lieber noch, bis der Schlussverkauf angeht, das zahlt sich aus.« Didi vollführte eine reibende Bewegung mit Daumen und Zeigefinger und fuhr dann fort: »Also, wennst was zum Abschreiben brauchst, in Warenkunde oder Verkaufstaktik, dann kommst zu mir, ich hab alles auf Lager.«

Gerda hatte gerade noch Zeit zu nicken, da war Didi schon wieder verschwunden.

Nach Feierabend sah sie ihn auf eine blaue Vespa aufsitzen und davonfahren. Sie selbst bestieg gegen halb sieben den Linienbus, der neuerdings morgens und abends zwischen Deggendorf und Neuhausen verkehrte.

Als Gerda zwei Tage später nach Ladenschluss aus der Hintertür des Bekkler'schen Modehauses auf die Straße trat, hielt die Vespa neben ihr an.

»Steig auf, ich fahr dich heim«, sagte Didi.

Gerda wusste inzwischen, dass sein richtiger Name Dieter Schulze war. Die Bekklers redeten ihn mit »Herr Schulze« an. Die beiden anderen Verkäufer, die seit Jahren bei Bekkler angestellt waren, nannten ihn Didi. Offenbar wollte er auch von Gerda so gerufen werden.

»Steig auf«, wiederholte er.

Gerda wäre liebend gern mitgefahren, schüttelte aber trotzdem den Kopf. Ihre Mutter hatte Verhaltensregeln aufgestellt, die sich mit einer Fahrt auf der Vespa eines pickeligen Ladenlehrlings nicht unter einen Hut bringen ließen.

»Danke, Didi«, sagte sie, »nett gemeint, aber meiner Mama wär das nicht recht.«

Entschlossen steuerte sie auf die Bushaltestelle zu.

»Verstehe«, hörte sie Didi noch sagen.

Sie hatte ungefähr die Hälfte des Weges zurückgelegt, als die Vespa wieder neben ihr bremste.

»Magst vielleicht eine Stadtrunde mit mir drehn? Is ja noch fast eine halbe Stund Zeit, bis dein Bus geht.«

»Hm«, machte Gerda. Natürlich wollte sie. Sie wollte sogar sehr.

»Jetz steig endlich auf«, sagte Didi.

Das tat Gerda dann auch und legte die Arme um seine Taille. Ihre Mutter musste ja nichts davon erfahren.

Die Stadtrunden bürgerten sich ein. Abends, bevor ihr Bus abfuhr, ratterte Gerda oft mit Didi auf der Vespa durch die Stadt. Manchmal dehnte sich die Spritztour bis zum Donauufer aus.

Teil VI

1

Bedächtig verging das Jahr 1961. Gerda bediente die Bekkler'sche Kundschaft, feierte ihren sechzehnten Geburtstag und drehte mit Didi Stadtrunden. 1962 kam sie ins zweite Lehrjahr und feierte ihren siebzehnten Geburtstag.

Es war in Gerdas drittem Lehrjahr, als Didi (inzwischen festangestellter Verkäufer bei Bekkler) an einem sommerlichen Samstag nach Feierabend die Vespa auf einem winzigen flachen Sandflecken abstellte, an dem die Donau müde leckte. Der Flecken lag einsam hinter den letzten Häusern der Stadt, einen Steinwurf vom ersten der Felder entfernt, die sich zwischen Deggendorf und Metten erstreckten. Jahrzehnte später sollte an diesem Ort ein Campingplatz angelegt werden, in den Sechzigern schnüffelte dort nicht einmal ein Hund herum.

Didi ließ sich auf den Sandboden fallen. Gerda sah ihn erschrocken an. »Didi, du ruinierst dir die neue Anzughosn!« Gabardine, fügte sie in Gedanken hinzu.

»So ein bisserl Sand schad doch nix«, sagte Didi lachend und fegte mit der flachen Hand ein paar kleine Steinchen neben sich weg. »Komm, setz dich her zu mir.«

»Gwiss net«, antwortete Gerda und strich beschützend über die weißen Bahnen ihres weit schwingenden Rocks.

Daraufhin breitete Didi sein Taschentuch aus und schmeichelte: »Setz dich da drauf. Wirst sehn, es reut dich nicht. Im ganzen Landkreis gibt's kein behaglicheres Plätzchen als wie das hier. Die Donau plätschert, die Vögel singen, die Pappeln flüstern ...«

»Meinst?«, fragte Gerda und blickte sich um.

Sie sah ein Bündel verrotteter Äste in einem Wasserstrudel kreisen, hörte die Möwen schrill schreien und roch das Strandgut, das in Haufen vor sich hin faulte. Da sagte sie entschieden: »Bleib sitzen, Didi, lass dich net drausbringen. Ich geh rüber in die Mettnerstraß, da hält der Bus eh in einer Viertelstund.«

Didi stand seufzend auf. »Ohne dich is net halb so schön. Fahrn wir zurück in die Stadt.«

Er wirkte nachdenklich, als er am Busbahnhof von der Vespa stieg.

»Dank dir schön«, sagte Gerda, »bis Montag dann.«

»Ähm«, machte Didi.

Gerda sah ihn irritiert an. Didi hatte noch nie so zögerlich geklungen.

Er lächelte schüchtern. »Im Café Mitterwallner spielt a neue Musikband. Die ganze Stadt red von nix anderm. Der Trompeter heißts, blast rein wie der Louis Armstrong in seine besten Tag.« Didi unterbrach sich und studierte einen Augenblick lang Gerdas Gesicht. Offensichtlich ermunterte ihn, was er darin las, denn er sprach angeregt weiter: »Fünf Musiker sinds. Drüben am Mühlbach sinds miteinander aufgwachsen, erzählen die Leut. Ham sich damals ›Hafenbande‹ gnannt. Später solln sie sich eine Zeit lang aus den Augen verlorn ham, bis sie als Musikband wieder zammgfundn ham.«

Didi warf Gerda erneut einen forschenden Blick zu, fand sie anscheinend hinreichend interessiert und redete eilig weiter: »Den Trompeter nennen alle ›Stumpen‹, weil er's höchstens auf einen Meter fünfundsechzig bringt – mit Hut. Am Schlagzeug hockt ein Prackl von Mannsbild mit einem Gnack wie ein Stier. Kein Wunder, dass er Bulli grufen wird. Der mit der Gitarre nennt sich Sabe, und am Klavier sitzt der Anton. Das is der Bruder vom Trompeter-Stumpen.« Didi holte hastig Luft und fuhr auch schon fort: »Aber das Zugpferd von dem Ganzen is der Bandleader, der Saxophonist. Er schaut aus wie der Lex Barker und is Juniorchef von der Brauerei Keisling.«

»Den kenn ich«, rief Gerda.

»Freilich kennst den«, erwiderte Didi, bevor sie weitersprechen konnte, »der spielt ja in den Karl-May-Filmen den Old Shatterhand.«

»Den Juniorchef von der Brauerei Keisling kenn ich«, korrigierte sie ihn. »Er heißt Gerhard Schwarz. Früher is er oft in der Burgel ihren Laden kommen, aber jetz hab ich ihn schon lang nimmer gsehn.«

Didi sah sie listig an und sagte: »Wär's die Hafenband nicht wert, dass du morgen mit mir zum Tanztee ins Mitterwallner gehst?«

Die Band, dachte Gerda, ja, die ist es vielleicht wert, aber ganz besonders das Café Mitterwallner selbst.

Denn dort ging hin, wer dazugehören wollte. Dort trafen sich Georgetteröcke von Schötz und Organzakleider von Krauth, Polyesterplissees vom Kaufhaus Paul und selbst genähte Hängerchen von der Singer-Tretnähmaschine, Merinohosen von Bekkler und Synthetikhemden von Quelle am Sonntagnachmittag zum Tanztee.

»Ich tät wirklich gern mitgehn«, sagte Gerda aufrichtig, »aber ob's die Mama halt erlaubt …«

Sie sprach nicht weiter, weil der Bus nach Neuhausen soeben am Bürgersteig hielt.

»Am Sonntag um halb fünf wart ich beim Streuselwirt in Neuhausen auf dich«, rief ihr Didi zu, während sie einstieg.

Als Anna Langmoser hörte, dass der Brauerei-Erbe sonntags zwischen fünf und sieben im Café Mitterwallner zu finden war, gab sie Gerda die Erlaubnis, zum Tanzteenachmittag zu gehen, und lieh ihr für diesen Anlass sogar ihren Aquamarinanhänger.

»Weil der wirklich was hermacht.«

Gerda nahm das Schmuckstück dankbar an, entschied sich daraufhin für das (mit ihm harmonisierende) blaue Kleid und fand sich am Sonntag pünktlich um halb fünf vor dem Dorfwirtshaus ein.

Zwanzig Minuten später nahm sie auf einem süßlila Kunstlederstühlchen an einem runden Tisch Platz und begann alsbald, an einem rosa Plastikhalm zu nuckeln, der in einer Flasche KeiLimo steckte.

Der Trompeter stimmte ein herzzerreißendes »La Paloma« an, das sämtliche Petticoats an den Oberschenkeln der dazugehörenden Tanzpartner plattdrückte, aber kaum war der letzte Ton wie Kuchenguss dahingeschmolzen, zwang die Band mit einem schwungvollen »Marina, Marina« (Rocco Granata wäre von der Interpretation hingerissen gewesen) die Tanzpaare auf Abstand und brachte sie gleich darauf mit einem fetzigen »Sugar Baby« (Peter Kraus wäre neidisch geworden) komplett außer Atem.

Tanzpause.

Die Musiker ließen die Instrumente, wo sie waren, stiegen vom Podium und hielten auf einen ovalen Tisch am Panoramafenster zu.

Gerda beobachtete, wie sich der bullige Schlagzeuger und der Gitarrist auf zwei Cocktailstühle an der Wand lümmelten. Der Trompeter und der Klavierspieler setzten sich mit dem Rücken zur Tanzfläche. Gerhard Schwarz sah sich einen Moment lang prüfend um, dann schob er einen grün-gelb gestreiften Kunstledersessel so in Position, dass er von jeder Ecke des Raumes aus zu sehen war. Und auf diesen Platz komplimentierte er das schönste Mädchen, das Gerda je gesehen hatte.

»Carmen«, wisperte Didi, und in seinem Flüsterton schwang pure Devotion.

Gerda fokussierte Gerhards Begleiterin: Rotgoldene Haare, die sich üppig wellten, über die Wangen flossen und in die Stirn fielen. Pechschwarze Wimpern. Blutrote Lippen. Ein hübscher Busen unter Kunstseide. Schlanke Taille und lange, lange Beine.

Der Blick auf Carmens Beine verursachte Gerda einen schmerzvollen Stich in den Magen.

Wimpern konnte man tuschen, Haare konnte man färben und aufdrehen, Lippen konnte man anmalen, aber die Form und vor allem die Länge der Beine ließ sich mit nichts ausbessern.

»Eine Marilyn Monroe mit Flammenhaar«, seufzte Didi. »Ich wett, die Kerle täten sich prügeln um sie, wenn net der Platzhirsch alleinigen Anspruch auf sie erhoben hätt, und er lasst sie nimmer aus.«

Wie auf Kommando nahm Gerhard Carmens Hand in die seine. Die beiden steckten die Köpfe zusammen und flüsterten, bis sie vom Kellner unterbrochen wurden, der Carmen ein Sektglas voll Vanilleeiskugeln servierte. In der obersten Kugel steckte ein winziger Sonnenschirm aus Papier.

Damit hat er seine Flamme für die nächste Viertelstund am Tisch festgenagelt, dachte Gerda, als sie sah, dass Gerhard aufstand und, gefolgt von den restlichen Spielern, wieder aufs Podium zusteuerte.

Minna hatte mit ihrer Prognose beinahe recht behalten, Carmens Körper hatte sich fast tadellos entwickelt. Die Beine waren erfreulich in die Länge gewachsen, die Taille hatte sich schlank gehalten.

Unterm Pullover wirkte der Busen formvollendet, doch das war Mogelei. Carmen betrog ihr Publikum mit Hilfe einer Lage Schaumstoff. Die Natur selbst hatte sie nur marginal mit Brust gesegnet. Ihre vielversprechenden Rundungen waren im Ansatz stecken geblieben.

Carmens Haar wellte sich beneidenswert üppig und glänzend, doch das kostete viel Mühe. Die bezaubernde Frisur verlangte Spülungen mit Malzbier (des Abends), Lockenwickler (des Nachts) und eine halbe Flasche Taft (des Morgens). Und nicht ohne Grund winkten reihenweise festgeklebte Sechserlocken über Stirn und Wangen. Sie tarnten Myriaden von Sommersprossen, die frech durch die Puderschicht lugten.

Schwerer zu verheimlichen als jeder andere Makel war jedoch das peinliche Erbe des Vaters. Carmen konnte es nur verbergen, indem sie sich das Lachen untersagte, denn im Laufe nachpubertärer Transformationen hatte sich ihr Oberkiefer langsam zugespitzt und zwei enorme Vorderzähne produziert. Hätte Carmen richtig zu lachen gewagt, dann wäre sie statt mit Marilyn Monroe mit einem Hamster verglichen worden.

2

Nachdem Minna und Carmen im Herbst ’55 nach Plattling umgezogen waren, hatte sich Minna voll und ganz darauf konzentriert, die Zukunft ihres Kindes zu planen. Anmut gepaart mit der nötigen Bildung sollten Carmen weit bringen.

»Hoch hinaus«, sagte Minna ein ums andere Mal. »Ich will dich in den besten Kreisen verkehren sehen.« Nachdenklich fügte sie jeweils hinzu: »Ein bloßer Volksschulabschluss macht sich da wohl nicht so gut.«

Folgerichtig entschied sich Minna, als die Zeit dazu gekommen war, ihrer Tochter eine höhere Schulbildung angedeihen zu lassen. Mittlere Reife musste allerdings ausreichen (Carmen würde sich mit dem Stoff ohnehin schwer genug tun).

Leider gab es in Plattling nur eine Realschule für Knaben, diejenige, in deren Sekretariat Minna hockte und ihre Nase in jede Ritze, jede Fuge und vor allem in jede Akte steckte. Plattlinger Mädchen, die sich mehr als das kleine Einmaleins und mehr als einfache Rechtschreibregeln zutrauten, hatten (gegenläufig zu den Knaben) den Zug nach Deggendorf zu nehmen, wo man sie im Institut der Englischen Fräulein unterrichtete.

»Nonnen«, grummelte Minna, nachdem sie die Broschüre der Mädchenrealschule in Deggendorf eingehend studiert hatte, »frömmlerisch, kleinlich, engstirnig.« Sie konnte sich so gar nicht dazu überwinden, Carmen bei den Klosterfrauen anzumelden.

»Und überhaupt«, sagte sie zu ihrer Tochter, »ist Deggendorf ein unbedeutendes, rückständiges Kaff.«

Nach gründlichen Betrachtungen und Erwägungen entschloss sich Minna, die längeren Wege nicht zu scheuen und Straubing als Ort von Carmens Bildungsstätte zu wählen. Dort hockten zwar die Ursulinen in ihrem Kloster und zogen ganze Regimenter bigotter Weiber groß, doch das brauchte Minna nicht anzufechten, denn Straubing unterhielt (den Ursulinen zum Hohn) eine staatliche Mittelschule, die Mädchen und Jungen gemeinsam besuchten. Außerdem hatte die Bernauerstadt das Modehaus Hafner zu bieten und das Schuhhaus Tretter (was war das windige Kaufhaus Paul in Deggendorf dagegen?). In Straubing gab es ein Eisstadion und das berühmte Café Krönner, wo die legendäre Agnes-Bernauer-Torte gebacken wurde.

Straubing bietet dem Kind die richtige Atmosphäre, dachte Minna nach reiflicher Überlegung und entwarf etliche Strategien, die Carmen den Weg in die bessere Gesellschaft der Gäubodenstadt bereiten sollten.

Als Erstes staffierte sie ihre Tochter mit etlichen neuen Kleidungsstücken aus. Das nicht zu tun, sagte sie sich, wäre am falschen Ende gespart.

Im Grunde brauchte Minna überhaupt nicht zu sparen, denn sie bezog ein nettes Gehalt aus dem Plattlinger Kommunaletat, eine hübsche Hinterbliebenenrente aus dem bundesrepublikanischen Staatsetat und Zins mit Zinseszins aus dem Verkaufserlös vom Gugler-Hof.

Als Nächstes meldete sie Carmen zum Eislauftraining an.

Später, wenn der Schulunterricht einmal begonnen hatte, wollte sie dann weitere Maßnahmen ergreifen.

Im September 1957 war es schließlich so weit: Carmen fuhr morgens mit dem Sieben-Uhr-Bus von Plattling nach Straubing und kehrte mit dem Zwei-Uhr-Bus zurück. Nur mittwochs kam sie (wegen der Schulstunden am Nachmittag) mit dem Vier-Uhr-Bus heim.

Bereits im Oktober gestand sich Minna ein, dass es bisher keinen Unterschied machte, ob sich Carmens Schule in Straubing befand, in Deggendorf oder in Gugelöd. Denn der Weg ihrer Tochter führte beharrlich von der Bushaltestelle stracks ins Klassenzimmer und von dort wieder zurück.

»Hast du denn in Straubing noch keine Freundinnen gefunden?«, fragte Minna, und Carmen schüttelte den Kopf.

Offenbar traf sie – von zugeknöpften Lehrern einmal abgesehen – mit niemandem außer ihren Klassenkameraden zusammen, die etliche Cliquen gebildet hatten, von denen keine auf Zuwachs aus war.

»Die kennen sich halt alle von klein auf«, erklärte Carmen ihrer Mutter. »Neulinge finden da ganz schlecht Anschluss.«

Dem muss Abhilfe geschaffen werden, sagte sich Minna – sofort.

Am kommenden Sonntag nahm sie mit ihrer Tochter den Mittagsbus nach Straubing, flanierte mit ihr ein Stündchen durch die Gassen und setzte sich dann mit dem Töchterchen an einen Fenstertisch ins Café Krönner.

»Das behalten wir so bei«, sagte Minna bei Kaffee und Kuchen.

Sonntag für Sonntag belegten sie nun zwischen zwei und vier den Fensterplatz im Café Krönner. Punkt vier Uhr erhoben sie sich, schlugen den Weg zum Festplatz am Hagen ein, überquerten um vier Uhr zehn den Steg und umrundeten um vier Uhr fünfzehn die Eislaufbahn. Das Training selbst hatte leider aufgegeben werden müssen, weil sich Carmen schon in einer der ersten Übungsstunden den Knöchel verstaucht hatte, womit Minnas Traum vom Pas de deux sozusagen auf Eis lag.

Es wurde Frühling, und noch immer hatte sich aus Straubings guter Gesellschaft niemand gefunden, der Minna und Carmen gegenüber zu mehr als einer alltäglichen Floskel wie »Schöner Tag heute, wer weiß, wie lang das Wetter noch hält« bereit gewesen wäre.

Minna setzte neu an und brachte ihre Tochter im Kirchenchor und in der Laienspielgruppe unter. Das führte allerdings dazu, dass Carmen mit den Hausaufgaben in Rückstand geriet.

Da mahnte sich Minna zur Geduld.

»Lass uns stillhalten, bis du die Schule fertig hast«, sagte sie und meinte Carmen aufatmen zu sehen.

Das Stillhalten fiel Minna jedoch zunehmend schwerer. Deshalb begann sie bereits lange vor Carmens Abschlussprüfung (im zeitigen Frühjahr 1960), die Straubinger Stadtverwaltung mit Gesuchen, Zeugnissen, Lebensläufen und mit der Trumpfkarte »Kriegswaise« zu bombardieren, und zwar so vehement, dass Carmen zu gegebener Zeit von der Schulbank nahtlos auf einen Bürostuhl im Einwohnermeldeamt überwechseln konnte.

Als Carmen die Stelle antrat, gab ihr Minna folgende Worte mit auf den Weg: »Jeder Bürger, ob aus der Stadt oder draußen vom Land, muss irgendwann einmal beim Einwohnermeldeamt vorsprechen. Jeder, ob reich oder arm, ob Aristokrat oder Abschaum. Halt die Augen offen, Kind.«

Im Mai 1962 erschien Wolli-Mausgesicht (inzwischen vierundzwanzig Jahre alt) in der Stadtverwaltung, weil sein Ausweis abgelaufen war. Er hatte sich ein paar Monate zuvor in Straubing ein kleines Apartment gemietet (die Nachtbars dort hatten es ihm angetan) und galt deshalb als Straubinger Bürger.

Zwei Mädchen, die nächst der Pforte standen, kicherten verlegen, als er die Eingangstür öffnete, und gafften ihm nach, während er den Flur zur Passstelle hinunterging.

Wolli hatte sich mit den Jahren gewissermaßen gemausert. Seine Schnauze wirkte längst nicht mehr so spitz, weil über seine Wangenknochen sanfte Hügel gewachsen waren. Ein Kinnbärtchen lenkte den Blick vom Überbiss ab, und eine getönte Brille kaschierte die unsteten Äuglein.

Bei der Bundeswehreinheit von Bogen hatte es Wolli, nachdem er sich, kaum war der Grundwehrdienst abgeleistet, auf zwölf Jahre verpflichtete, inzwischen zum Feldwebel gebracht. Seither strahlte er Autorität und Selbstsicherheit aus. Eins fünfundachtzig groß, schlank, in grauer Hose und hellblauem Hemd, schritt er nun schneidig über das abgenutzte Linoleum im Flur des Einwohnermeldeamts. Am Ende des Gangs blieb er stehen, um sich zu orientieren. Murmelnd las er die Zuständigkeitsverweise an den Türen: »A bis K, K bis …«

»Kann ich Ihnen behilflich sein?«, fragte eine liebenswürdige Stimme hinter ihm.

Wolli drehte sich um und sah in ein Gesicht, das ihm so vertraut schien, als hätte er es seit seiner Kinderzeit Nacht für

Nacht im Traum gesehen. Und es war so schön, dass es ihm den Atem nahm. Er schluckte.

»Ich bearbeite die Anfangsbuchstaben K bis Z«, sagte Carmen und warf einen Blick auf den abgelaufenen Ausweis in seiner Hand. »Bei mir sind Sie richtig.«

Goldrichtig, fand Wolli und folgte ihr in ein winziges Büro. Dort füllte er den Antrag aus, den Carmen ihm reichte. Anschließend fragte er sie, wann sie Mittagspause hätte.

Carmen schaute auf die Uhr an der Wand, dann schaute sie Wolli an.

»Zwölf Uhr dreißig im Café Isabell«, sagte er.

Sie nickte sichtlich erfreut.

Agnes-Bernauer-Torte hin oder her, was die Klientel unter vierzig betraf, war dieser Tage das »Isabell« angesagt. Man saß dort in Cocktailstühlchen an Panoramafenstern, schäkerte mit dem Mann am Klavier und gab sich modern.

»Hhm«, machte Minna, »Feldwebel, hhm.«

Da fehlten ja wohl noch ein paar Streifen zu einem wirklich hohen Rang. Andererseits glaubte Minna fest daran, dass nirgendwo eine steilere Karriere möglich war als bei der Armee.

Der Soldat soll seine Chance bekommen, dachte sie.

Sie wollte ihn keinesfalls in Bausch und Bogen ablehnen, wie sie es bei dem Kfz-Mechaniker gemacht hatte, mit dem Carmen ins Kino gegangen war, und mit den drei oder vier anderen Burschen, die an Carmen Interesse bekundet hatten.

»Bring ihn her«, sagte Minna zu ihrer Tochter.

An Carmens achtzehntem Geburtstag deckte sie den Kaffeetisch für drei Personen und wartete gespannt darauf, dass es drei Uhr schlug.

Wolli erschien pünktlich auf die Minute. Er überreichte Minna einen Strauß Nelken und Carmen eine Silberbrosche in Schmetterlingsform. Dann setzte er sich auf den Stuhl am Tisch, den Minna ihm zuwies, und begann Süßholz zu raspeln.

»Dieser Wolli«, flüsterte Minna später in Carmens Ohr,

»scheint mir nicht von schlechten Eltern. Den halten wir uns warm.« Wehmütig dachte sie an diesem Abend an alte Zeiten in Majdanek, als sie und ihr verstorbener Mann noch jung gewesen waren. Wollis Erscheinung erinnerte sie ein bisschen an ihn. Wie das Schicksal manchmal doch spielte!

Minna erlaubte ihrer Tochter, mit Wolli auszugehen, wann immer Carmen von ihm dazu aufgefordert wurde, gab ihr jedoch strenge Worte mit auf den Weg: »Merk dir eines, mein Kind, so heftig der Gockel auch balzt, ranlassen darfst ihn erst, wenn er den Trauschein unterschrieben hat.«

Carmen nickte gehorsam, doch in diesem speziellen Fall genügte Minna das nicht. »Schwör's mir«, verlangte sie. »Schwör mir, dass du deine Jungfräulichkeit mit Zähnen und Klauen verteidigst.«

Gefügig wie immer, tat Carmen, wie ihr von Minna geheißen, doch diesmal geriet sie beträchtlich in die Zwickmühle damit. Es erwies sich als schier unmöglich, Wolli einerseits auf Distanz und andererseits bei Laune zu halten.

Heut oder nie, sagte sich Wolli am Morgen eines heiteren Sonntags im Juli 1963. Wenn ich sie heut wieder nicht rumkriege, kann sie mir endgültig gestohlen bleiben.

Bei Carmen hatte er ohnehin schon außergewöhnlich viel Geduld aufgebracht – mehr als je bei einer Frau zuvor. Carmen hatte etwas, das ihn unwiderstehlich anzog. Deshalb wollte er noch eine letzte, absolute Anstrengung machen.

Ich muss ihr was bieten, was sie scharfmacht, überlegte er durchtrieben grinsend, dann komm ich zum Zug, was das anbelangt. Das Grinsen verging ihm, als ihm einfiel, was die Mädchen im Landkreis (und darüber hinaus) dieser Tage scharfmachte. Von Pfarrkirchen bis St. Engelmar, von Vilshofen bis Dingolfing hatte sich herumgesprochen, dass im Café Mitterwallner eine Band spielte, die die Damenwelt heißlaufen ließ.

Himmel, Arsch und Zwirn, knirschte Wolli. Er hätte das Pflaster dort lieber noch eine Weile gemieden (speziell das

Tanzcafé – wo er ja ziemlich oft mit Renate gewesen war –, aber auch den ganzen verdammten Bezirk zwischen Deggendorf und Neuhausen). Er war schon nahe daran, den Plan zu verwerfen, sagte sich dann jedoch hochnäsig, dass ihm ja wohl schnurzegal sein könne, woran sich dieses Deggendorfer und Neuhausener Gesocks seine dummen Schnäbel wetzte.

In den vergangenen drei Jahren hatte er sich überwiegend von der Gegend ferngehalten. Denn seit auf dem Himmelberghof ein spitzmäuliges kleines Wesen aufwuchs, verhielten sich Nachbarn und Bekannte, insbesondere aber die Verwandtschaft – einschließlich Ziehvater Max – ziemlich kratzbürstig. »Angepisst« nach Wollis jetzigem Sprachgebrauch.

Ein guter Grund, sich in Richtung Landkreis Straubing-Bogen zurückzuziehen, wo Wollis Bundeswehrstandort lag, der sich ohnehin als eine Heimat nach seinem Geschmack entpuppt hatte. Nach dem zügigen Aufstieg zum Feldwebel hegte Wolli seit einiger Zeit die Hoffnung, eines Tages den Unteroffizierslehrgang erfolgreich zu absolvieren.

Wenn das verflixte Bruchrechnen nicht gewesen wäre, hätte er reelle Chancen gehabt.

Am Nachmittag jenes heiteren Sonntags im Juli 1963 parkte Wolli vor dem Mehrfamilienhaus in Plattling, in dem Minna und Carmen wohnten, und hielt galant die Beifahrertür seines VW Käfer auf, als Carmen aus dem Haus trat. Minna stand oben am Fenster und winkte herunter. Er winkte zurück. Dann setzte er sich hinters Steuer und kurvte über die schmale Landstraße nach Deggendorf.

Während er zwei Runden um den Deggendorfer Stadtplatz drehte, um sich letztendlich für einen Parkplatz direkt vor dem Café zu entscheiden, malte er sich aus, wie ihm Carmen nach dem Tanztee zu Willen sein würde.

Hatte er nicht auch bei Renate für einen Nachmittag im Mitterwallner Zugeständnisse herausgeholt, die es ihm irgendwann ermöglichten, aufs Ganze zu gehen? Dabei hatte es damals noch nicht einmal diese Hafenband gegeben, die angeblich sämtliche Mädchen verrückt machte.

Wolli hatte vor, Carmen nach einem schmalzigen »Sag mir quando, sag mir wann« oder einem pappig-süßen »Wir wollen niemals auseinandergehn« in die Isarauen zu entführen. Dort, an einer Flussbiegung hinter dem Dörfchen Pielweichs, kannte er ein idyllisches Plätzchen mitten in einem Ring seufzender Pappeln. Unter diesen Pappeln hatte er vergangenen Sommer ein paar Schäferstündchen mit einer Schwesternschülerin vom Bezirkskrankenhaus Mainkhofen verbracht. Im Herbst hatte sie eine Stelle beim Klinikum Haar angenommen und war nach München gezogen. Wolli hatte seinem Schöpfer dafür gedankt, denn er war ihrer längst überdrüssig geworden. Inzwischen hatte er vergessen, wie sie hieß und wie sie aussah. Die Stelle unter den Pappeln jedoch hatte er sich gemerkt.

Wolli verwandelte das anzügliche Grinsen, das sich wieder um seine Schnauze ausbreiten wollte, in ein liebenswürdiges Lächeln und öffnete die Eingangstür zum Café Mitterwallner, ohne zu ahnen, dass jenes Plätzchen unter den Pappeln an diesem Sonntagabend nicht auf ihn zählen konnte.

Der Juniorchef der Brauerei Keisling setzte gerade das Saxophon ab, als Carmen eintrat. Bei ihrem Anblick verpasste er prompt den nächsten Einsatz, was Bulli völlig aus dem Konzept brachte. Geistesgegenwärtig sprang Ulrich mit seiner Trompete ein und gab einige riskante Variationen zu der Textzeile »Weiße Rosen aus Athen, sagen dir, komm recht bald wieder« zum Besten. Weil Gerhard daraufhin immer noch wie vom Blitz getroffen dastand, schleifte Ulrich die letzten Klänge sechzehn Takte lang über die Tonleiter. Dann kündigte er atemlos eine längere Pause an.

Inzwischen war sich Gerhard darüber klar geworden, dass er mit dieser umwerfenden Flammenhaarigen – Begleiter hin oder her – auf der Stelle anbandeln musste. Er trat auf sie zu und stellte sich vor.

»Gerhard Schwarz, Juniorchef der Brauerei Keisling.«

Keisling! Sogar im Café Krönner und im Café Isabell in Straubing stand KeiLimo auf der Getränkekarte. Keisling, das war ein Name, den man kannte; ein Name, der was hermachte.

Minna hatte viel Zeit und Mühe darauf verwendet, Carmen zu konditionieren; jetzt sollte sich die Wirkung dessen zeigen.

Carmen horchte auf, wandte Wolli den Rücken zu und ließ sich von Gerhard an den Tisch führen, der stets für die Band reserviert war.

Wolli stand indessen verdattert bei der Eingangstür, bis ihm aufging, dass er soeben abserviert worden war. Da lief seine Schnauze dunkelrot an. Wie konnte ihn Carmen einfach stehen lassen und dem Saxophonspieler nachlaufen? Sie gehörte ihm. Er hatte eine Menge in sie investiert!

Ulrich hockte auf der Kante des Podiums und schlürfte KeiLimo durch einen rosa Plastikstrohhalm (eine Aufmerksamkeit des Hauses für die Band). Nebenbei betrachtete er Wolli, der sich, seit er mit Carmen eingetreten war, nicht von der Stelle bewegt hatte. Einen Moment lang war Ulrich so, als käme ihm das Gesicht des Burschen bekannt vor.

Unsinn, sagte er sich nach einer Weile, was einem an dem bekannt vorkommt, ist der Haarschnitt. Der Kerl muss ein Kommisskopf sein.

Daraufhin veränderte Ulrich seine Position und schaute zu Gerhard und Carmen hinüber.

»Von der ganzen Schmachterei beschlägt ja gleich das Panoramafenster«, gluckste er.

»Wenn das Ratzengfries von Kommisskopf ein Hirn hätt«, drang Sabes Stimme von hinten an sein Ohr, »bloß ein bissl was von einem Hirn, dann könnt ihm das Hirn – was er halt net hat – sagn, dass er bei seiner Holden ausgschissen hat. Und außerdem könnt ihm das Hirn – was er eben net hat – noch ratn, dass er sich verzupfen sollt, und zwar mit Karacho.«

Ulrich nickte. Ja, ein strategischer Rückzug seitens des Unterlegenen würde die Situation am elegantesten bereinigen. Aber der Kommisskopf schien vor Wut überzukochen.

Ulrich dachte einen Moment über Intervention nach, gelangte jedoch zu dem Ergebnis: »Tät andererseits auch gar keen Erfolg bringen, wenn man den Gerhard weglotsen mecht von der goldgelben Kringelmaus.« Er hätte selbst nicht sagen können, weshalb ausgerechnet jetzt der schlesische Dialekt wieder in ihm hochkam.

»Der Gerhard hat bombenfest anbissen«, stimmte Sabe zu.

Ulrich nickte. »Und der Kommisskopf mecht gwisslich nicht kapituliern.«

»Den machen mir platt«, kam es von Bulli.

»Wär besser, der Gerhard käm zur Vernunft und tät den Feldzug auf später verlegen«, sagte Ulrich, das Schlesische vorerst wieder fallen lassend.

Womöglich hätte Gerhard Schwarz sogar – von Wolli freundlich darauf hingewiesen – dessen ältere Rechte für den Moment anerkannt, wäre in Richtung Bühne abgezogen und hätte seine Leidenschaft ins Saxophon geblasen.

Aber dummerweise schlug Wolli einen Kasernenhofton an: »Bursche, verschwinde, und zwar im Sturmschritt.«

Gerhard wischte Wollis Gekläff mit der linken Hand weg, wie er eine umherschwebende Staubfluse weggewischt hätte, und versenkte seinen Blick noch tiefer in Carmens Augen.

Ulrich seufzte und brachte die noch halb volle Flasche KeiLimo unter dem Bühnentreppchen in Sicherheit. »Mecht er unsern Gerhard gleich knuffen, der Kommiss-Stiefel.«

Bullis grinsendes Gesicht erschien von links. »Solln wir ihn zerlegn?«

Präventivkrieg?, fragte sich Ulrich.

Doch dafür war es schon zu spät.

Wolli trat gegen den Stuhl, auf dem Gerhard saß.

Gerhard stieß, ohne sich umzusehen, seinen Ellbogen in die Richtung, aus der der Tritt gekommen war, traf allerdings ins Leere, weil Wolli einen Schritt nach hinten gemacht hatte.

Wolli rückte wieder näher und versuchte, Carmen am Arm zu packen. Das trug ihm von Gerhard einen Nasenstüber ein.

Nie hätte Ulrich damit gerechnet, dass Wolli darauf brutal mit dem rechten Knie antworten würde, das punktgenau auf Gerhards empfindlichste Stelle zielte.

Einen Augenblick später wand sich Gerhard unterm Fensterbrett.

Wolli hakte Carmen unter und floh mit ihr.

Weit kam er allerdings nicht.

Am Ausgang lächelte ihm Bulli entgegen. Neben ihm hatten sich Sabe, Ulrich und Anton in einer geschlossenen Reihe aufgestellt. Sie blickten ernst. Vier gegen einen. Was blieb Wolli da anderes übrig, als die Beute dem Feind zu überlassen und Fersengeld zu geben.

Ulrich sah ihm mit einiger Besorgnis hinterher. »Mecht besser gwesen sein, der Gerhard hätt den Goldhamster dem Kommissratz überlassen.«

»Meinst, der traut sich noch mal her, der Senkel mit dem Ratzengfries?«, fragte Bulli. »Die zwei Grabscheitel von Vorderzähn, die wo der hat, die tätn anständig krachn, wenn ich ihm in die Fressen reindresch«, setzte er prahlerisch hinzu.

»Der Kerl mecht gewisslich nicht am helllichten Tag herkommen«, überlegte Ulrich laut. »Aber er wird auf Rache sinnen.«

Leider lag Ulrich damit richtig.

»Dem wern mir schon ordentlich auf die Finger haun, dem Feldratz«, erwiderte Bulli.

Da musste Ulrich lachen. Bulli war in seinem Element. Endlich gab es nun wieder etwas, das es zu verteidigen galt. Früher hatte es sich um einen Haufen Ziegelsteine, manchmal auch um eine verrostete Blechbüchse gehandelt – jetzt war es ein Fang, den der Chef persönlich beanspruchte.

Auf in den Kampf. Die Hafenbande meldete sich endgültig zurück.

3

Der Reinkarnationsprozess der Hafenbande hatte Ende 1962 im Keller der Brauerei Keisling begonnen, nachdem Ulrich die einstigen Gefährten Bulli und Sabe nach dem Abschluss der Mittelschule gänzlich aus den Augen verloren hatte. Selbst mit Gerhard war er in den vergangenen zwei oder drei Jahren kaum noch zusammengetroffen.

Seither hatten sich Bulli und Sabe mehr schlecht als recht bei Heizung-Sanitär-Wankel gehalten. Mit tätiger Hilfe ihres Handwerksmeisters (der wohl darauf hoffte, sie damit endlich loszuwerden) bestanden sie die Prüfungen für den Gesellenbrief im dritten Anlauf.

Gerhard vertrieb indessen fleißig KeiLimo, Keislinger Apfel-Orange und KeiPep. Er begann, nach Geld und Einfluss zu riechen, verkehrte mit den Steinbruch-Blaumeiers und den Herrenmoden-Bekklers.

Ulrich hockte in den Jahren '56 und '57 im technischen Büro der Deggendorfer Werft vor einem Zeichentisch und kopierte Bauteile aus Maschinenplänen. Zwischen den einzelnen Zeichenschritten wehte ihn manchmal ein Zerrbild an, das er lange nicht einordnen konnte. Das Bild erschien immer dann, wenn der Bürochef einen der Zeichner anschnauzte und ihn großtuerisch zur Schnecke machte, wenige Augenblicke später aber kleinlaut und kriecherisch vor dem Geschäftsführer buckelte.

Als jener Bürochef eines Tages verkündete: »Ein Deutscher hat stets Linientreue zu beweisen«, zeigte sich das Bild plötzlich gestochen scharf.

In Ulrichs Kopf blitzte überdeutlich ein Name auf: »Führertreu.«

Nee, dachte Ulrich, sie wern gewisslich nicht aussterbn, die Linientreuen.

Und er fühlte sich irgendwie fehl am Platz.

Es war im dritten Lehrjahr, als Ulrich seine Nase über das Gros der technischen Zeichner hinauszurecken begann.

Die indische Regierung hatte in jenem Sommer an die deutsche Firma »Linde Eis- und Kältemaschinen« den Auftrag vergeben, den Subkontinent mit Kühlhäusern auszurüsten, und die Deggendorfer Werft sollte für das Projekt überdimensional lange, kurvig verlaufende Röhren fabrizieren.

Den halben Oktober lang tüftelte und knobelte das oberste technische Triumvirat an der entscheidenden Frage herum, wie es wohl gelingen könnte, kurze Rohrstücke zu einer Riesenschlange zu vereinigen.

Ulrich kam spontan eine recht einfache Lösung in den Sinn, die er allerdings erst wochenlang mit sich herumtrug.

Als der Liefertermin näher rückte und immer noch Hunderte von fertig zugeschnittenen Stahlplatten auf den Geistesblitz warteten, der sie verbinden sollte; als sich die Sorgenfalten auf der Stirn des verantwortlichen Diplom-Ingenieurs täglich vertieften, begann Ulrich mit Platten aus biegsamem Weißblech zu experimentieren. Schnell fand er bestätigt, dass sich seine Idee tatsächlich verwirklichen ließ.

Endlich klaubte er seine Courage zusammen und bat den Ingenieur um einen Moment seiner Aufmerksamkeit. Unter den wachsamen Augen des Fertigungsleiters rollte Ulrich eine Blechtafel in Kegelform und steckte das spitze Ende einem herumliegenden Rohrstück ins offene Maul. Als er die Hand zurückzog, öffnete sich die Spitze des Kegels, und das Blech schmiegte sich innig an seine Ummantelung.

Der Diplom-Ingenieur pfiff durch die Zähne, und selbst Firmentreu, wie Ulrich den Bürochef nannte, seit ihn die Erinnerung an Führertreu überfallen hatte, schnaubte anerkennend.

Eiligst formte man Trichter aus den Stahlplatten, um sie sodann ineinanderzustecken, und war dank Ulrichs Vorschlag in der Lage, termingerecht praktisch nahtlos verbundene Rohrschlangen für die indischen Kühlhäuser zu liefern.

Wenige Tage nachdem der Auftrag erledigt war, sagte der

Diplom-Ingenieur fast beiläufig zu Ulrich: »Bub, du hast Grips. Schad um dein Talent. Warum schreibst du dich nicht am Polytechnikum ein? Kannst auf mich zählen, wenn du Rückhalt brauchst.«

Der kleine Anstoß genügte, um Ulrich vorwärtszukatapultieren.

Beherzt atmete er eines Abends tief durch und sagte zu Vater Scheller: »Mechtens mir bei der Werft ein sehr gutes Zeugnis ausstelln. Kennt ich am Poly in München weiterstudiern, meint der Diplom-Ingenieur.«

Dann hielt er die Luft an, während sein Ansinnen über dem Küchentisch hing.

Was, wenn der Vater »Flausen« sagte und »Hirngespinste«, was, wenn er die Unterschrift auf dem Anmeldeformular verweigerte, das bereits in Ulrichs Tasche steckte?

»Mecht dir nich eener was in Weg legen, wo nich eener behaupten kann, du hättest keen Grips nich«, beschied ihm der Vater.

Ulrich ließ die Luft aus seinen Lungen strömen.

Aber Vater Scheller war noch nicht fertig. »Musst dir aber alleene durchwurschteln. Kann nich eener sein Leben lang seine Brut unterstitzen, bis er in die Kiste fällt.«

Sich durchzuschlagen, fürchtete Ulrich, würde nicht so ganz einfach werden. Es galt eine Unterkunft in München zu finden (oder wenigstens in der näheren Umgebung der Landeshauptstadt) und zudem eine Einkommensquelle, die es ihm erlaubte, Kost und Logis zu bezahlen.

Die billigste Unterkunft, die der Annonceteil der »Süddeutschen Zeitung« hergab, fand sich im ehemaligen Chauffeurhäuschen eines Starnberger Herrengutes, das von den reichen Besitzern günstig vermietet wurde. In diesem Schuppen wohnte eine quirlige Argentinierin mit ihren fünf Kindern.

Ulrich zog bei ihnen ein.

Mitten im Gewirr spanisch-deutscher Wortschöpfungen

und französisch-amerikanischer Melodien ackerte sich Ulrich durch Dubbels »Taschenbuch für den Maschinenbau«, Maiers »Grundlagen der Elektrotechnik« und Göldners »Leitfaden der technischen Mechanik«, während ihn die Laute, die dabei unablässig an seine Ohren drangen, allmählich zu behexen begannen.

Mutter Marietta sang ihre Lieblingshits beim Kochen, beim Waschen, beim Fegen und beim Pinkeln. Ihr Jüngster blies auf Kämmen und trommelte auf Blechschüsseln. Ihr Zweitältester hatte eines Tages irgendwo ein rachitisches Schifferklavier akquiriert und spielte inzwischen geradezu virtuos darauf. Mariettella, die einzige Tochter, hatte es beizeiten zu einer Konzertgitarre gebracht. Was sie damit anstellte, war hörenswert. Mariettas Zweitjüngster besaß eine Flöte, ihr Ältester eine Klarinette.

»Dio mio!«, schrie seine Mutter, wenn er damit loslegte. »Er spielen es so gut, vieles besser wie Glenn Miller – tranquilo en la mano de Dios.«

Mariettella pflegte daraufhin ernsthaft zu nicken und hinzuzufügen: »Er ist besser als Benny Goodman und Jimmie Lunceford.«

Ulrich fand das auch, obwohl ihm Lunceford bisher kein Begriff gewesen war, und seine Augen wurden täglich größer und runder vor Verlangen. Den Geschwistern entging das nicht, und sie fingen an, ihn zu unterrichten, weswegen Ulrich schnellstens Geld für ein eigenes Musikinstrument zurücklegen musste.

Bisher hatte er drei Nachmittage pro Woche bei einer Zulieferfirma von Klein & Klein gearbeitet, um seinen Lebensunterhalt bestreiten zu können. Nun weitete er seine Schicht auf die Abende aus. Als der Tag kam, an dem er sich für zweihundert Mark eine Trompete leisten konnte, glaubte er, mittlerweile Millionen winziger Kupferstäbchen aneinandergelötet zu haben.

Bald hatten im Chauffeurhaus Swing und Dixie das Sagen.

Als er in den Weihnachtsferien 1961 nach längerer Zeit – regelmäßige Bahnfahrten hätten sein Budget schneller aufgefressen, als es mit dem Lötkolben aufzufüllen gewesen wäre – einmal wieder für ein paar Tage nach Deggendorf kam, erzählte ihm Anton, er habe Gerhard Schwarz, den ehemaligen Bandenchef, Saxophon spielen gehört: »Einsame Klasse.«

Ein bisschen neidisch war Ulrich damals schon gewesen, als er hörte, dass Gerhard zum Abschluss der Mittelschule von seinem Onkel Keisling ein Saxophon geschenkt bekommen hatte mitsamt einem Gutschein für zwei Unterrichtsstunden pro Woche. Aber so lief es halt, einige waren privilegiert, andere nicht. Die Scheller-Jungen hatten sich immer, wenn sie Musik machen wollten, mit selbst gebastelten Instrumenten begnügen oder sich eines ausleihen müssen. Dabei zeigten sie auf musikalischem Gebiet erstaunliches Talent. Ulrich noch mehr als Anton. Einfache Melodien meisterte er – ob auf einer Geige, einem Akkordeon oder einem Blasinstrument – schon nach wenigen Minuten, und seit ihn die Argentinier inspirierten, hatte er sozusagen ein autodidaktisches Wunder vollbracht.

Anton konnte da nicht mithalten. Ihm kam jedoch die enge Freundschaft mit einer gut gestellten Deggendorfer Bürgerstochter zupass, in deren Elternhaus ein Flügel stand, auf dem er inzwischen recht hörenswert spielte. Wenn Anton sagte, Gerhards Darbietungen auf dem Saxophon seien »einsame Klasse«, dann musste es der ehemalige Chef der Hafenbande zu einiger Perfektion gebracht haben. Ungestüm zog es Ulrich zur Brauerei Keisling, wo sich Gerhard im Keller einen Raum eingerichtet hatte, in dem er musizierte. Mitsamt seiner Trompete machte er sich auf den Weg, kehrte jedoch auf Höhe der Pferdemetzgerei Fenzl wieder um.

Sachte, sagte er sich. Gut Ding braucht Weile. Nichts überstürzen. Lentamente. Sosehr er auch darauf brannte, Gerhard spielen zu hören, sowenig wollte er sich mit dem eigenen Spiel vor ihm und eventuellen weiteren Zuhörern blamieren. Deshalb zwang sich Ulrich zur Geduld. In Gerhards Musikkeller würde er erst auftauchen, wenn er noch etwas mehr vorzuweisen hatte.

Bis zu den Osterfeiertagen übte er nun täglich mit den Argentiniern.

Am Karsamstag nahm er den letzten Zug nach Deggendorf und gab am Ostermontag im Keisling-Keller »In The Mood« zum Besten. Bei »Take The A-Train« setzte Gerhard mit dem Saxophon ein. »Goody Goody« spielten sie, als hätten sie das Stück gemeinsam komponiert.

Anton saß an dem alten Klavier, das neben einem gut erhaltenen Schlagzeug in Gerhards Kellerstudio stand, und klimperte, was ihm harmonierend dazu erschien.

In den Spielpausen redeten sie von alten Zeiten. Gegen Mitternacht meinte Ulrich: »Es könnt ja aus der Hafen*bande* eine Hafen*band* werdn.«

»Als Band vor Publikum auftreten, ja, das wär bärig«, antwortete Gerhard.

Anton schüttelte den Kopf. »Als ob der Sabe oder der Bulli ein Instrument spielen könnten.«

»Fragn kost nix«, sagte Ulrich.

Da stimmten ihm die beiden anderen zu, und sie entschieden einhellig, nach Bulli und Sabe zu fahnden. Die Recherchen mussten allerdings Gerhard und Anton allein übernehmen, weil Ulrich anderntags in den Hörsaal zurückzukehren hatte.

Anton hatte nach seinem Mittelschul-Abschluss eine Lehre als Versicherungskaufmann durchlaufen und arbeitete seither in einer Deggendorfer Agentur. Im Übrigen hatte er noch immer die »Dame mit dem Flügel« zur Freundin, die gleichzeitig die Tochter seines Chefs war. Die beiden begannen allmählich Heiratspläne zu schmieden. An Samstagabenden gingen sie meist zusammen aus, besuchten mal dieses Lokal, mal jene Kneipe in der Stadt. So kam es eigentlich gar nicht von ungefähr, dass Anton eines Samstags (es war im Weißbräustüberl) auf Sabe stieß. Überraschend war allerdings zu erfahren, dass der frühere Gefährte eine Gitarre besaß (es empfiehlt sich, nicht nachzufragen, woher sie kam), auf der er zu allen möglichen Radiosongs mitklimperte.

Gerhard traf Bulli eines Nachmittags mit einer Fischsemmel in jeder Hand vor der Nordseehalle. Leider stellte sich heraus, dass Bulli musikalisch ebenso unterbelichtet war wie in allen anderen Fachbereichen.

»Kein Grund, die Flinte ins Korn zu werfen«, schrieb Ulrich auf einer Postkarte (mit dem Münchner Kindl auf der Vorderseite) nach Deggendorf, »setzt ihn ans Schlaginstrument.«

Bulli ergriff begeistert die Trommelschlegel und begann, die Rindshaut zu traktieren. Gerhard klopfte den Rhythmus, den Bulli übernehmen sollte, geduldig auf den Steinfußboden.

Nach einiger Zeit schüttelte Anton den Kopf. »Hoffnungslos.«

Sabe nickte. »Sackgasse.«

Sie hockten bedrückt herum und ließen sich von Bulli peinigen.

Gerhard flehte Gott um ein Wunder an. Anton flehte Bulli an, aufzuhören. Aber Bulli trommelte wie toll, bis Gerhard eine Runde Keisling-Bock ausgab.

Als jedoch Ulrich am Pfingstsamstag nach Deggendorf kam und direkt vom Bahnhof zum Keisling-Keller eilte, konnte er im Brauereihof bereits hören, dass Bulli begriffen hatte, wozu ein Schlagzeug dient.

»Er hat's raus!«, brüllte Ulrich, während er die Tür zum Studio aufriss. Eins, einszwei, einszweidreivier, eins, einzwei, bumbumbumbum!

»Ja, er hat's«, röhrte Gerhard. »Jawoll, jawoll, ja; jawoll, ja, ja, ja.«

Und nun spielte Bullis Panzernatur ihre Trümpfe voll aus. Er konnte einen einmal gefundenen Rhythmus tagelang beibehalten.

»Wennst das jetz noch ab und zu ein bisserl ummodeln tätst«, sagte Ulrich, »dann könnt man dich einen Drummer nennen.«

Der Taktwechsel ließ sich allerdings ohne Stolpern nicht bewerkstelligen. Da nahm Gerhard die Stolperstrecken ins Repertoire auf und taufte sie »Bullis Variationen«.

Die Hafenband war jetzt komplett:

Gerhard, der Bandleader, virtuos am Saxophon.

Ulrich bravourös auf der Trompete.

Anton, kein Duke Ellington, aber ganz passabel.

Sabe, nicht übel, doch leider sehr undiszipliniert.

Und Bulli, ebenso störrisch wie talentlos.

Die Hafenband swingte und jazzte, und am Faschingsmontag 1963 stand sie zum ersten Mal auf der Bretterbühne des Café Mitterwallner. Für jeden Auftritt der Band gab es eine winzige Gage, die gerade ausreichte, zwei Drittel von Ulrichs Bahnfahrten und ein paar Unkosten zu decken.

An jenem Frühlingssonntag 1964 jedoch, als Gerda Langmoser neben Dieter Schulze, genannt Didi, im Café Mitterwallner saß und Carmen anstarrte, schienen sich für die Gefährten der Hafenband recht attraktive Zukunftsbilder zu zeigen.

Ulrich hatte seinen Ing.-grad.-Abschluss in der Tasche und die schriftliche Zusage des Diplom-Ingenieurs für einen Arbeitsplatz im Konstruktionsbüro der Deggendorfer Werft. Gerhard hatte eine Option auf die Keisling Brauerei und auf Carmen – die Frau, die ihn anhaltend betörte. (Das Ratzengfries hatte sich nirgendwo mehr blicken lassen.) Anton verdiente gutes Geld als Versicherungsmakler und hatte sich mit der Tochter seines Chefs verlobt. Sabe und Bulli verlegten tagsüber Heizungsrohre (mit mäßiger Begeisterung) und hockten abends im Weißbräu oder beim Schober (mit enormer Begeisterung).

Zu den Auftritten der Hafenband im Café Mitterwallner reisten die Twens aus dem gesamten Bezirk an. Keine andere Musikgruppe sah sich derart umschwärmt wie die Schrottklauber vom alten Hafen. Ulrichs Enthusiasmus, Gerhards Können untermauert von seiner gesellschaftlichen Stellung und seinem guten Aussehen, Sabes Nonchalance, Bullis Unerschütterlichkeit und Antons geradezu liebenswürdige Interaktion mit den Klaviertasten hatten der Hafenband ein Image gegeben, das sie unwiderstehlich machte.

Ihre Gage war entsprechend gestiegen.

Die Sache mit dem Kommisskopf schien sich (entgegen Ulrichs Erwartung) nach dem ersten kurzen Zusammenstoß erledigt zu haben. Ulrich hatte noch eine Zeit lang Ausschau nach dem Kerl gehalten, der Gerhard in die Eier getreten hatte. Er traute dem von Carmen so kaltherzig Verschmähten jede Art von Tücke zu und fürchtete, er könnte die Hafenband eines Nachts mit einem ganzen Geschwader von Kommissbrüdern aus dem Hinterhalt anfallen. Bulli und Sabe hatten ihn ausgelacht, als er davon sprach, und im Laufe der Zeit gelangte auch Ulrich zu der Ansicht, dass der Kerl klein beigegeben hatte.

Die Zukunft sah beinahe nach Beschaulichkeit aus. Natürlich kam es anders.

4

»Was meinst denn, Kind«, sagte Anna Langmoser eines Sonntags im Sommer 1964 zu ihrer Tochter, »wär der Dieter nicht einer zum Heiraten für dich?«

»Der Didi?«, fragte Gerda erstaunt.

»Neulich hab ich die Frau Bekkler im Postamt troffen«, fuhr Anna fort, »und sie hat gsagt, dass das Modehaus Bekkler ohne das Gerda-Dieter-Gespann nur den halben Umsatz machen tät.«

Frau Bekkler hätte das eigentlich nicht extra betonen müssen, denn jeder, der bei Bekkler einkaufte, konnte inzwischen ein Lied davon singen, wie Gerda und Didi zum Wohl ihres Arbeitgebers kooperierten.

Der »Herrenausstatter Bekkler« war vergangenes Jahr in das »Modehaus Bekkler« umgewandelt geworden. Man hatte großzügig erweitert und einen neuen Geschäftszweig (Damenoberbekleidung: Kostüme, Kleider, Blusen, Röcke und Accessoires) aufgebaut. Nachdem Gerda ihre Lehrzeit beendet hatte, war sie als Verkäuferin in diese neue Abteilung übernommen worden.

Seither spielten sich sie und Didi die Kunden zu wie Federbälle. Während Didi einem Herrn die Hosenlänge absteckte, pries er beispielsweise die neueste Kollektion gerüschter Sommerblusen an (»So ein kleines Präsent macht gleich jeden Zwist vergessen.«) und sorgte dafür, dass der Kunde in der Damenabteilung landete. Gerda bediente sich derselben Taktik: Während sie ihren Kundinnen bei der Anprobe zur Hand ging, schwärmte sie von den Herrenhemden, die neu eingetroffen waren. (»Sie sollten sie sich wirklich ansehen, und ich wette, Sie werden die alten Popelinehemden Ihres Mannes samt und sonders aussortieren wollen.«)

Gerda tat die Anerkennung, die ihr die Mutter von Frau Bekkler übermittelt hatte, mit einem Schulterzucken ab.

»Die Bekklers haben keine Kinder«, sagte Anna.

Auch das war kein Geheimnis in einer Stadt wie Deggendorf.

»Frau Bekkler setzt ihr ganzes Vertrauen in Dieter Schulze und in dich, Gerti«, fuhr Anna fort. »Die Bekklers wollen Dieter sogar zum Geschäftsführer machen …«

Der Prinz, der Ritter, der Kaufmann – würde Anna jemals aufgeben?

»Wenn dich der Dieter heut nach dem Tanztee heimbringt, dann sagst zu ihm, er soll zum Abendbrot dableiben«, bestimmte Anna abschließend.

Gerda nickte. »Wennst meinst.«

Doch Didi sollte nicht in den Genuss eines Abendessens bei Langmosers kommen, denn an diesem Sonntag fiel der Auftritt der Hafenband aus.

Gerda und Didi saßen ein halbes Stündchen (eher lustlos) im Mitterwallner herum, dann ließ sich Gerda von ihm nach Hause fahren. Weil es aber erst Nachmittag war, als die beiden in Neuhausen ankamen, und die Frage, was die Hafenband wohl am Spielen gehindert hatte, sowieso alle anderen Themen verdrängte, sprach Gerda die Einladung nicht aus.

»Bis morgen wird sich schon herumgeredet haben, was los ist«, meinte Didi und ratterte davon.

Der Klatsch über die Hafenband hielt sich die ganze Woche. Zwischen Rathausturm und Spitaltor, zwischen Pfleggasse und Stadtgraben tratschte und tuschelte es.

»Der Keisling junior rührt sein Saxophon nimmer an.«

»Der Keisling junior is nicht nüchtern worden, seit ihn das rothaarige Weibsbild sitzen hat lassen.«

»Die is mit so einem Heini vom Film durchbrennt.«

»Geh weiter, die is doch net so blöd und brennt durch, wenn sie beim Keisling einheiraten kann.«

Ein Gerücht jagte das andere.

Doch was wirklich geschehen war, sollte nie publik werden.

Am Sonntag darauf fand sich die Hafenband wieder im Mitterwallner ein. Gerhard behandelte sein Saxophon, als wäre es ein löchriger Gartenschlauch. Er wirkte wie ein Zombie und starrte mit Basiliskenblick auf Carmens Platz, der leer blieb.

»Aus, Schluss, vorbei, Feierabend«, sagte Anton auf dem Nachhauseweg, und es klang hörbar erleichtert (neulich hatte ihm die Tochter seines Chefs vor einem halben Hundert Hochzeitsgästen das Ja-Wort gegeben, allerdings nicht bedingungslos). »Die Hafenband kann das Handtuch werfen.«

Ulrich wollte es nicht wahrhaben. »Schaut so aus, als müssten wir uns nach einem andern Pianisten umtun«, sagte er zu Bulli und Sabe, nachdem Anton in die Straße abgebogen war, in der seine Wohnung lag.

Sabe lachte freudlos. »Was nützt uns ein Klavierklimperer, wo dem Chef das Saxophon vor der Goschen hängt wie einem Esel der leere Hafersack?«

Bulli nickte. »Ja nix – oder?«

»Der Chef«, fügte Sabe hinzu, »der is uns abgsoffn.«

»Cherchez la femme«, murmelte Ulrich.

»Böhmische Sprüch helfen auch keinem was«, erwiderte Bulli.

Die Hafenband hatte für den letzten Septembersonntag 1964 eine Abschiedsvorstellung angekündigt, und Didi hatte gesagt, er würde Gerda abholen kommen, wie er es immer getan hatte, als die Band noch regelmäßig spielte.

Doch diesmal wartete Gerda vergeblich auf ihn.

Weil um fünf Uhr noch immer keine Vespa zu hören war, stieg sie kurz entschlossen in den Linienbus nach Deggendorf.

Im Mitterwallner waren die meisten Tische leer. So steil der Stern der Hafenband emporgestiegen war, so jäh war er gefallen, seit Gerhard nur noch als Schatten seiner selbst auftrat.

Gerda drückte sich eine Weile neben der Bühne herum und sah Bulli zu, wie er das Schlagzeug traktierte. Als er ihr zuwinkerte, schaute sie schnell weg. Unbehaglich blickte sie sich um und steuerte dann auf einen kleinen Ecktisch zu.

Obwohl sich immer mehr Gäste zum Aufbruch bereit

machten, wäre es für Gerda nicht ratsam gewesen, ebenfalls zu gehen, denn draußen hatte es zu nieseln begonnen, und der Bus zurück nach Neuhausen würde erst in einer guten Stunde abfahren.

Gerhard setzte das Saxophon ab, nickte seinen Gefährten zu und verschwand. Anton klappte den Klavierdeckel herunter, sammelte seine Noten ein und verzog sich.

Bulli und Sabe verständigten sich darauf, ihre Stammkneipe anzusteuern, wo die halbe Bier für sechzig Pfennig zu haben war und die Wände mit Pin-up-Girls tapeziert waren.

Gerda trat auf die Straße hinaus. Das Nieseln hatte sich zu einem satten Regen ausgewachsen. Bis zur Bushaltestelle waren es gut zehn Minuten zu gehen. Wie die frisch gelegte Wasserwelle und der neue Pullover aus Mohair danach aussehen würden, konnte sie sich an ihren fünf Fingern abzählen. Unschlüssig blieb sie in dem geschützten Durchgang zum Kaufhaus Paul stehen.

»Begleitdach gefällig?«

Gerda drehte sich um und fand sich auf Augenhöhe mit dem Trompeter der Hafenband. Er hielt einen Schirm über ihren Kopf.

»Hak dich unter, und ich bring dich trocken durch die Tropfen.«

Gerdas Augen schimmerten belustigt.

Wann hätt ich schon mal in Augen geschaut, die so einen angenehmen Glanz abstrahlen, dachte Ulrich hingerissen.

Ernst sah er Gerda ins Gesicht. »Musst dich nicht genieren, wo wir doch ganz alte Bekannte sind. Erinnerst du dich an unser Pläuschchen vor Tante Burgels Lebensmittelgeschäft?«

Gerda nickte und hakte sich ein.

Ulrich hatte sie sofort wiedererkannt, als sie das erste Mal mit diesem Schnösel im teuren Anzug ins Mitterwallner gekommen war. Obwohl sie ihm ausnehmend gut gefiel, hatte er sie auf der Stelle als vergeben abgeschrieben, bis ihm mit der Zeit aufgefallen war, dass sich die beiden nicht wie ein

Liebespaar verhielten. Der Schnösel hatte – wie etliche andere auch – nur schmachtende Blicke für Carmen, und Gerda schien sich mehr für die Garderobe der Damen zu interessieren als für ihren Tanzpartner.

Nachdem diese Beobachtungen gemacht waren, hatte Ulrich Augen und Ohren intensiv offen gehalten; was jedoch gar nicht nötig gewesen war, denn um nicht alles Mögliche aufzuschnappen, hätte er sich seine Ohren rundweg zuhalten müssen.

Sabe kannte offenbar diesen Didi, weil beide eine Vespa besaßen. Gerhard hatte natürlich Umgang mit den Bekklers, die, wie sein Onkel, zur High Society von Deggendorf gehörten. Anton hatte neulich den Langmosers einen Besuch abgestattet, weil sie eine Haftpflichtversicherung abschließen wollten. Zudem blieben die Gäste des Mitterwallner sowieso nie unkommentiert.

Gerda galt als uninteressant – zu still, zu pummelig, zu wenig gesellig.

Ulrich gefiel sie von Woche zu Woche mehr. Sie schien ihm aufgeweckt und trotzdem bescheiden. Sie war immer geschmackvoll gekleidet, und selbst mit Absätzen brachte sie es nicht ganz auf seine Größe.

Die beiden waren bereits ein Stück gelaufen, als Gerda sagte: »Baust du inzwischen Schiffe?«

Ulrich schnaubte. »Wie käm ich denn dazu?«

»Weil du in der Werft angestellt bist, oder nicht?«

»Ja schon«, erwiderte Ulrich. »Aber Schiffe baue ich nach wie vor nicht.«

»Was machst denn dann jetz bei der Werft?«, fragte Gerda.

»Hauptsächlich hör ich mir Gezänk um Kompetenz und Befugnis an«, schimpfte Ulrich. Weil Gerda daraufhin sichtlich beklommen schwieg, erzählte er ihr, dass sich seine beiden Vorgesetzten – ein Abteilungsleiter und ein Diplom-Ingenieur – ständig in den Haaren lagen, während er selbst seit Wochen lustlos an einem Pumpmechanismus für Saugbagger herumtüftelte, einer reizlosen Apparatur, deren Bestimmung es sei,

Kieswerke trockenzulegen. »Macht absolut keinen Spaß, wenn sonst niemand Interesse für Kolben und Ventile aufbringt.«

Während er redete, hatte Ulrich an Marschtempo zugelegt. Die Bushaltestelle flog vorbei. Ulrich schwenkte in die Mettener Straße ein.

»Wo gehen wir denn eigentlich hin?«, fragte Gerda.

»Du wohnst doch in Neuhausen, Villa Katherina«, antwortete Ulrich und fügte dann leise hinzu: »Mit einer Vespa kann ich leider nicht dienen.«

Vor lauter Schreck vergaß Gerda zu antworten. Der Trompeter wollte mit ihr die ganze Strecke zu Fuß gehen. Wie viele Kilometer waren es noch gleich? Vier? Fünf? Egal.

Gerda schüttelte den Kopf, als wollte sie sagen: Wer braucht schon eine Vespa?

»Langsam hab ich die Schnauze voll von dem garstigen Konstruktionsbüro in der Werft«, sagte Ulrich auf Höhe vom Grabmeier Keller, der auf halbem Weg zwischen Deggendorf und Metten lag.

»Suchst dir was anderes?«, fragte Gerda.

Ulrich seufzte. »Hier im Umkreis wird sich kaum was finden lassen.«

Das triste Ergebnis der von Ulrich bereits angestellten Nachforschungen war, dass es in ganz Niederbayern keine einzige Firma gab, die für ihn in Frage kam. Bedrückt hatte er vor zwei Wochen die Zahnradfabrik in Passau als ungeeignet abgehakt, drei Tage später Eicher Traktoren und Landmaschinen in Landau verworfen und vergangenen Samstag die Motorenfabrik Hatz in Ruhstorf.

»Unbestritten«, erklärte Ulrich, als sie Burgels Lebensmittelladen passierten, »die wirklich attraktiven Unternehmen sitzen in Mannheim, Frankfurt und Bremen.« Er schaute Gerda abwägend an. »Und was sollte mich auch noch halten zwischen Donau und Bayerwald? Die Hafenband is passé, die Gefährten verkriechen sich. Und ich werd halt mein Glück anderswo suchen müssen.«

Bald darauf reichte er ihr vor der Villa Katherina die Hand zum Abschied und ging davon.

»Willst du nicht lieber den Bus nehmen?«, rief Gerda ihm nach.

Er hob abwinkend die Hand.

»Jetzt läuft er den ganzen Weg wieder zurück«, murmelte Gerda und humpelte auf schmerzenden Füßen ins Haus.

»Gerda«, hechelte Frau Bekkler am Montagmorgen, »Dieter hat kurzfristig um Urlaub nachgesucht – dringende Familienangelegenheiten –, das bedeutet, du musst heute zusätzlich auch in der Herrenabteilung aushelfen.«

Gerda hetzte den ganzen Tag treppauf, treppab.

Bei Geschäftsschluss wartete Ulrich am Personalausgang auf sie, und erneut wanderten sie zu Fuß nach Neuhausen.

»Wer hat dich denn da heut heimbracht«?, fragte Anna Langmoser ihre Tochter beim Abendessen.

Stirnrunzelnd hörte sie sich Gerdas Antwort an.

»Ein Böhmack«, sagte sie dann abfällig. »Und anzogen is er wie die polackischen Gurkenpflücker vom Onkel Willi sein Flieger. Der schaut aus, als könnt er sich beim Bekkler nicht mal ein Taschentuch leisten.«

5

Die Hafenband war passé, weil der Bandleader und Saxophonist seinen Kummer in Alkohol ertränkte (seine Angebetete hatte ihm ohne Angabe von Gründen den Laufpass gegeben und war verschwunden), weil der Klavierspieler Prioritäten setzen musste (seine Braut hatte ihn vor die Wahl gestellt: ich oder die Band), weil halt nichts so bleibt, wie es ist, und weil Gott möglicherweise doch würfelt (oder der Teufel).

Ein paar Wochen vor dem letzten Auftritt der Hafenband hatte Minna Carmens Hochzeitsdatum im Kalender rot angekreuzt. Sie hielt es für schicklich, dass ihre Tochter mit dem Heiraten bis zur Volljährigkeit wartete, und Carmen hatte sich wie immer Minnas Diktat gefügt. Allerdings hatte sie den dringlichen Wunsch geäußert, eine Maihochzeit zu feiern, weshalb der Termin ein zusätzliches halbes Jahr hinausgeschoben werden musste.

An einem Maitag des Jahres 1965 sollte Carmen also das in den Schoß fallen, worum jedes Mädchen im ganzen Landkreis sie beneiden würde. Kein splitternder Spiegel, keine schwarze Katze ließen Minna eine Warnung zukommen, weshalb sie nicht den Hauch einer Ahnung hatte, dass Wolli Carmens glänzende Aussichten bereits vernichtet hatte.

Er hatte sich für die Zurückweisung, für die Schmach, für die Demütigung an Carmen gerächt. Und vor Schadenfreude hätte er wohl Purzelbäume geschlagen, wäre ihm zu Ohren gekommen, wie seine Rache Carmen ins Elend stürzen sollte.

Wolli hatte sich entschlossen, zwei Fliegen mit einer Klappe zu schlagen. Carmens Bestrafung sollte ihm gleichzeitig den Genuss verschaffen, den sie ihm monatelang verweigert hatte. Allerdings hatte er sich auch vorgenommen, kein Risiko einzugehen. Zweifellos würden sie alle zusammen die Augen offen halten. Dieser Lackaffe von Brauerei-Kerl und seine vier Trabanten, sagte sich Wolli, rechnen sicherlich mit einem raschen Konterschlag.

Sollten sie nur. Wolli konnte warten. Irgendwann begann ihm das Warten sogar Spaß zu machen, weil es ihm Zeit gab, seinen hübschen Plan mit immer neuen Details zu versehen.

Eines sonnigen Donnerstags, fast ein Jahr nach seinem schmachvollen Abzug aus dem Café Mitterwallner, hielt er seine Zeit für gekommen. Lässig fuhr er in seinem VW Käfer bei der Straubinger Stadtverwaltung vor, und dessen gewiss, dass sie bald Dienstschluss haben würde, freute er sich auf Carmens Erscheinen.

Kaum hatte sie das Gebäude verlassen, bleckte er gönnerhaft seinen Überbiss aus dem offenen Seitenfenster. »Komm, Mädel, steig ein. Wir ham so eine schöne Zeit ghabt miteinander. So was muss man gepflegt beenden. Ich hab zum Abschied eine richtig feine Überraschung für dich – was das anbelangt.«

Zufrieden registrierte er, dass Carmen geschmeichelt schien, dass nicht das kleinste Fünkchen Misstrauen in ihren Augen glomm. Sie umrundete den Wagen, öffnete die Beifahrertür und glitt elegant in den Sitz.

Wolli brauste mit ihr davon. Er nahm die Landstraße in Richtung Plattling und zweigte dann nach Pielweichs ab.

»Wo fahren wir denn hin?«, fragte Carmen.

Wolli lachte. »Überraschungen geht man so entgegen: Man macht die Augen zu und ist gespannt.«

»Ich bin unheimlich gespannt«, versicherte ihm Carmen.

Wolli ließ den Käfer ein Stück weit in die Isarauen rollen und hielt in einem Kreis aus Pappelbäumen an.

Carmen stieg aus und sah sich neugierig um.

Selbst als Wolli sie packte und mit dem Gesicht voran in ein Kriechgewächs stieß, schien sie nicht zu argwöhnen, was ihr bevorstehen könnte.

»Was …?«

Wolli drückte ihren Kopf zwischen harte Blätter und stachelige Zweige und sorgte mit ein paar Fußtritten dafür, dass sie bäuchlings liegen blieb.

Dann ließ er sich viel Zeit.

Es war längst dunkel, als er endlich genug hatte.

»Jetzt sind wir quitt, was das anbelangt«, sagte er, während er seinen Hosengürtel zuhakte. Daraufhin stieg er in seinen Käfer und fuhr davon.

Carmen blieb im Pappelkreis liegen. Erst nach Stunden raffte sie sich auf und schleppte sich nach Hause. Sie hatte gut vier Kilometer zu gehen.

Minna ließ ihrer Tochter Badewasser ein.

Mit verkniffenen Lippen und schmalen Augen hörte sie sich an, was ihr Carmen (von der nur das zerkratzte Gesicht über die Schauminseln hinausragte) zu berichten hatte. Als das Wasser schon beinahe erkaltet war, half sie ihrem Kind aus der Wanne.

Sorgsam trocknete sie Carmen ab, träufelte Jodtinktur auf ihre Schürfwunden, strich Arnikasalbe auf ihre Blutergüsse.

Dann kochte Minna Baldriantee.

Carmen lag schon eine ganze Weile wohlversorgt auf dem Sofa und hatte zwei Tassen von Minnas Tee getrunken, als ihre Mutter den Mund aufmachte.

»Kind, diese Geschichte muss unser Geheimnis bleiben.«

Minna sah, wie Carmen gehorsam nickte, und strich sachte über deren linken Handrücken, der auf der Decke ruhte.

Es gab nur diesen einzigen Weg, Carmens Zukunft zu retten: Man musste so tun, als wäre nichts geschehen, absolut gar nichts. Carmen war heute – genauso wie an jedem anderen Tag – mit dem Bus vom Büro nach Hause gekommen, und damit basta.

Man konnte es sich nicht leisten, Wolli an den Pranger zu stellen. Selbst wenn der junge Keisling das Gerede, die Schande, die Blamage, die ganze kompromittierende Situation um Carmens willen ertragen wollen würde – sein Onkel würde es gewiss nicht.

»Vergiss die Sache«, drängte Minna, »vergiss sie auf der Stelle.«

Carmen schlug sich wirklich tapfer.

Sie erschien schon am nächsten Tag wieder in ihrem Büro in der Straubinger Stadtverwaltung und tat wie gewöhnlich ihre Arbeit. Am Wochenende gab sie Gerhard nicht den mindesten Anlass, welchen Verdacht auch immer zu schöpfen, während sie die Nachmittage wie üblich miteinander verbrachten (die Kratzer auf Carmens Stirn und Wangen hatte Minna dick überpudert).

»Die Zeit heilt alle Wunden«, sagte Minna in der folgenden Woche mit überzeugt klingender Stimme.

Das mag ja sein, aber Carmen war auch in einen Umstand geraten, den die Zeit erst an den Tag bringen sollte.

Sie war schwanger.

Da wusste auch Minna nicht gleich einen Rat. Nächtelang fragte sie sich, ob sie Carmen zu einer Engelmacherin schaffen sollte, konnte sich letztendlich aber nicht dazu durchringen. Zwischendurch erwog sie die Möglichkeit, Wollis Vergehen doch noch ans Licht zu bringen, um Carmens Kind zu einem Vater zu verhelfen, musste sich aber eingestehen, dass die Erfolgsaussichten insofern schlecht standen, als man sich vorwerfen lassen musste, nicht sofort nach der Tat Anzeige erstattet zu haben.

Bevor Minna auf ihrer Suche nach einem Ausweg aus der verzweifelten Situation auch nur einen Schritt weitergekommen war, begann Carmen Fisimatenten zu machen, indem sie sich ständig erbrach. Das war in ihrem Zustand zwar nicht ungewöhnlich, aber mitnichten angebracht. Minna blieb nichts anderes übrig, als Carmen in der Stadtverwaltung vorübergehend krankzumelden. Doch das erwies sich als schwerer Fehler. Denn nun hockte Carmen zu Hause, kotzte und weinte und kotzte und weinte. Am dritten Tag ihrer Einzelhaft griff sie zur Bärwurzflasche.

Minna merkte nicht gleich, dass Carmen sich und das Kind mit Schnaps ersäufen wollte, aber als sie dahinterkam, reichte sie auch für sich Urlaub ein, packte zwei Koffer und schaffte Carmen aus dem Landkreis.

Als Gerhard am Wochenende kam, um Carmen abzuholen, stand er vor verschlossenen Türen. Die Hauseigentümerin (die ihre Wohnung im Parterre hatte) teilte ihm mit, die Damen seien auf Erholung gefahren und hätten keine Adresse für ihn hinterlassen, weil sie offenbar nicht behelligt werden wollten.

Minna tauchte mit Carmen dort unter, wo sie sich geborgen fühlte, wo sie sich auskannte und wo sich Fuchs und Has Gute Nacht sagten: Sie quartierte sich und ihre Tochter im einzigen Gasthof von Waldhäuser ein, jenem Dörfchen unterm Lusengipfel, das in den kommenden Jahren von Touristen allmählich wiederentdeckt werden sollte.

Als Minna auf den kleinen Balkon ihres Zimmers trat, sah sie den Filzbach vorbeirinnen, und sie hörte den Schreyerbach gurgeln. Ostseitig konnte sie sogar den Gugler-Hof ausmachen, der schräg vis-à-vis hinter den Birken hervorspitzte. Aus den Fenstern der Nachbarhäuser lugten bekannte Gesichter.

Die Gesichter inspirierten Minna zu einer abenteuerlichen Legende.

»Meine Carmen is zwischen München und Paris auf jedem Laufsteg daheim gewesen«, gab sie abends in der Gaststube zum Besten. »In Lindau is sie auftreten und in Baden-Baden. Alle Modehäuser ham sich um sie grissen. War ja kein Wunder, bei ihrer Figur.«

Die paar anwesenden Waldhäusler nickten zustimmend. Carmens Figur ließ wirklich nichts zu wünschen übrig. Minna kam in Fahrt.

»Aber meine Carmen is ein kluges Mädel. ›Nein‹, hat sie gsagt, ›der Laufsteg is nix auf Dauer.‹ Und sie hat einem jungen Brauereibesitzer das Ja-Wort geben, einem, der sie schon lang verehrt hat. Eine schöne Hochzeit ham wir gfeiert«, seufzte Minna und wischte sich zwei Tränen ab, »und bald drauf schon hat sich was Kleines angmeldet.«

Minnas Zuhörer nickten wieder. Gegen Nachwuchs war nichts einzuwenden. Minna fuhr bekümmert fort: »Aber dann is das Verhängnis hereinbrochn. Ein Stahlseil vom Ladekran hat meinen Schwiegersohn am Kopf troffn. Da is nix mehr zu machen gwesen.« Sie schniefte und kam zum Ende ihrer Geschichte. »Ich hab die Carmen hierher in die Heimat bracht, weil die Heimat is wie ein Nest, wo sich einer hineinflüchten kann, wenn's Schicksal zugschlagn hat.«

»Ja«, nickten die Waldhäusler, »das is hart, wenn eine Frau so früh den Mann verliert und das Kind den Vater, bevor es noch geborn is.« Sie machten sich an diesem Abend bald davon, weil sie genug an ihren eigenen Bürden zu tragen hatten. Der eine oder andere klopfte Carmen auf die Schulter und sagte Sätze wie »Wird schon werdn« oder »Hundert Jahr hängt's nicht auf eine Seiten« und »Du bist noch jung, du kommst schon wieder auf die Füß«.

Wer als Erste auf die Füße kam, war Minna. Die soeben erdichtete Legende hatte ihr eine akzeptable Lösung aufgetan.

Stadtverwaltungen gibt es genügend in Bayern, sagte sie sich forsch, Schulsekretariate ebenfalls. In einem anderen Bezirk, weit jenseits der Klatsch-und-Tratsch-Grenze, kann Carmen ungeniert mit einem toten Ehemann aufwarten, und damit hat das Kind wenigstens einen sozusagen vorzeigbaren Vater. Aufziehen müssen wir es zwar vorerst allein, aber wer weiß …

Minna war von ihrem Ausweg aus der zeitweiligen Sackgasse recht angetan und konnte auch Carmen dafür erwärmen. Eiligst machte sie sich ans Werk, den Weg zu bereiten.

Kurzerhand sandte sie Kündigungsschreiben an die Straubinger Stadtverwaltung und ans Direktorat der Knabenrealschule in Plattling. Beide Briefe begannen mit den Worten: »Aus zwingenden privaten Gründen …« Mit gleicher Post verschickte Minna Bewerbungsschreiben nach Freising, Schwandorf und Neumarkt in der Oberpfalz. Dann kündigte sie die Wohnung in Plattling und mietete eine Garage an, wo die Möbel untergestellt werden sollten, bis man wusste, wo sie eine neue Heimat finden würden. Außerdem handelte sie mit der Wirtin des Gasthofs, in dem sie sich einquartiert hatten, einen wöchentlichen Pauschalpreis aus, um günstiger über die Runden zu kommen. Die Wirtin erklärte sich sichtlich gern dazu bereit, weil ohnehin bald der Oktober ins Haus stand, der die tote Saison einläutete.

An einem der noch warmen Septembertage stiegen Minna und Carmen in den Bus nach Grafenau, nahmen die Anschlusslinie nach Deggendorf und trennten sich dort. Minna bestieg den Zug nach Plattling, wo sie den Transport der Möbel überwachen und der Knabenschule einen letzten Besuch abstatten wollte. Carmen wartete auf den Bus nach Straubing, um in der dortigen Stadtverwaltung ihr Zeugnis abzuholen. Weil ihr danach eine Menge Zeit bleiben würde, bevor sie zurück nach Deggendorf fahren musste, um sich wieder mit Minna zu treffen, hatte die ihr aufgetragen, sich vorsorglich ein, zwei Umstandskleider anzuschaffen.

»Bei Hafner hast du die beste Auswahl, Kind. Wozu sollten wir später extra nach Passau fahren, wenn sich jetzt die Gelegenheit bietet.«

Ja, Minna war eben weitblickend und umsichtig.

Carmen stand im Modehaus Hafner vor einer Spiegelsäule und hielt sich ein Kleid mit reichlich Falten unter den Brustabnähern vor den noch schlanken Körper. Der lichtblaue Wollstoff schien ihr für den Winter und das zeitige Frühjahr recht gut geeignet.

»Sehr apart«, hörte sie eine Stimme von schräg hinter sich. Carmen nickte, ohne sich umzudrehen. Der Verkäufer hatte recht. Sie würde das Kleid nehmen.

»Ist das der Grund, weshalb Sie von heute auf morgen verschwunden sind?«, fragte die Stimme.

Carmen wirbelte herum und fand sich einem jungen Mann gegenüber, den sie kannte. Sie hatte ihn an vielen Sonntagen beim Tanztee im Mitterwallner gesehen. Er war ihr aufgefallen, weil er immer besonders elegant gekleidet gewesen war. In seiner Begleitung befand sich stets ein pummeliges Mädchen, ebenfalls gut angezogen, aber wegen der viel zu breiten Hüften und der zu kurzen Beine keines zweiten Blickes wert.

Jetzt stand dieser junge Mann vor ihr und war bereits zum richtigen Schluss gekommen. Nun würden es doch noch alle erfahren – Gerhard, seine Freunde von der Band, die Kollegen in der Stadtverwaltung, die Nachbarn in Plattling …

Carmen brach in Tränen aus.

Da nahm Didi sie in die Arme und hielt sie fest. Minutenlang schluchzte sie salzige Flecken auf sein Sakko; irgendwann begann Didi, ihren Nacken zu streicheln.

Als Carmens Schluchzer leiser wurden, drückte er sie mit der linken Hand sanft an sich, nahm ihr mit der rechten das Kleid ab und hängte es zurück an den Ständer. Dann führte er sie nach nebenan ins Café Krönner, wo er einen Tisch hinter einer Säule fand, die die nötige Deckung gewährte.

Mit dem Einfühlungsvermögen, das sich Didi durch seinen jahrelangen Umgang mit der Bekkler'schen Kundschaft erworben hatte, brachte er Carmen zum Reden. Wenig später wusste er nicht nur über die jüngsten Ereignisse Bescheid, sondern hatte auch einen profunden Einblick in Carmens bisheriges Leben bekommen.

Stunden danach brachte er sie zur Bushaltestelle. Auf dem Weg dahin versprach er Carmen in die Hand, ihr Geheimnis bestens zu hüten.

Bevor sie in die Linie nach Deggendorf stieg, fragte sie unvermittelt: »Was hat dich eigentlich bei Hafner in die Ecke für Umstandsmoden verschlagen?«

»Auftrag von Frau Bekkler«, antwortete Didi. »Sie will ihr Sortiment erweitern.«

Weil ihn Carmen daraufhin nur perplex anstarrte, fügte er zwinkernd hinzu: »Spitzeldienste, Schnüffelei, Auskundschaftung.«

Auf Carmens Gesicht erschien ein winziges Lächeln.

Am darauffolgenden Samstag tauchte Didi in Waldhäuser auf.

Carmens Wangen überzogen sich mit einen rosigen Schimmer, als sie ihn von ihrem Balkon aus auf den Gasthof zumarschieren sah.

Sie eilte hinunter, begrüßte ihn freudig und kam offenbar gar nicht auf den Gedanken, er könnte aus einem anderen Grund als ihretwegen hier sein (womit sie völlig recht hatte).

Die beiden wanderten den ganzen Nachmittag lang über die Wege und Stege an den Lusenhängen, und als Didi am frühen Abend in den Bus nach Grafenau stieg, von wo aus er Anschluss nach Deggendorf haben würde, winkte ihm Carmen lange nach.

Am nächsten Samstag kehrte Didi zurück, ging mit Carmen spazieren, saß lange mit ihr auf einer Waldlichtung, die sich Martins Klause nannte, und fuhr abends wieder ab. Er kam auch am darauffolgenden Samstag. Doch diesmal mietete er sich ein Zimmer im Gasthof, weil er vorhatte, auch am Sonntag noch zu bleiben. (Es war der letzte Sonntag im September, jener, an dem Gerda vergeblich darauf wartete, dass Didi sie abholen würde.)

Minna hatte inzwischen von einer Freisinger Schule Antwort auf ihr Bewerbungsschreiben bekommen. Der Direktor teilte ihr mit, er suche händeringend nach einer Sekretärin, die auf der Stelle den Dienst antreten könne, weil seine langjährige Bürokraft aus heiterem Himmel schwer erkrankt sei. Minna hatte sich einverstanden erklärt, am Montag, den 28. September, zu einem Vorstellungsgespräch nach Freising zu reisen. Wegen der schlechten Verkehrsanbindung würde sie sehr früh aufbrechen müssen.

»Wie schade«, sagte sie am Sonntagabend zu Didi, »dass du Carmen morgen nicht Gesellschaft leisten kannst. Sie wird sich furchtbar einsam fühlen.«

Da mietete Didi das Zimmer für eine weitere Nacht.

Zeitig am Montagmorgen rief er bei Bekklers an und schützte (in gewisser Weise sogar zutreffend) dringende Familienangelegenheiten vor, die ihn daran hinderten, an seinem

Arbeitsplatz zu erscheinen. Dann frühstückte er mit Carmen in der Gaststube.

Abends kehrte Minna mit der Nachricht zurück, dass sie den Posten in Freising in zirka zwei Wochen antreten würde.

»Kind«, sagte sie zu Carmen, »man kann doch nicht von uns verlangen, dass wir in der Turnhalle campieren, nur damit der Direktor nicht selbst ans Telefon gehen muss.« (So ähnlich hatte sie auch dem Schulleiter gegenüber argumentiert und damit den Aufschub durchgesetzt.)

Als Nächstes pflückte Minna die »Freisinger Tageszeitung« und das »Freisinger Wochenblatt« aus ihrer Handtasche und blätterte zum Wohnungsmarkt.

Didi verabschiedete sich sichtlich erregt.

Am Wochenende darauf kam er zurück und machte Carmen einen Heiratsantrag.

Was Didi als Carmens Ehemann zu bieten haben würde, verschlug Minna die Sprache.

Er konnte mit der Aussicht auf eine Stelle als Abteilungsleiter bei Hirmer in München aufwarten, mit einem Kleinwagen (die Vespa war dafür in andere Hände übergegangen) und mit einem ererbten Anwesen in Neufahrn (auf halber Strecke zwischen München und Freising gelegen), in dem die Handwerker in Didis Auftrag bereits Renovierungsarbeiten durchführten.

Carmen brach in Tränen aus.

»Meine Tochter nimmt deinen Antrag mit Freuden an«, sagte Minna.

6

Letztendlich wurde Ulrich die Entscheidung darüber, ob er noch Wochen, Monate oder gar Jahre im Konstruktionsbüro der Deggendorfer Werft ausharren sollte, mehr oder weniger aus der Hand genommen.

Bei einer der regelmäßigen Kontroversen zwischen seinen Vorgesetzten kam es zu Handgreiflichkeiten, in deren Verlauf der Ingenieur einen Kinnhaken einstecken musste, den er erzürnt bei den Behörden anzeigte, ohne zu bedenken, dass der Staatsanwalt und der Beschuldigte Brüder waren.

Nachdem dem Diplom-Ingenieur die Abweisung seiner Klage zugestellt worden war, hatte er offenbar genug von seinem Posten bei der Werft.

»Für gute Leute winkt anderswo besserer Lohn!«, brüllte er und räumte seinen Schreibtisch.

Unbestritten, dachte Ulrich und reichte eine Woche Urlaub ein.

Am Montag, den 5. Oktober 1964, stellte er sich im Personalbüro der Deutschen Forschungsanstalt für Luftfahrt in Braunschweig vor und hielt nach kurzer Wartezeit eine Zusage für die erhoffte Stelle in Händen.

»Das andere wird sich zeigen«, murmelte Ulrich und sah sich nach einer Bleibe um.

Am Samstag nach Geschäftsschluss passte er Gerda beim Modehaus Bekkler ab.

»Eigentlich hatte ich Pilot werden wollen – früher mal«, begann Ulrich, als sie den Fußmarsch nach Neuhausen antraten.

Weil ihn Gerda verdutzt ansah, erklärte er: »Mein Vater hätte es aber bestimmt nicht zugelassen.« Verlegen fügte er nach einer Pause hinzu: »Und die Vorgaben für die Körpergröße von Flugkapitänen wohl auch nicht.«

Gerda nickte verständnisvoll. Piloten hatten stattlich zu sein.

»Aber Flugzeuge faszinieren mich noch immer«, sprach Ulrich weiter. »Als Kinder haben Anton und ich oft Modelle gebaut.«

»Und was habt ihr damit gemacht?«, fragte Gerda.

Ulrich lachte. »Verscherbelt gegen Kekse und Lakritz.« Dann wurde er wieder ernst und berichtete ihr, dass er sich bei der Deutschen Forschungsanstalt für Luftfahrt in Braunschweig beworben hatte und angenommen worden war.

Mit gemischten Gefühlen registrierte er, dass Gerda hart schluckte.

»Hört sich nach einem großartigen Unternehmen an«, sagte sie mit gepresster Stimme.

Ulrich musste wieder lachen. »Von außen sieht der Laden aus wie ein Misthaufen mit Landebahn.«

»Du wirst mir abgehn«, sagte Gerda.

Ulrich, der ihr gerade hatte erzählen wollen, dass er bei der DFL eventuell den Flugschein für Sportflieger machen könne, schwieg still.

Du musst sie fragen, befahl er sich. Jetzt musst du sie fragen.

Aber was genau musste er sie fragen?

Ein-, zweimal setzte er an und gab dann wieder auf.

Nach einer Weile sagte Gerda: »›Deutsche Forschungsanstalt für Luftfahrt‹ hast du den Betrieb genannt. Nach was forschen die denn da genau?«

Ulrich schreckte auf und begann zu stammeln: »Grundlagenforschung an Fallschirmen, Gewebeuntersuchungen, Umströmung der einzelnen Fäden, Luftwiderstand, klassisches Geflecht …«

Gerda sah ihn irritiert an. Da holte Ulrich Atem und stieß hervor: »In Braunschweig gibt es einen riesigen Kaufhof mit Konfektion auf drei Etagen – und mit Rolltreppe.«

7

Ulrich hatte sich im ländlichen Umfeld Braunschweigs ein billiges Zimmer bei einem alten Ehepaar gemietet und am 1. Januar 1966 seine neue Stelle angetreten. Von nun an brachte der Briefträger jede Woche Post aus Braunschweig in die Villa Katherina.

»Hier im Dorf«, schrieb Ulrich im Februar, »sind die Leute genau so, wie man sie aus den Geschichten von Wilhelm Busch kennt. Es gibt die Witwe Bolte, den Lehrer Lämpel und natürlich die fromme Helene.«

»Der Misthaufen mit Landebahn hält tatsächlich, was er versprochen hat«, stand in einem Brief, der Gerda im Mai erreichte. »Ich kann inzwischen eine Cessna fliegen, und mein täglich Brot ist es, Fallschirme zu testen, zu testen und wieder zu testen.«

An Pfingsten kam Ulrich selbst. Er hatte Urlaub bekommen und würde eine ganze Woche lang in Deggendorf bleiben können.

Gerda stattete sich wohlweislich mit einer Bundhose und Wanderschuhen aus – und sie tat gut daran. Am Pfingstsonntag liefen sie donauaufwärts bis Mariaposching, am Montag landeinwärts bis zum Schloss Egg. Am Dienstag (Gerda hatte ebenfalls Urlaub genommen) wanderten sie nach Offenberg, am Mittwoch nach Kloster Metten. Und auf jeder Strecke erzählte Ulrich von Braunschweig – von der DFL, vom Braunschweiger Umland, hauptsächlich aber von der Innenstadt, den Warenhäusern und Modeboutiquen, die er sich gründlich angesehen hatte.

Nachdem er abgereist war, kamen wieder Briefe und zwischendurch Ansichtskarten: der Hagenmarkt, der Bürgerpark, der Altstadtmarkt, das Gewandhaus. Ulrich selbst kehrte im September zurück, blieb erneut eine Woche, und als er wieder in den Zug Richtung Niedersachsen stieg, hatte er Gerdas Versprechen, demnächst von den Ufern der Donau an die Ufer der Oker zu ziehen.

»Wann kommst du?«, fragte er schriftlich im Oktober.

»Komm doch«, bat er in der ersten Novemberwoche.

»Bitte«, flehte er in der zweiten.

»Habe Drei-Zimmer-Wohnung in der Stadt gemietet«, teilte er in der dritten Novemberwoche mit.

»Kaufhof sucht dringend Verkäuferin«, schrieb er am ersten Advent. »Wohnungsinhaber sucht Mitbewohnerin«, am zweiten Advent. »Ingenieur sucht dringend Gefährtin«, am dritten.

Gerda traf noch vor Weihnachten ein.

In der Villa Katherina schrie Anna Langmoser Zeter und Mordio. »Wie kommt sie bloß dazu, ihre gute Stellung im Modehaus Bekkler aufzugeben? Für einen Böhmack, einen Hungerleider von Flüchtling?« Und zwischen zusammengebissenen Zähnen stieß sie hervor: »Heimkommen braucht die mir nimmer, mit einem ledigen Kind schon gar nicht.«

Womöglich war es Anna Langmoser im Augenblick durchaus ernst damit, aber allzu lange hielt ihre Wut nicht an. Sie wich bald der Sorge.

»Wie es dem Kind wohl gehen wird?«, fragte sie ihren Mann. Der zuckte bloß die Schultern.

Endlich kamen Lebenszeichen aus Braunschweig. »Es geht uns gut.«

»Uns«, mäkelte Anna.

»Wir haben hier in Braunschweig schon viele Freunde gefunden.«

Anna zog ein Gesicht. »Wir.«

»Die Arbeit in der Konfektionsabteilung bei Kaufhof macht mir großen Spaß.«

»Kaufhof«, murrte Anna, »hört sich an wie ›Großmarkthalle‹.«

So verging ein ganzes Jahr.

Im Advent 1967 schrieb Gerda: »Ulrich und ich würden gern an Weihnachten für ein paar Tage zu Besuch nach Hause kommen.«

»Das freut mich«, schrieb Anna zurück.

Anna freute sich wirklich, ihre Tochter in die Arme zu schließen. Beruhigt registrierte sie, dass sich Gerdas Bauch flach anfühlte.

»Wo is er denn?«, fragte sie nach einer Weile.

Als Gerda antwortete, Ulrich würde während ihres Aufenthaltes in Deggendorf bei seinen Eltern wohnen, versuchte Anna, sich die Erleichterung darüber nicht anmerken zu lassen.

»Morgen is Sonntag«, sagte sie. »Solln wir am Nachmittag auf den Himmelberghof gehen, zum Kaffee?«

Gerda lächelte. »Das gehört doch zu einem richtigen Sonntag dazu.«

»Nimmst ihn mit?«, fragte Anna.

Gerda zog eine Braue hoch.

»Dann soll er halt mitgehn«, sagte Anna.

»Gerhard«, rief Ulrich überrascht aus, als er am Himmelberghof in die gute Stube trat, und sah den alten Freund erschrocken an. Gerhard schien ihm um Jahrzehnte gealtert.

Der Chef der ehemaligen Hafenbande erhob sich schwerfällig, klopfte Ulrich auf die Schulter und grinste schief. »Täusch ich mich, oder sind wir bald verwandt, wir zwei?«

Während sich Ulrich noch bemühte, Gerhards Frage zu verstehen, schoss ein Kind aus einer Ecke, wo es mit einer Puppe gespielt hatte, auf Gerhard zu, hängte sich an seinen Hemdärmel und quengelte: »Wann darf ich denn wieder mit in die Limofabrik, Papa?«

Ulrich verschluckte sich. Papa? Das Kind hatte einen enormen Überbiss, schwarze Knopfäuglein und glatte schwarze Haare. Es sah dem blonden, blauäugigen Gerhard so ähnlich wie die Haselmaus dem Perlhuhn.

Eine junge Frau befreite Gerhard von den klammernden Kinderhänden. »Lass den Papa aus, setz ihm net so zu. Er is müd. Ich hab dir doch erklärt, dass er furchtbar viel arbeiten muss, weil der Onkel Keisling krank geworden ist.«

»Renate«, stellte Gerhard die Frau vor. »Wir heiraten im Frühjahr. Und wann machts ihr zwei Nägel mit Köpfen?«

Ulrich hatte gar nicht mitbekommen, dass er etwas gefragt worden war. Er musste das Kind anstarren. Es war ein Mädchen, fünf oder sechs Jahre alt, und irgendetwas an ihm kam Ulrich seltsam vertraut vor, so als hätte er es einmal im Traum gesehen oder in einem Film. Während er Gerda sagen hörte: »Bei uns pressiert's nicht mit dem Heiraten«, schüttelte Ulrich unmerklich den Kopf. Was für ein Unsinn. Ähnlichkeiten gab es immer und überall. Hatte ihn nicht auch Carmen – Gerhards Freundin aus Mitterwallner Zeiten – manchmal vage an jemanden erinnert? Und dieser Kommisskopf erst, der Carmen für sich hatte haben wollen, der war ihm auch so bekannt vorgekommen.

Ulrich blickte wieder auf das Kind. Ja, der Kommisskopf und dieses Mädchen glichen sich sehr. So sehr, dass ...

Warum denn nicht, dachte Ulrich. Warum soll der Kommisskopf nicht der Vater von dem Mädchen sein? Er hat es gezeugt und sich dann aus dem Staub gemacht. Kam so etwas nicht alle Tage vor?

Man bat Ulrich, sich an den Tisch zu setzen, schenkte ihm Kaffee ein und legte ihm ein Stück Kuchen auf den Teller. Gerhard nahm neben ihm Platz und begann von alten Zeiten zu reden und davon, dass es bei Weitem lustiger sei, Bandenchef und designierter Brauerei-Erbe zu sein, als wirklicher Boss, Geschäftsführer und Betriebsleiter.

Gegenüber von Ulrich unterhielt sich Gerda mit Renate. Weiter oben am Tisch war Willi, der Bauer, über seinem Kaffee eingeschlafen. Seine Frau wand ihm gerade die Kuchengabel aus der Hand. Vis-à-vis von den beiden saß Anna Langmoser neben Liesl. Die beiden flüsterten miteinander, aber es hörte sich an, als würden kleine Pfeile zwischen ihnen hin- und herschwirren.

»Das is ja nicht zu glauben«, zischelte Anna. »Der Gerhard will das Balg für ehelich erklären lassen?«

»Warum denn nicht?«, antwortete Liesl hochnäsig. »Schließlich ist die Kleine das Kind seiner Frau.«

Anna dachte eine Weile über die Konsequenzen von Gerhards Entscheidung nach, dann schnappte sie nach Luft. »Das heißt ja, das Balg wird die Brauerei erben.«

»Wohl nicht ganz«, erwiderte Liesl. »Die Renate ist vom Gerhard schwanger.«

So hat sie ihn sich also eingefangen, dachte Anna.

»Weiß eigentlich das böhmische Ratzengfries …«, begann sie nach einer Pause, aber Liesl unterbrach sie.

»Der Adoptivsohn vom Max heißt Wolli – auch für dich. Und wer der Vater von der kleinen Marie ist, geht niemand was an – auch dich nicht.«

»Hat sich ja schon lang nicht mehr sehen lassen, euer Wolli«, meinte Anna.

»Vielleicht kommt er zur Hochzeit«, sagte Liesl darauf.

Anna sah sie verschlagen an. »Und wenn er Ansprüch stellt – auf das Kind?« Zufrieden registrierte sie, dass Liesl erschrak.

»Vielleicht sollte man den Wolli benachrichtigen«, schob Anna nach. »Nicht dass es bei der Hochzeit eine böse Überraschung gibt.«

Liesl wirkte geradezu bestürzt.

Anna tätschelte ihre Hand. »Ich schau mal, ob ich ihn nicht ausfindig machen kann – den Wolli.«

Noch bevor Anna Langmoser Zeit fand, sich nach Wolli umzuhören (sie hatte sich vorgenommen, Max und Rita einen Besuch abzustatten, um die beiden über ihn auszufragen), entdeckte sie seinen Namen in der Zeitung.

Gott hatte für Wolli das Große Amen gesprochen. Für ihn und für Minna.

Wolli war frühmorgens auf dem Weg zur Kaserne gewesen. Noch stockbetrunken von einer wüsten Silvesterfeier bei einem seiner Kommisskumpel im Freisinger Stadtteil Neustift, hatte er die scharfe Kurve hinterm dortigen Bahnhof viel zu schnell genommen und war frontal mit Minnas Kleinwagen zusammengestoßen, den sie in Richtung Dom lenkte, um dort am Neujahrstag die Frühmesse zu besuchen.

8

Ulrich und Gerda waren bereits am Stephanitag abgereist, weshalb Ulrich die Todesanzeige, in der als Vorname des Verstorbenen »Wolli« angegeben war, nicht zu Gesicht bekam. Hätte er sie gelesen, wäre ihm wohl ein Licht aufgegangen. Sicherlich hätte er daraufhin an der Beerdigung teilgenommen, während der er dahintergekommen wäre, dass der Adoptivsohn von Gerdas Onkel und der Kommisskopf aus dem Mitterwallner ein und dieselbe Person waren. Insoweit aufmerksam geworden, hätte Ulrich vielleicht begonnen nachzuforschen und wäre dabei sicherlich auf weitere recht interessante Zusammenhänge gestoßen. Womöglich hätte sich die Spur nach Waldhäuser aufgetan und alles ans Licht gebracht. Daraufhin hätte er sich vielleicht sogar gezwungen gesehen, alles offenzulegen, denn sollte es der Zufall wollen, dass sich Renates Tochter und Carmens Sohn später einmal über den Weg liefen und Gefallen aneinander fanden …

Würde es je ein Ende nehmen?

Jedenfalls nicht durch das Eingreifen Ulrichs. Der experimentierte bereits wieder mit Fallschirmen herum und hatte Niederbayern unter »später mal wieder hervorzukramende Erinnerungen« abgelegt.

Wollis Beerdigung stellte Gerhards Hochzeit mit Renate weit in den Schatten. Eine erkleckliche Anzahl Bürger und Honoratioren fand sich ein, weil man sich Max verpflichtet fühlte, und Wollis Kameraden aus der Kaserne erschienen geschlossen, weil sie ein Befehl dazu zwang. Das Kirchenschiff füllte sich bis zum Bersten, auf dem Friedhof war kein Durchkommen mehr.

Als Gerhard mit Renate vor den Altar trat, waren gerade mal fünf Reihen Betstühle besetzt. Man hatte jegliches Interesse an ihm verloren. Als Ehemann respektive Schwiegersohn würde er nun endgültig nicht mehr zur Disposition stehen, und mit der Wahl seiner Braut hatte er sich in der guten Gesellschaft unmöglich gemacht (ein Bankert mit einem Balg am Hals!). Man schwankte zwischen verächtlichem Abwinken und mitleidigem Schulterzucken.

»Das wird heut ein Gedränge geben«, hatte Liesl ganz aufgeregt gesagt, als sich die Hochzeitsgesellschaft auf den Weg zur Kirche machte. »Wer will es sich schon entgehen lassen, wenn der Chef der Keisling Brauerei heiratet.« Ja, auch Onkel Keisling war verstorben, Gerhard hatte im Betrieb nun alles allein zu schultern, und selbst wenn er gewollt hätte, wäre keine Zeit mehr dafür gewesen, einmal nach dem Saxophon zu greifen.

»Keine Sau wird sich wegen derer Hochzeit hinterm Ofen hervorlocken lassen«, hatte Anna hinter vorgehaltener Hand zu ihrem Mann gesagt und recht behalten. Es war aber auch ein ausgesprochen nasskalter Tag.

Exakt an jenem nasskalten Tag hatten Carmen und Didi die Nachbarsfamilie zu einem Kaffeeklatsch in ihr Häuschen eingeladen. Das junge Paar von nebenan besaß eine niedliche knapp vierjährige Tochter, weshalb Carmen und Didi meinten, eine Annäherung wäre wünschenswert, damit ihr inzwischen gut dreijähriger Poldi eine Spielgefährtin habe.

Es versprach, ein vergnüglicher Nachmittag zu werden. Die Erwachsenen unterhielten sich bestens; die Kleinen tollten herum, wurden leiser, fingen wieder an zu tollen.

Die Stille hatte wohl schon ziemlich lange gedauert, bevor sie den Erwachsenen auffiel. Sie erhoben sich – noch lächelnd – aus ihren Polsterstühlen und eilten ins Kinderzimmer, um nachzusehen, womit sich die Kleinen so konzentriert beschäftigten.

Poldi hatte Bienchen schier gänzlich mit dem Band umwickelt, das Didi zum Abkleben von Fenster- und Türrahmen benützt hatte, als er letzthin das Gästezimmer lindgrün strich, und war soeben dabei, mit einem Malstift Bienchens untere Körperöffnungen zu sondieren.

Nein, es würde nie aufhören.

Was auch immer dieser Tage in Deggendorf und Umgebung mehr oder minder hohe Wellen schlug, focht Gerda und Ulrich kein bisschen mehr an. Sie hatten in Braunschweig eine vorübergehende Heimat gefunden, die ihnen sehr behagte.

»Was wohl aus Bulli und Sabe geworden ist«, murmelte Ulrich eines Abends, als er mit Gerda in einem Jazzkeller saß, wo er schon eine ganze Zeit lang den Drummer beobachtete. Schmunzelnd gab er sich selbst die Antwort: »Bulli wird sich wohl endgültig im Weißbräu festgesaugt haben. Aber der Sabe hat sich womöglich eine Familie zugelegt – falls es irgendwo eine zu klauen gab.«

Gerda nahm seine Hand. »Manchmal kommt man schneller zu einer richtigen Familie, als man denkt – oder geplant hat.«

»Rasend schnell«, stimmte ihr Ulrich zu. »Gerhard muss jetzt schon zwei Kinder haben.«

Gerda seufzte. Manchmal verstand sie wirklich nicht, warum Ulrich von seinen Freunden Gripskopf genannt wurde.

Jutta Mehler
Am seidenen Faden
Roman
emons:

Jutta Mehler
MILCHSCHAUM
Broschur, 208 Seiten
ISBN 978-3-89705-803-3

»Eigenwillig, mit beachtlicher Menschenkenntnis und bayerischer Bodenhaftung löst die bayerische Miss Marple ihre Fälle im dörflichen Mikrokosmos. Ein großes Lesevergnügen.«

Deggendorf Aktuell

»Langsam, aber sicher wird die Bernrieder Romanautorin Jutta Mehler ihrer englischen Kollegin Agatha Christie immer ähnlicher.« Wochenblatt Zeitung

Jutta Mehler
MAGERMILCH
Broschur, 208 Seiten
ISBN 978-3-89705-898-9

»Jutta Mehler hat sich innerhalb weniger Jahre eine breite Leserschicht erschlossen. Mit Menschenkenntnis und Humor zeichnet sie ihre Figuren, und mit Ironie spinnt sie die Fäden der vertrackten Geschichte.« Bayerwald-Bote

www.emons-verlag.de

Jutta Mehler
MILCHRAHMSTRUDEL
Broschur, 208 Seiten
ISBN 978-3-89705-963-4

»Ein spannender Krimi mit einer eindrucksvollen Protagonistin, bezauberndem Lokalkolorit, trockenem Humor und nicht nur für Niederbayern lesenswert.« Buchjournal

»Wie stets in den Krimis der niederbayerischen Autorin kreist auch in Fannis fünftem Fall die Handlung um einen sozialen Brennpunkt. Spannend. Sehr gern empfohlen.« ekz

Jutta Mehler
ESELSMILCH
Broschur, 224 Seiten
ISBN 978-3-95451-006-1

»Hochspannend und schreiend komisch.« Radio Trausnitz

www.emons-verlag.de